오 헨리 단편선

O. Henry Selected Stories

아로파 세계문학 04

오 헨리 단편선
O. Henry Selected Stories

O. 헨리
O. Henry

박설영 옮김

아로파

차례 ▮

크리스마스 선물

Everywhere they are wisest.
They are the magi.

1달러 87센트. 그것이 전부였다. 그나마 60센트는 1센트짜리 동전이었다. 식료품점, 채소 가게, 푸줏간 주인들과 악착같이 흥정을 해 한두 푼씩 모은 것이었다. 그녀의 인색함을 나무라는 상인들의 비난 섞인 눈길에 매번 낯이 뜨거웠다. 델라는 세 번이나 다시 세어 보았다. 변함없이 1달러 87센트였다. 크리스마스가 하루 앞이었다.

낡고 볼품없는 소파에 엎드려 우는 것 외에는 도리가 없었다. 델라는 울기 시작했다. 흐느끼고 훌쩍거리고 웃다가 끝나는 것이 인생이라면, 자신의 인생은 유독 훌쩍거릴 일이 많다는 생각이 들었다.

이 집 안주인의 서러운 흐느낌이 잦아들어 훌쩍임으로 변하는 동안, 그녀의 집을 둘러보도록 하자. 가구가 딸린 주당 8달러짜리 싸구려 아파트였다. 사람이 살지 못할 정도는 아니었지만 부랑자 단속반이 당장이라도 들이닥칠 것 같은 모양새였다.

현관 아래쪽의 우편함은 편지가 들어가지 못할 정도로 부서져 있었고, 초인종은 눌러도 소리가 나지 않았다. 우편함에는 어울리지 않게 '제임스 딜링햄 영'이라고 쓰인 명패가 붙어 있었다.

이 '딜링햄'이라는 명패는 그가 주급으로 넉넉하게 30달러를 받던 시절만 해도 바람에 힘차게 나부꼈지만 주급이 20달러로 줄어든 지금은 소박한 처지에 맞게 '디(D)'로 줄여 쓰는 게 어울려 보였다. 하지만 그에게는 집에 돌아오면 '짐'이라 불러 주며 자신을 꼭 껴안아 주는, 앞서 소개한 아내 델라가 있었다. 매우 다행스러운 일이었다.

델라는 울음을 그치고 허름한 분첩을 꺼내 화장을 고쳤다. 힘없이 창밖을 내다보니 잿빛 고양이 한 마리가 황량한 뒷마당에 있는 회색 울타리 위를 걸어가고 있었다. 크리스마스가 내일이지만, 수중에는 달랑 1달러 87센트가 전부였다. 그것도 짐에게 줄 선물을 사기 위해 지난 몇 달동안 살뜰하게 아껴 모은 돈이었다. 주급은 일주일을 넘기지 못해 바닥이 났다. 지출은 예상보다 컸다. 늘 그래 왔다. 결국 선물을 살 돈은 1달러 87센트밖에 모을 수 없었다. 남편에게 근사한 선물을 사줄 생각에 얼마나 많은 시간을 행복에 젖어 보냈던가. 그녀는 세련되고 진귀한 무언가를, 짐의 소유물이라는 영예를 누릴 만한 훌륭한 물건을 사고 싶었다.

방 안에는 창문들 사이로 기다란 거울이 하나 걸려 있었다. 집세가 8달러인 싸구려 아파트에서 흔히 볼 수 있는 거울이었다. 굉장히 날씬하고 민첩한 사람이라면 길쭉한 거울에 재빨리 몸을 비춰 보고 자신의 모습을 대강이나마 확인할 수 있으리라. 가냘픈 몸매의 델라는 물론 그 기술을 알고 있었다.

창밖을 바라보던 델라는 불쑥 몸을 돌려 거울 앞에 섰다. 그녀의 눈이 밝게 빛나는가 싶더니 이내 낯빛이 어두워졌다. 그녀는 황급히 머리카락을 풀어 길게 늘어뜨렸다.

이들 부부가 대단히 자랑스럽게 여기는 두 가지가 있었는데 그것은 할아버지 대부터 물려받아 온 짐의 금시계, 그리고 델라의 머리카락이었다. 시바의 여왕이 맞은편 아파트에 살고 있었다면, 델라가 머리카락을 말리기 위해 창밖으로 길게 늘어뜨리는 순간 여왕의 찬란한 금은보화는 그 빛을 잃고 말았을 것이다. 마찬가지로 솔로몬 왕이 지하실에 보물을 잔뜩 쌓아 둔 아파트 관리인이었다면, 짐이 지나다니며 금시계를 꺼낼 때마다 질투에 휩싸여 수염을 쥐어뜯었을 것이다.

바로 그 아름다운 머리카락이 갈색 폭포수처럼 반짝이며 물결치고 있었다. 무릎 아래까지 드리워져 마치 옷을 걸친 듯했다. 그녀는 초조한 손길로 급하게 머리를 올려 매만졌다. 잠시 비틀거리다가 중심을 잡은 그녀는 오래된 붉은 카펫 위로 눈물을 한두 방울 떨어뜨렸다.

델라는 낡은 갈색 외투와 모자를 걸쳤다. 눈엔 여전히 눈물이 고여 있었다. 그녀는 치맛자락을 휘날리며 문을 활짝 열고 거리로 나갔다. 그녀가 멈춘 곳은 '마담 소프로니—각종 머리 용품 취급'이라는 간판 앞이었다. 계단을 뛰어올라 간 그녀는 숨을 몰아쉬며 마음을 가라앉혔다. 덩치가 크고 살결이 매우 흰 마담은 '소프로니'라는 이름과는 어울리지 않게 쌀쌀맞아 보였다.

"머리카락을 팔 수 있을까요?" 그녀가 물었다.

"취급은 합니다." 마담이 무뚝뚝하게 대답했다. "우선 머리카락을 볼 수 있게 모자 좀 벗어 주세요."

윤기 나는 갈색 머리카락이 폭포수처럼 아래로 떨어졌다.

"20달러 드리지요." 능숙한 손길로 머리카락을 들어 올리며 마담이 말했다.

"빨리 잘라 주세요." 델라가 말했다.

진부한 표현 같지만, 이후 두 시간은 장밋빛 날개 위에 올라탄 것처럼 쏜살같이 지나갔다. 그녀는 짐의 선물을 고르기 위해 온 가게를 빠짐없이 돌아다녔다. 그리고 마침내 선물을 찾았다. 그것은 오로지 짐을 위한 물건이었다. 어느 가게에서도 그런 물건은 보지 못했다. 그것은 단정하면서도 고상해 보이는 백금 시곗줄이었다. 명품이 으레 그렇듯 화려한 장식이 없어도 그 자체로 아주 훌륭했다. 심지어 짐의 시계에도 나무랄 데 없이 잘 어울렸다. 그녀는 첫눈에 짐의 것임을 알아보았다. 그를 닮은 시곗줄이었다. '점잖고 품격 있다'는 표현은 그와 시곗줄 모두에 해당되는 말이었다. 21달러를 대금으로 지불한 그녀는 남은 87센트를 가지고 서둘러 집으로 갔다. 이 시곗줄만 있으면 짐이 어느 자리에서건 자신 있게 시계를 꺼낼 수 있으리라. 시계는 무척이나 훌륭했지만, 가죽 시곗줄이 낡아서 짐은 여태껏 시계를 몰래 꺼내 보고는 했던 것이다.

집에 도착한 델라는 흥분을 가라앉히고 침착함과 이성을 되찾았다. 그녀는 머리를 고불거리게 말아 주는 인두를 꺼내 불에 달구었다. 그리고 남편에 대한 아낌없는 사랑 때문에 잘라 버리고 남은 머리를 정돈하기 시작했다. 알겠지만, 이런 상황은 언제 봐도 말문이 막힌다. 정말 감당하기 힘든 일임이 분명하다.

40분이 채 되지 않아 그녀의 머리는 개구쟁이 남학생 같은 짧은 곱슬로 변했다. 그녀는 거울에 비친 자신의 모습을 오랫동안 자세하고 꼼꼼하게 살폈다.

"짐이 나를 죽이지 않고 한 번 더 봐준다면," 그녀는 혼자 중얼거렸다.

"나더러 코니아일랜드 합창단원 같다고 말하겠지. 내가 뭘 할 수 있었겠어. 오, 겨우 1달러 87센트로 뭘 할 수 있단 말이야?"

7시가 되자 저녁 식사 준비가 끝났다. 커피도 끓었고 미리 난로 위에 달궈 놓은 프라이팬에 고기만 구우면 됐다.

짐은 절대 늦는 법이 없었다. 델라는 시곗줄을 포개서 손에 꼭 쥐고는 남편이 항상 들어오는 문 옆에 놓인 탁자 모서리에 앉았다. 잠시 후 계단 아래에서 남편이 첫발을 디디는 소리가 들려왔다. 잠깐 동안 그녀의 얼굴이 창백해졌다. 그녀는 평소 일상의 사소한 일에 대해 속삭이듯 기도하는 버릇이 있었는데, 지금이 바로 그런 순간이었다. "신이시여, 남편이 저를 여전히 예쁘다고 생각하게 도와주세요."

문이 열리고 짐이 들어왔다. 곧 문이 다시 닫혔다. 그는 야위었고 생각이 많아 보였다. 겨우 스물두 살밖에 되지 않은 청년이 한 집안을 책임지는 가장 노릇을 해야 하다니 얼마나 가여운 일인가! 그의 외투는 낡았고, 장갑도 없는 맨손이었다.

짐은 먹이를 노리는 사냥개처럼 문 앞에 꼼짝도 하지 않고 서 있었다. 자신에게 시선을 거두지 못하는 그의 눈빛에서 그녀는 어떤 생각도 읽을 수 없었다. 그것이 그녀를 더욱 두렵게 했다. 분노도, 놀람도, 부정도, 공포도, 그녀가 예상했던 그 어떤 감정도 아니었다. 그는 그저 묘한 표정을 지은 채 그녀를 뚫어지게 바라볼 뿐이었다.

델라는 우물쭈물 탁자에서 일어나 그에게 다가갔다.

"짐, 여보." 그녀가 소리쳤다. "그런 눈으로 보지 마세요. 제 머리카락은 이미 잘라서 팔아 버렸어요. 당신에게 선물을 주지 않고 크리스마스를 보낼 자신이 없어서 그랬어요. 금방 다시 자랄 테니 걱정 마세요. 알겠죠? 정말 다른 방법이 없었어요. 제 머리카락은 놀랄 만큼 빨리 자라요. 그러니 '메리 크리스마스!'라고 외치고 우리 기분 좋게 보내요, 짐. 제가 당신을 위해 얼마나 멋지고 아름다운 선물을 준비했는지 알면 깜짝 놀랄걸요."

"머리카락을 잘랐다고?" 짐은 아무리 머리를 굴려도 이 명백한 사실을 이해하지 못하겠다는 듯 힘겹게 질문을 뱉었다.

"잘라서 팔았다고요," 델라가 말했다. "저에 대한 사랑이 이제 식은 거예요? 머리카락이 없어도 저는 예전 그대로예요. 아닌가요?"

짐은 믿을 수 없다는 듯 방을 둘러보았다.

"그러니까 이제 머리카락이 없다는 말이지?" 그는 바보처럼 되뇌었다.

"찾아도 소용없어요," 델라가 말했다. "팔았다니까요. 다시 한 번 말하지만 이제 영원히 사라졌어요. 오늘은 크리스마스이브잖아요, 여보. 당신을 위해서 그렇게 한 거니까 화내지 마세요." 그녀는 서둘러 다정하게 말을 이었다. "팔아 버린 머리카락을 헤아리는 건 가능할지도 몰라요. 하지만 당신에 대한 제 사랑은 누구도 헤아리지 못할 거예요. 이제 고기를 구울까요, 짐?"

혼란에 빠져 있던 짐은 서둘러 정신을 차렸다. 그는 아내를 꼭 껴안았다. 잠시 이 이야기에서 벗어나 사소한 문제 하나를 진지하게 고민해 보자. 주급 8달러와 연봉 백만 달러에 과연 무슨 차이가 있을까? 어떤 수학자나 현자도 답을 맞히긴 어려울 것이다. 동방박사가 가져온 귀중한 선물 가운데에도 해답은 없다. 이 수수께끼 같은 문제에 대한 답은 나중에 밝혀질 것이다.

짐은 외투 주머니에서 선물 꾸러미를 꺼내 탁자 위에 올려놓았다.

"오해하지 말아 줘, 여보," 그는 말했다. "당신이 머리를 자르든, 밀든, 감든 당신에 대한 내 사랑은 조금도 식지 않을 거야. 이 포장을 뜯어보면 내가 왜 잠시 정신이 나가 있었는지 이해하게 될 거야."

델라는 흰 손가락으로 빠르게 끈을 풀고 포장지를 뜯었다. 순간 기쁨의 탄성이 터져 나왔다. 하지만 안타깝게도 황홀함은 곧이어 주체할 수 없는 눈물과 울부짖음으로 바뀌었다. 이 집의 바깥주인은 온 힘을 다해 그녀를 위로해야만 했다.

포장지 안에는 머리 옆과 뒤에 꽂는 머리핀 한 쌍이 들어 있었다. 델라가 브로드웨이의 어느 가게 진열장 앞에서 오랫동안 흠모의 눈빛으로 바라보았던 아름다운 핀이었다. 진짜 거북딱지로 만든 핀 가장자리에는 보석이 박혀 있었고, 잘라 버린 델라의 아름다운 머리카락에 꽂으면 잘 어울릴 만한 색조를 띠고 있었다. 워낙 값비싼 물건이었기 때문에, 그녀는 마음속으로만 간절히 원했을 뿐 그 머리핀이 자신의 것이 되리라는 희망을 품어 본 적이 없었다. 그런데 바로 그 머리핀을 이제 그녀가 갖게 된 것이다. 하지만 그토록 꿈꾸던 장신구를 꽂을 폭포수 같던 머리카락은 사라지고 없었다.

그녀는 한참 동안 선물을 품에 안고 있다가, 눈물을 글썽이며 고개를 들었다. 그리고 웃으며 말했다. "제 머리카락은 정말 빨리 자라요, 짐."

그러고는 불에 덴 새끼 고양이처럼 벌떡 일어나 외쳤다. "아, 아!"

짐은 델라가 준비한 멋진 선물을 아직 보지 못했다. 그녀는 손바닥을 펼쳐 짐에게 시곗줄을 보여 주었다. 백금의 밋밋한 표면이 그녀의 환하고 열렬한 마음을 받아 반짝이는 것 같았다.

"근사하지 않아요, 짐? 제가 시내를 전부 뒤져서 찾은 거예요. 이제 하루에 백 번쯤은 시간을 확인하고 싶을걸요. 시계를 이리 주세요. 이 시곗줄이 당신 시계와 얼마나 잘 어울리는지 보고 싶어요."

그는 시계를 꺼내는 대신 소파 위에 털썩 주저앉았다. 그리고 뒤통수에 두 손을 갖다 대고 미소를 지었다.

"델라," 그가 말했다. "크리스마스 선물은 당분간 넣어 두는 게 좋을 것 같아. 당장 사용하기에는 너무 훌륭한 물건이야. 나 역시 머리핀 살 돈을 마련하느라 시계를 팔아 버렸어. 자, 이제 저녁 식사를 해야지."

모두 알다시피 동방박사들은 뛰어난 현자였다. 그들이 말구유에서 태어나신 아기 예수에게 바칠 선물을 가져왔고, 그렇게 크리스마스 선물을 주고받는 풍습이 시작됐다. 현명한 사람들이니 당연히 지혜롭게 선물을 골랐을 것이고, 혹시 선물이 겹쳤을 때는 교환할 수 있는 특권도 있었으리라. 여기에 나는 싸구려 아파트에 사는 바보스러운 젊은 부부 한 쌍의 평범한 이야기를 두서없이 늘어놓았다. 그들은 어리석게도 서로를 위하는 마음 때문에 자신이 가장 아끼는 보물을 잃어버렸다. 하지만 오늘을 사는 현명한 사람들에게 마지막으로 정말 하고 싶은 말은 선물을 주는 모든 사람들, 아니 선물을 주고받는 모든 사람들 가운데 그들이 가장 현자라는 것이다. 세상에 이들보다 더 현명한 사람은 없다. 그들이 바로 동방박사들이다.

경찰관과 찬송가

The conjunction of Soapy's receptive state of mind
and the influences about the old church
wrought a sudden and wonderful change in soul.

매디슨 광장의 벤치에 누워 있던 소피는 몸을 뒤척였다. 밤하늘 높이
기러기 떼가 울고, 모피 외투에 눈독 들인 아내들이 자기 남편에게 상냥
하게 굴고, 공원 벤치에 누운 소피가 수심에 가득 차 잠을 못 이룰 때면,
겨울이 코앞에 다가왔음을 알 수 있다.

낙엽 하나가 소피의 무릎 위로 떨어졌다. 겨울 소식을 알리는 동장군
(冬將軍)의 명함이었다. 매년 동장군은 친절하게도 매디슨 광장에 죽치
고 생활하는 사람들에게 때맞춰 방문 소식을 전한다. 그는 사거리 모퉁
이에서 '야외 저택'의 하인인 북풍에게 자신의 명함을 실어 날렸다. 공원
에 사는 노숙자는 그렇게 떨어지는 낙엽을 보고서 겨울날 채비를 한다.

소피는 다가올 혹한에 대비해 홀로 재정 위원회를 꾸릴 시기가 왔음을 깨달았다. 그 때문에 벤치에 누워 잠을 못 이루고 뒤척인 것이다.

소피가 소망하는 겨울나기는 그렇게 대단한 것이 아니었다. 유람선을 타고 지중해로 여행을 가거나, 따뜻한 남쪽 하늘 아래에서 느긋하게 쉬거나, 베수비오만(灣)을 유람하는 일은 꿈도 꾸지 않았다. 석 달 동안 감옥이 있는 섬에서 지내는 것이야말로 그가 진정으로 원하는 일이었다. 섬에서라면 마음이 맞는 친구들과 함께 숙식은 물론이고, 한파나 경찰에게 단속당할 걱정 없이 석 달 동안 지낼 수 있었다. 그것이 소피가 꿈꾸는 모든 것이었다.

지난 몇 해 동안 그는 대접이 후한 블랙웰 섬의 교도소에서 겨울을 보냈다. 부유한 뉴욕 시민들이 매년 겨울이 오면 팜비치나 리비에라 해안으로 여행을 떠나는 것처럼, 소피도 항상 그맘때면 추위를 피해 섬으로 떠날 소박한 계획을 세우고는 했다. 이제 바로 그때가 온 것이다. 간밤에 그는 고풍스러운 분수대 근처 벤치에서 일요 신문 세 장을 외투 안쪽과 발목 근처, 무릎 위에 두르고 잠을 청했지만 신문지로 추위를 막기에는 역부족이었다. 자연스레 소피의 머릿속에는 섬으로 가고 싶다는 욕망이 어렴풋이 떠올랐다. 그는 자선 사업이라는 이름으로 도시 부랑자를 돕는 일을 반기지 않았다. 소피는 자선 활동보다 법이 훨씬 자비롭다고 생각했다. 시나 일반 자선 단체에서 수도 없이 많은 구호 시설을 운영했기 때문에, 마음만 먹으면 간단한 숙식 정도는 해결할 수 있었다. 하지만 이런 자선 사업은 소피의 자존심을 상하게 했다. 구호 혜택을 받으려면, 비록 돈을 지불하지는 않지만 그 대가로 굴욕을 참아야 했다. 카이사르에게 브루투스가 있었던 것처럼, 시설에서 하룻밤을 묵으려면 목욕이라는 대가가 따랐고 빵 한 덩이를 얻기 위해서는 사생활에 대한 심문을 견뎌야 했다. 그래서 제재가 많더라도 신사의 개인사를 지나치게 간섭하지 않는 법의 보호 아래 있는 것이 훨씬 나았다.

소피는 섬에 들어가기로 마음을 굳히고, 소원을 이루기 위해 행동을 개시했다. 방법은 많았고 그리 어렵지도 않았다. 그중에서도 가장 마음에 드는 계획은 고급 식당에서 비싼 음식을 먹은 후 돈이 없다고 잡아떼고 큰 소란 없이 경찰에게 인도되는 것이었다. 그러면 즉결 재판소 판사가 친절하게도 그를 섬으로 보내 주리라.

벤치에서 일어난 소피는 공원 밖으로 나와 브로드웨이와 5번가(街)가 만나는 넓은 아스팔트 평지로 어슬렁거리며 걸어 나갔다. 브로드웨이 쪽으로 방향을 튼 그는 번쩍이는 식당 앞에 멈춰 섰다. 밤마다 비단옷을 걸친 상류층 사람들이 최고급 포도주를 마시는 곳이었다.

소피는 조끼 맨 아래 단추에서부터 윗부분으로는 자신이 있었다. 면도한 턱은 매끈했고 외투도 말끔한 데다 추수 감사절에 어느 선교사 부인이 선물로 준 세련된 검정 넥타이도 매고 있었다. 이 고급 식당의 식탁에 앉을 수만 있다면 성공은 따놓은 당상이었다. 종업원이 식탁 위로 나온 그의 상체만 보고는 그가 노숙자임을 의심할 리 없었다. 소피는 구운 오리 고기에 프랑스 샤블리산(産) 백포도주 한 병을 곁들이고, 후식으로 카망베르 치즈와 커피 한 잔, 그리고 담배 한 대를 주문하면 좋겠다고 생각했다. 담뱃값으로 1달러면 충분할 것이다. 다 합쳐 봐야 식당 주인이 복수하겠다고 덤빌 만큼 많이 나오지는 않을 것이다. 그는 주린 배를 고기로 채우고 기분 좋게 겨울 피난처로 떠날 수 있을 것이다.

하지만 소피가 식당 현관문을 열고 들어서자마자, 총지배인의 시선이 그의 너덜너덜한 바지와 다 떨어진 구두로 향했다. 지배인은 말없이 소피를 움켜잡고 돌려세우더니 순식간에 길거리로 쫓아 버렸고, 더불어 수

치스럽게 생을 마감할 뻔했던 오리의 기구한 운명도 바뀌었다.

소피는 브로드웨이를 벗어났다. 미식가 행세를 하는 일이 그를 꿈의 섬으로 보내 줄 것 같지 않았다. 그는 감옥에 갈 수 있는 다른 방법을 생각해야만 했다.

6번가 모퉁이에 다다르니, 통유리 건너편으로 환한 전구 불빛을 받은 상품들을 보기 좋게 전시한 진열대가 눈에 들어왔다. 소피는 돌멩이를 주워 들고 유리창을 향해 힘껏 던졌다. 사람들이 경찰을 앞세우고 모퉁이 너머에서 달려왔다. 소피는 주머니에 손을 찔러 넣고 가만히 서 있다가 경찰 제복을 보자 씩 미소를 지었다.

"유리창을 깬 사람은 어디에 있습니까?" 흥분한 경찰관이 물었다.

"그 일에 연루된 사람이 저라는 생각은 안 드십니까?" 다소 빈정거림이 섞이긴 했지만 소피는 귀인을 만난 사람처럼 상냥하게 말했다.

경찰은 소피가 범인일 거라고는 추호도 의심하지 않았다. 유리창을 박살 냈다면 현장에 남아서 경찰과 대화를 나눌 리가 없다. 보통은 눈썹이 휘날리게 도망치기 마련이다. 경찰은 아래쪽 구역에서 차를 잡으려고 뛰어가는 남자 한 명을 보더니, 곤봉을 꺼내 들고 사람들과 함께 그를 쫓기 시작했다. 소피는 두 번의 연이은 실패에 심한 좌절을 느끼고 터벅터벅 걸음을 옮겼다.

걷다 보니 길 건너편에 있는 허름한 식당이 눈에 들어왔다. 지갑이 가난한 사람들에게 푸짐한 식사를 제공하는 곳이었다. 분위기와 그릇은 투박했고, 수프와 식탁보는 형편없는 음식점이었다. 소피는 식당 안으로 들어갔다. 부랑자임을 숨길 수 없는 낡은 신발과 바지를 착용하고 있었지만, 누구도 그를 가로막지 않았다. 그는 자리에 앉아 비프스테이크와 팬케이크, 도넛과 파이를 먹어 치웠다. 그리고 식사를 마친 후 종업원에게 자신이 빈털터리라고 자백했다.

"빨리 경찰을 부르시오." 소피가 말했다. "신사를 기다리게 하지 말고 어서 서두르시오."

"너 같은 놈한텐 경찰도 아깝지." 종업원은 맨해튼 칵테일의 체리처럼 눈을 부라리며 버터케이크 같은 묵직한 목소리로 이렇게 말했다. "사기꾼 같으니라고!"

종업원 두 명이 소피를 끌고 나와 내동댕이쳤고, 그는 딱딱한 도로 바닥에 왼쪽 귀를 부딪히며 엎어졌다. 소피는 목수가 자를 펴듯이 관절을 하나씩 펼치며 일어나 옷에 묻은 먼지를 털었다. 붙잡히는 길은 장밋빛 꿈처럼 아득해 보였다. 섬은 너무나 멀리 있었다. 두 집 건너로 보이는 약국 앞에서 경찰 한 명이 껄껄거리며 지나갔다.

다섯 구역을 걸어간 후에야 구속되고야 말겠다는 다짐이 소피의 마음속에 다시 샘솟았다. 이번에는 겁도 없이 '식은 죽 먹기'라고 스스로 이름 붙인 작전을 실행하기로 했다. 단정하고 매력적인 아가씨 하나가 진열대 앞에서 호기심 가득한 눈으로 면도용 컵과 잉크스탠드를 바라보고 있었고, 그리 멀지 않은 곳에 풍채가 좋고 근엄한 표정을 한 경찰이 소화전에 몸을 기대고 서 있었다.

소피의 계획은 비열하고 혐오스러운 '치한' 역할을 맡는 것이었다. 희생양이 될 우아하고 세련된 아가씨와 믿음직한 경찰이 한곳에 있으니, 곧 경찰이 기분 좋게 자기 팔을 잡아채어 꿈에 그리던 그 아늑하고 조그마한 섬에 마련된 겨울 숙소로 자신을 인도해 주리라는 확신이 들었다.

소피는 선교사 부인에게 선물 받은 넥타이를 매만지고 말려 올라간 소매를 끌어내리고 모자를 비스듬히 쓴 후 아가씨에게 쭈뼛쭈뼛 다가갔다. 그는 그녀에게 추파를 던지기 위해 멋있는 척 "흠." 하고 헛기침을 하더니, 능글맞게 웃으며 염치없고 비열한, 전형적인 '치한'의 행동을 능숙하게 해냈다. 그러면서도 한편으로 경찰관이 자신을 뚫어지게 쳐다보고 있음을 확인했다. 아가씨는 그에게서 몇 걸음 떨어져서 면도용 컵에 계속 집중했다. 소피는 과감히 그녀 옆으로 발걸음을 옮겨 모자를 벗어 들고 말을 건넸다.

"이봐, 베델리아! 우리 집에 가서 놀지 않을래?"

경찰관은 여전히 이쪽을 보고 있었다. 그녀가 경찰을 향해 손가락 하나만 까딱하면 소피는 사실상 안식처로 직행할 수 있었다. 벌써 감옥의 포근함과 온기가 느껴지는 듯했다. 그녀는 소피를 바라보더니 손을 뻗어 외투 소맷자락을 잡았다.

"좋아요, 마이크," 그녀는 유쾌하게 말했다. "맥주 한 잔만 사주면요. 진작 말을 걸고 싶었지만, 경찰이 지켜보고 있어서요."

소피는 나무에 달라붙은 담쟁이덩굴처럼 찰싹 감긴 여자와 함께 경찰관 옆을 지나갔다. 자유로울 수밖에 없는 저주의 운명을 타고난 듯했다.

다음 모퉁이에 다다르자 그는 여자를 떨쳐 버리고 도망쳤다. 그가 멈춰 선 곳은 밤이면 불이 환하게 켜지면서 사랑의 맹세와 오페라 가사가 울려 퍼지는 거리였다. 모피 외투를 걸친 여자들과 두꺼운 외투를 껴입은 남자들이 겨울 공기를 만끽하며 걸어가고 있었다. 순간 소피는 자신이 끔찍한 마법에 걸려 평생 구속되지 않는 건 아닐까 하는 두려움에 휩싸였다. 생각이 거기까지 미치자 그는 공포심마저 들었다. 마침내 그는 휘황찬란한 극장 앞에서 한가로이 거니는 경찰을 보았을 때, 지푸라기라도 잡는 심정으로 '소란 행위'를 벌이기로 했다.

소피는 인도 한복판에서 술 취한 사람처럼 횡설수설하며 목청껏 소리를 지르기 시작했다. 그는 춤을 추고, 고함을 지르고, 하늘이 떠나가라

악을 썼다.

그러자 경찰관은 곤봉을 빙글빙글 돌리면서 소피를 등지고 시민을 향해 말했다.

"지금 이 학생은 예일 대학이 하트퍼드 대학에 무실점으로 우승해 자축하는 중입니다. 시끄럽긴 하지만 피해를 끼치진 않을 거예요. 그들을 그대로 두라는 지시를 받았습니다."

김이 빠진 소피는 무의미한 소동을 그만두었다. 자신을 끌고 갈 경찰은 정녕 없는 것인가. 그의 상상 속에서 그 섬은 결코 도달할 수 없는 이상향처럼 느껴졌다. 찬바람이 웃옷 속으로 파고들자 그는 얇은 외투의 단추를 채웠다.

담배 가게 앞에서 그는 잘 차려입은 남자 하나가 담배에 불을 붙이는 것을 목격했다. 문 옆에는 그가 가게에 들어가면서 세워 둔 실크 우산이 있었다. 소피는 안으로 들어가 우산을 집어 들고 천천히 걸어 나왔다. 담배에 불을 붙이던 남자는 허둥대며 그를 따라 나왔다.

"내 우산이오." 남자가 목소리에 힘을 주어 말했다.

"아, 그런가요?" 소피는 좀도둑질로도 모자라 모욕죄까지 더하려는 듯 빈정대며 말했다. "그렇다면 경찰을 한번 불러 보시지? 내가 우산을 훔쳤소. 당신 우산을 말이오. 경찰을 왜 안 부르는 거요? 저기 모퉁이에 경찰이 보이는구먼."

우산 주인은 걸음을 늦췄다. 행운이 또 그를 비켜 갈 것 같은 불길한 예감이 들자 소피도 따라서 걸음을 늦췄다. 경찰관이 수상한 눈길로 두 사람을 응시하고 있었다.

"물론 그래야죠," 우산 주인이 말했다. "저, 그게 말이죠…… 왜 이런 실수가 종종 있지 않습니까, 제가, 아니 이게 당신 우산이라면 정말 실례

많았습니다. 아침에 식당에서 주운 건데, 그쪽 우산이 확실하다면……
저기, 부디 저를……."

"내 것이 확실하오." 소피가 딱 잘라 말했다.

우산의 옛 주인은 달아났다. 경찰은 키가 크고 망토를 걸친 금발 여성
이 두 구역 너머에서 달려오는 열차를 앞에 두고 길을 건너려고 하자 그
쪽으로 달려갔다.

소피는 도로 공사로 파헤쳐 놓은 거리를 지나 동쪽으로 걸어갔다. 도
중에 그는 화를 참지 못하고 길에 파놓은 구덩이로 우산을 집어던졌다.
그리고 헬멧을 쓰고 곤봉만 들었지 별 볼 일 없는 경찰들에 대해 혼잣말
로 불평불만을 늘어놓았다. 체포되기를 간절히 원했더니, 오히려 경찰들
이 그를 악행을 저지를 줄 모르는 왕으로 숭배하는 것 같았다.

한참을 걸은 소피는 마침내 화려한 불빛도 시끄러운 소음도 없는, 동
쪽으로 나 있는 어느 대로에 접어들었다. 그는 자연스레 매디슨 광장으
로 방향을 틀었다. 비록 먹고 자는 곳이 공원 벤치일 뿐이지만, 나름 집
이라고 귀소 본능이 살아난 것이다.

하지만 유난히 한적한 모퉁이에 다다랐을 때 소피는 걸음을 멈추었다.
그곳은 박공지붕에 벽면이 들쭉날쭉하고 고즈넉한 분위기를 풍기는 오
래된 교회였다. 보랏빛 유리창 너머로 은은한 불빛이 새어 나왔고, 오르
간 연주자가 다가올 안식일을 대비해 찬송가를 연습하는 모습이 보였다.
소피는 아름다운 선율에 완전히 사로잡혀 나선 문양의 철제 울타리에 기
댄 채로 꼼짝도 할 수 없었다.

밤하늘에는 밝은 달이 고요하게 빛나고 있었다. 인적은 드물었고 지나
가는 차도 없었다. 참새들은 처마 밑에서 졸린 듯 낮게 지저귈 뿐이었다.
잠시 시골 예배당에 와 있는 것 같았다. 소피를 철제 울타리 앞에서 얼어

붙게 만든 오르간 연주자의 찬송가는 지난날 그가 즐겨 듣던 곡이었다. 그에게도 한때 어머니가 있었고 장미, 꿈, 친구, 순수한 마음, 단정한 옷, 이런 것이 익숙했던 시절이 있었다.

오래된 교회의 신비로움에 소피의 짙은 감성이 더해져 급기야 그의 영혼에 근사한 변화가 일어났다. 그는 자신이 나뒹굴었던 지옥과 같은 과거가 끔찍하게 느껴졌다. 꿈과 재능을 잃어버리고, 하찮은 욕심에나 연연하며, 불순한 생각만 했던 타락한 삶이 바로 그의 인생이었다.

순간 이 기묘한 분위기에 그의 가슴이 요동쳤다. 절망적인 운명의 굴레에서 벗어나야겠다는 충동이 강하게 엄습했다. 그는 수렁에서 탈출하고 싶었고, 자기 자신을 되찾고 싶었으며, 스스로를 사로잡고 있는 악마와 싸워 이기고 싶었다. 아직 시간은 있고, 그는 비교적 젊은 편이었다. 그는 오래전 간절히 원했던 소망을 스스로에게 일깨우고 주저 없이 꿈을 향해 달리고 싶었다. 엄숙하면서도 부드러운 오르간 선율은 그의 마음속에 혁명을 일으켰다. 내일이면 그는 시끌벅적한 시내로 나가 일거리를 찾을 것이다. 모피 수입업자가 그에게 운전수 자리를 제안한 적이 있었다. 날이 밝으면 그 사람을 찾아가 일자리를 부탁해 보자. 그도 이제 당당하게 사람 구실을 하게 될 것이다.

바로 그때 소피는 누군가 자기 팔을 붙잡는 것을 느꼈다. 고개를 돌리니 얼굴이 넓적한 경찰관이 서 있었다.

"여기서 뭘 하시는 겁니까?" 경찰관이 물었다.

"아무것도 하지 않는데요." 소피가 대답했다.

"그럼 따라오시오." 경찰관이 말했다.

"섬에서 3개월간 금고형." 이튿날 아침 즉결 재판소 판사는 이렇게 판결을 내렸다.

메뉴판 위의 봄

dandelions,
with whose golden blooms Walter had crowned her
his queen of love and future bride—
dandelions, the harbingers of spring,
her sorrow's crown of sorrow—
reminder of her happiest days.

3월의 어느 날이었다.

글을 쓴다면 절대 이렇게 서두를 시작해서는 안 된다. 이보다 더 나쁜 시작은 없다. 이런 서두는 상상력도 부족하고, 밋밋하고, 재미도 없고, 의미 없는 빈말에 불과하다. 하지만 지금 하려는 이야기에서만은 예외다. 다음 문장이 이 글의 진짜 서두이지만, 너무 엉뚱하고 부자연스러워서 준비도 안 된 독자들에게 다짜고짜 내보일 수가 없기 때문이다.

사라는 메뉴판을 보고 흐느끼고 있었다.

메뉴판을 보면서 눈물을 흘리는 뉴욕의 아가씨 한 명을 상상해 보라!

아마 독자들은 다양한 이유를 떠올릴 것이다. 바닷가재가 품절됐다거나, 사순절[1]이라 당분간 아이스크림을 먹을 수 없다거나, 양파가 들어간 음식을 주문했다거나, 해킷[2]의 작품을 보고 방금 막 돌아온 것일 수도 있다. 그렇지만 이 모든 추측이 빗나갔으므로, 그냥 이야기를 이어 나가도록 하자.

한 신사가 이 세상은 칼만 있으면 쉽게 벌릴 수 있는 굴 껍데기와 같다고 한 말은 기대 이상으로 핵심을 찌른 표현이었다. 칼로 굴 껍데기를 까는 것은 어려운 일이 아니다. 하지만 타자기로 조개처럼 꽉 닫힌 인생사를 열어젖힌 사람을 본 적이 있는가? 잠시만 기다리면 그런 희한한 방법으로 살아 있는 조개 십여 개의 입을 연 이야기를 해줄 테니, 들어 보지 않겠는가?

사라는 타자기라는 서툰 무기를 이용해 조개처럼 차갑고 축축한 세상을 겨우 열어젖혀 그 속을 맛보는 데에 성공했다. 그녀의 속기 실력은 실업 전문 대학에서 속기술을 전공하고 사회에 갓 나온 사람 정도의 수준이었다. 그렇기 때문에 뛰어난 인재들이 취직하는 회사에 속기사로 들어가는 것은 불가능했다. 대신 그녀는 프리랜서 타자수가 되어 잡다한 일감을 찾아 이곳저곳 돌아다녔다.

사라가 세상이라는 전쟁터에서 얻은 가장 큰 성과는 슐렌버그 씨의 가정식 식당과 거래를 성사한 것이었다. 그녀가 세 들어 살고 있는 오래된 붉은 벽돌집 바로 옆에 있는 식당이었다. 어느 날 저녁 사라는 그곳에서

---

1) Lent. 부활 주일 전 40일 동안의 기간으로 교인들은 금식을 한다.
2) Hackett. 19세기 말에서 20세기 초에 미국에서 활동한 남자 배우. 로맨틱한 역할로 이름을 떨쳤다.

다섯 코스로 된 40센트짜리 정식을 먹은 후 (요리는 흑인 신사 인형의 머리에 야구공 다섯 개를 던져 맞추는 게임만큼이나 빨리 나왔다.) 메뉴판을 집으로 챙겨 갔다. 거기에는 영어도 독일어도 아닌 해독 불가의 글자가 휘갈겨져 있었고, 무심코 읽으면 메뉴가 이쑤시개와 라이스 푸딩으로 시작해 수프와 오늘의 요리로 끝나는 것처럼 보였다.

다음 날 사라는 슐렌버그 씨에게 깨끗하게 정리된 새 메뉴판을 내밀었다. 메뉴판은 코스 순서에 따라 '전채'로 시작해 '우산과 외투는 분실해도 책임지지 않습니다.'라는 문구로 끝났고, 각 항목 아래에는 입맛을 돋우는 음식 이름이 알맞게 나열돼 있었다.

슐렌버그는 신세계를 찾아 귀화한 시민이라도 된 듯한 기분이 들었다. 그는 흔쾌히 사라와 계약을 맺기로 결정했다. 그녀의 업무는 식탁 스물한 개에 올라갈 메뉴판을 만드는 것이었다. 저녁 메뉴판은 매일 새로 치고, 아침과 점심은 메뉴가 바뀌거나 메뉴판이 지저분해지면 새로 작업해 주기로 했다.

슐렌버그 씨는 작업의 대가로 말 잘 듣는 종업원을 시켜 사라의 문간방으로 하루 세끼를 배달해 주고, 매일 오후에 이튿날 고객에게 내놓을 음식을 연필로 대강 적어 그녀에게 가져다주기로 했다.

양쪽 모두에게 만족스러운 계약이었다. 이제 슐렌버그의 손님들은 음식의 원래 재료가 뭔지 이따금 헷갈릴망정, 음식 이름을 모르고 먹는 일은 없게 되었다. 사라 역시 춥고 우중충한 겨울에 식사를 챙길 수 있다는 점이 가장 마음에 들었다.

달력을 펼쳐 보니 어느덧 봄이었다. 때가 되면 봄은 절로 온다. 1월에 내린 눈이 녹지 않아 길바닥은 꽁꽁 얼어붙어 있었고, 손풍금 연주자들은 여전히 12월의 들뜬 분위기를 살려 〈즐거운 여름〉을 연주했다. 사람들은 부활절에 입을 옷을 장만하기 위해 30일 기한의 어음을 발행했고, 건물 관리인들은 난방 장치를 끄기 시작했다. 이렇게 봄을 준비하는 움직임이 분주했지만, 도시는 아직 겨울에서 완전히 벗어나지 못했다.

어느 날 오후 사라는 자신의 우아한 셋방에서 추위에 떨고 있었다. '실내 난방 완비. 위생 청결. 편의 시설 완비. 방 구경 항시 가능.'이라고 소개된 집이었다. 슐렌버그 씨네 메뉴판 작업 외에는 할 일이 없던 사라는 삐걱대는 버드나무 흔들의자에 앉아 창밖을 내다보았다. 벽에 걸린 달력이 그녀에게 이렇게 외치는 듯했다. "봄이 왔어, 사라. 봄이 왔다니까. 나를 좀 봐, 사라. 내 숫자들이 말해 주고 있잖아. 넌 아름다워. 봄을 닮은 예쁜 얼굴이야. 그런데 왜 그렇게 슬픈 눈으로 창밖을 바라보는 거야?"

사라의 방은 건물 뒤쪽에 있었다. 바로 옆 거리에는 상자를 만드는 공장이 있었고, 그녀의 방에서는 창문 하나 없이 붉은 벽돌만 빼곡한 공장의 뒷벽이 보일 뿐이었다. 벽은 투명한 수정처럼 매끈했다. 사라는 창밖으로 벚나무와 느릅나무, 그늘이 드리워진 초록빛 길을 따라 라즈베리 덤불과 체로키 장미 나무가 늘어서 있는 풍경을 내려다보았다.

진정한 봄은 조용히 다가오기 때문에 잘 보이지도 들리지도 않는다. 어떤 사람은 크로커스 꽃망울이나 숲을 별처럼 수놓는 산딸기나무, 파랑새의 지저귐에서 봄을 느끼고, 어떤 이는 별나게도 메밀과 굴로 만든 음식을 더 이상 맛볼 수 없음을 깨닫고 나서야 그 무딘 가슴으로 봄이라는 초록빛 여왕을 맞이한다. 하지만 자연의 총아라면 새 신부, 봄의 달콤한 전언을 분명히 알아들을 것이다. 봄의 양자가 되어 그 품에 안기려면, 마음으로 봄을 진정 원해야 한다는 사실을 말이다.

지난여름 사라는 시골에 갔다가 한 농부와 사랑에 빠졌다.

(소설을 쓸 땐 이런 식으로 과거 사건을 환기시켜선 안 된다. 서툰 기

술인데다 독자가 흥미를 잃게 만든다. 여하튼 이야기를 계속 진행하자.)

사라는 서니브룩 농장에서 두 주 동안 머물렀다. 그녀는 프랭클린 씨의 아들 월터와 사랑에 빠졌다. 농부들은 대부분 사랑에 빠지고 결혼하고 서둘러 씨를 뿌리러 밭으로 돌아가는 데에 2주도 걸리지 않는다. 하지만 월터는 현대적인 농업가였다. 그는 축사에 전화기를 달았고, 이듬해 캐나다의 밀 수확이 한밤중에 심어 놓은 감자에 어떤 영향을 미칠지 정확하게 예측할 수 있었다.

월터가 청혼해 사라에게 승낙을 얻은 곳은 바로 나무 그늘이 드리워진 라즈베리 길이었다. 두 사람은 나란히 앉아 사라를 위한 민들레 화관을 만들었다. 월터는 노란색 꽃잎이 그녀의 긴 갈색 머리칼과 얼마나 잘 어울리는지 입에 침이 마르게 칭찬했다. 사라는 화관을 머리에 얹고 두 손으로 밀짚모자를 흔들며 집으로 돌아왔다.

결혼식은 봄에, 월터의 말에 따르면 가장 이른 봄소식에 맞춰 거행될 예정이었다. 결혼 약속을 뒤로하고 사라는 뉴욕으로 돌아와 타자 치는 일을 다시 시작했다.

방문을 두드리는 소리에 사라는 황홀했던 지난 여름날의 꿈에서 깨어났다. 슐렌버그 씨가 연필로 휘갈겨 쓴 이튿날 메뉴 초안을 종업원이 가져다주었다.

사라는 타자기 앞에 앉아 롤러 사이에 메뉴판 종이를 끼워 넣었다. 그녀의 타자 속도는 빠른 편이어서, 보통 한 시간 반이면 스물한 개의 메뉴판을 모두 끝냈다.

오늘은 평소보다 메뉴 변화가 많았다. 수프는 가벼워졌고, 메인 요리에서 돼지고기가 빠진 데다, 구이 요리에는 러시아 순무를 곁들이게 돼 있었다. 메뉴판 위에 부드러운 봄기운이 가득했다. 얼마 전까지만 해도 푸른 언덕을 뛰놀던 양은 생동감을 북돋아 줄 소스를 곁들인 양고기 요리가 되어 식탁에 오르게 되었다. 겨울 내음 나는 굴의 노래는 아직 완전히 사라지지는 않았지만 조금씩 부드럽게 소리가 작아졌고, 겨울에 잘 나가던 프라이팬은 구이용 석쇠에 자리를 내주고 거의 뒤편으로 밀려났다. 파이 종류가 크게 늘었고, 기름진 푸딩은 자취를 감췄다. 포장지에 둘둘 말려 있는 소시지는 메밀 요리, 운명을 다한 달콤한 메이플 시럽과 함께 메뉴판 저편으로 즐겁게 사라지기 직전이었다.

사라의 손가락은 여름 계곡 위를 뛰어노는 꼬마 요정처럼 춤을 추었다. 그녀는 정확한 눈썰미로 길이를 맞춰 가며 코스에 따라 순서대로 각 항목을 제자리에 쳐 내려갔다.

디저트 바로 위에는 채소로 만든 요리 항목이 있었다. 당근과 콩, 아스파라거스를 얹은 토스트, 다년생 토마토와 옥수수를 넣은 콩 요리, 리마 콩 요리, 양배추 그리고……

어느새 사라는 메뉴판을 앞에 두고 눈물을 흘리고 있었다. 마음속에서 어떤 성스러운 절망이 복받쳐 올라 그녀의 눈에 눈물을 고이게 한 것이다. 그녀는 조그만 타자기 위로 머리를 숙였고 그녀가 흐느낄 때마다 자판도 덩달아 덜컹거렸다.

사라는 지난 2주 동안 월터에게 편지를 받지 못했다. 그리고 메뉴판의 다음 항목은 민들레, 달걀을 곁들인 민들레였다. 달걀 따위는 중요하지 않다! 월터가 사라의 머리에 씌워 주고 그녀를 사랑의 여왕이자 미래의 신부로 만들어 준 민들레. 봄의 전령이지만, 이제는 행복했던 순간들을 떠올리게 해 오히려 슬픔의 왕관으로 기억되는 그 민들레였다.

여러분도 이런 시련을 겪는다면 웃음조차 나오지 않을 것이다. 당신이 퍼시라는 청년의 마음을 받아들인 날 밤, 그가 당신에게 마레샬니엘 장미꽃을 바쳤다고 가정해 보자. 그런데 그 장미가 프렌치드레싱에 버무려져 슐렌버그 씨네 정식 메뉴의 샐러드로 나온다면 기분이 어떻겠는가. 만약 줄리엣이 자기 사랑의 징표가 이렇게 망가진 것을 본다면, 곧장 약제상으로 달려가 망각의 약초를 구했을 것이다.

하지만 봄은 참으로 마법 같다. 강철과 암벽으로 둘러싸인 도시에도 한파를 뚫고 봄소식을 전하고야 만다. 이 소식을 전할 수 있는 존재는 오직 하나, 성긴 초록색 외투를 걸치고 수수한 얼굴을 한 작지만 강인한 배달부, 민들레뿐이다. 행운을 가져다주는 진정한 전사이며 프랑스 요리사들이 사자의 이빨이라 부르는 바로 그 꽃이다. 꽃이 피면 신부의 밤색 머리 위에서 화환으로 변해 사랑을 도와주고, 꽃이 피기 전 어리고 미숙할 때에는 팔팔 끓는 냄비로 들어가 봄내 가득한 여왕의 서신을 건네준다.

사라는 쏟아져 나오는 울음을 억지로 꾹꾹 참았다. 메뉴판 작업을 마쳐야만 했다. 하지만 민들레꽃의 황금빛 잔영이 아련하게 남은 나머지, 손가락만 생각 없이 자판을 두드릴 뿐 마음은 젊은 농부와 거닐던 풀밭 길을 헤매고 있었다. 그것도 잠시, 그녀의 영혼은 다시 맨해튼 아스팔트 길로 돌아왔고, 그녀는 파업을 저지하는 자동차처럼 덜컹거리며 자판을 두드리기 시작했다.

저녁 6시가 되자 종업원이 저녁 식사를 가져다주고 새로 만든 메뉴판을 받아 갔다. 사라는 한숨을 쉬며 달걀을 곁들인 민들레 요리를 옆으로 치웠다. 한때 민들레는 사랑의 서약을 새긴 눈부신 꽃이었지만 이제는 시들어 버린 지난여름의 꿈처럼 수치스럽고 시커먼 채소 한 접시가 되어 버렸다. 셰익스피어가 사랑은 스스로를 먹고 자란다고 말했던가. 하지만 사라는 태어나 처음으로 맛본 진실한 사랑의 향연, 바로 그 순간을 아름답게 장식해 준 민들레를 차마 먹을 수 없었다.

7시 반이 되자 옆집에서 싸우는 소리가 들렸다. 위층 남자는 플루트로 '라' 음을 찾느라 애쓰고 있었고, 난방은 좀 더 약해졌다. 마차 세 대가 석탄을 내리기 시작하자, 이에 질세라 어디에서인가 축음기 소리도 들려왔다. 뒷마당에서 울타리 위를 거닐던 고양이들은 전쟁에서 패배한 부대가 후퇴하듯이 천천히 사라졌다. 사라가 책 읽을 시간이 되면 항상 벌어지는 풍경이었다. 그녀는 그 달의 가장 안 팔리는 책으로 뽑힌 《수도원과 난로》를 꺼내 들었다. 그리고 짐 가방 위에 두 다리를 편하게 올려놓은 채 주인공 제라드와 함께 소설 속으로 방랑의 길을 떠났다.

그때 현관문의 초인종이 울렸다. 집주인이 문을 열어 주었다. 사라는 곰을 피해 나무 위로 올라간 제라드와 데니스를 내버려 두고 아래층에서 나는 소리에 귀 기울였다. 오, 여러분이어도 분명 똑같이 했을 것이다!

잠시 후 굵은 목소리가 아래층 복도에서 들렸다. 사라는 곰이 첫 번째 승리를 거두는 장면에서 책을 바닥에 내팽개치고 문으로 달려갔다.

여러분도 이미 짐작하듯이, 월터는 세 계단씩 성큼성큼 뛰어 올라와 수확한 볏단을 지푸라기 하나 흘리지 않고 꼭 그러안은 농부처럼, 계단 맨 위에 서 있는 사라를 품 안 가득 끌어안았다.

"그동안 왜 편지 한 통 없었던 거예요, 대체 왜요?" 사라는 소리쳤다.

"뉴욕이 이렇게 넓은 줄 몰랐어요," 월터가 말했다. "일주일 전에 당신이 살던 집을 찾아갔어요. 그런데 목요일에 이사를 나가고 없다더군요. 그래도 목요일이라서 조금은 안심했죠. 다행히 운수 나쁜 금요일은 피했다 싶어서 말이에요. 그 후로 경찰에게 도움을 구해 계속 당신을 찾아다녔어요."

"제가 편지에 썼잖아요!" 사라가 흥분한 목소리로 외쳤다.

"받은 적 없어요!"

"그런데 어떻게 절 찾은 거예요?"

월터는 봄처럼 환한 웃음을 지었다.

"아까 저녁 식사를 하러 옆집 식당에 우연히 들렀어요," 그가 말했다. "누가 알아도 상관없지만, 전 이맘때면 채소 요리가 당기거든요. 채소 요리 항목에서 먹을 만한 것을 찾으려고 타자기로 근사하게 찍힌 메뉴판을 죽 훑어보고 있었어요. '양배추' 바로 아래에 이르렀을 때 전 의자를 넘어뜨리며 벌떡 일어났고, 다급하게 주인을 불렀답니다. 그분이 당신이 사는 곳을 알려 주셨어요."

"기억나요." 사라는 행복에 겨운 탄식을 내뱉었다. "양배추 아래는 민들레였죠."

"당신 타자기가 대문자 더블유(W)를 줄에서 약간 위쪽에다 삐뚤삐뚤한 모양으로 찍는다는 걸 알고 있었거든요." 월터가 말했다.

"그렇지만 민들레란 단어에는 더블유가 없는 걸요." 사라가 신기하다는 듯 물었다.

젊은이는 주머니에서 메뉴판을 꺼내더니 손가락으로 한 부분을 가리켰다.

그것은 그날 오후에 사라가 맨 처음 친 메뉴판이었다. 오른쪽 위 모서리에 그녀가 흘린 눈물 자국도 그대로 있었다. 그런데 황금빛 꽃잎의 추억에 사로잡혀 사라의 손가락이 제멋대로 움직였던지 민들레 요리가 적혀 있어야 할 자리에는 엉뚱한 글자가 찍혀 있었다.

'붉은 양배추'와 '속을 채운 푸른 고추 요리' 사이에 적힌 메뉴는 다음과 같았다.

"삶은 달걀을 곁들인, 사랑하는 월터."

🍃 마지막 잎새

Leaves. On the ivy vine.
When the last one falls I must go, too.

워싱턴 광장의 어느 조그마한 서쪽 지구(地區)에는 길들이 거미줄처럼 얽히고설켜 있고, 길쭉하고 좁은 이른바 '갈림길'로 나뉘어져 있었다. 이 '갈림길'은 각도도 비딱하고 구불구불한 데다가 같은 길이 한두 번씩 엇갈리기도 했다. 어느 날 화가 한 명이 이 거리가 지닌 유용한 잠재력을 발견해 냈다. 만약 수금원이 물감이나 종이, 캔버스의 외상값을 받기 위해 이 길로 들어선다면 같은 자리를 빙빙 맴돌다가 결국 한 푼도 못 받고 돌아갈 것이 아닌가!

이런 연유로 화가들이 이 별난 그리니치빌리지로 삼삼오오 모여들어서, 집세가 싸며 북향 창문과 18세기 박공지붕, 네덜란드식 다락방을 갖춘 집을 찾아다니기 시작했다. 뒤이어 6번가에서 백랍으로 만든 머그잔이며 요리 기구 등을 들여오더니 결국 '예술가촌'을 형성하였다.

수와 존시도 아담한 3층짜리 벽돌 건물의 맨 위층에 작업실을 만들었다. '존시'는 조안나의 애칭이었다. 수는 마인주(州), 존시는 캘리포니아주 출신으로, 둘은 8번가의 '델모니코' 식당에서 식사하다가 처음 만났다. 예술과 치커리 샐러드, 소매 모양에 대한 취향이 같음을 알게 된 이후 작업실까지 같이 쓰는 사이가 되었다.

그때는 5월이었다. 11월이 되자 한기를 뿜어 대는 불청객이 유령처럼 이 마을을 돌아다니며 얼음장처럼 차가운 손끝으로 사람들을 감염시키고 다녔다. 폐렴이었다. 동쪽 지역에서는 이미 이 악한의 대범한 활약으로 희생자 수십 명이 발생했다. 하지만 이끼로 뒤덮인 좁은 미로 덕에 이 불청객이 '갈림길'의 구석구석에 영향을 미치는 데는 시간이 걸렸다.

폐렴은 이른바 기사도 정신을 지닌 노신사는 아니었다. 캘리포니아의 미풍을 받으며 자란 가냘프고 어린 아가씨에게 이 늙은 협잡꾼이 가쁜 숨을 몰아쉬며 주먹을 휘둘러 대는 것은 공평한 일이 아니었다. 그럼에도 폐렴은 존시를 덮쳤고, 그녀는 페인트칠을 한 철제 침대에 꼼짝없이 누워서 작은 네덜란드식 유리창 밖으로 보이는 이웃 벽돌집의 횅한 벽면만 하루 종일 쳐다보고 있었다.

어느 날 아침, 의사가 수를 찾아와 복도로 불러냈다. 분주한 와중이라 회색 눈썹도 정돈하지 않은 채였다.

"살아날 확률이 있습니다. 열에 하나이긴 하지만," 그가 수은 체온계를 흔들면서 말했다. "그것도 그녀가 살고자 하는 욕망을 가질 때에만 그렇습니다. 장의사 손에 인도될 날만을 꼽는 사람에겐 어떤 명약도 소용이 없지요. 이 아가씨는 자신이 나아질 가망이 없다고 확신하고 있어요. 혹시 평소에 맘속 깊이 꿈꾸던 일이 있나요?"

"언젠가 꼭 나폴리만을 그리고 싶다고 했어요." 수가 말했다.

"그림이라고요? 말도 안 되는 소리! 삶에 대한 희망을 가질 만한 그런 건 없을까요, 예를 들자면 남자라든가?"

"남자요?" 수가 뾰로통한 목소리로 말했다. "남자가 뭐 그리 대단한지는 모르겠지만 그런 건 없어요, 선생님."

"안됐군요." 의사가 말했다. "내 힘이 닿는 한 모든 의술을 동원하겠소. 하지만 환자가 자신의 장례식 행렬을 따라가는 마차 수를 세기 시작한다면 약의 치료 효과는 절반으로 줄어들 겁니다. 만에 하나 그녀가 이번 겨울에 유행할 외투의 소매 스타일이 뭔지 궁금해하도록 만들 수만 있다면, 장담하건대 살아날 확률이 열에 하나에서 다섯에 하나로 늘어날 겁니다."

의사가 돌아가자 수는 작업실로 돌아와 냅킨에 대고 눈물을 쏟았다. 그런 다음 아무렇지도 않은 듯 휘파람으로 재즈 가락을 불면서 화판을 들고 존시의 방으로 들어갔다.

존시는 고개를 창문 쪽으로 돌린 채 이불을 덮고 꼼짝도 않고 누워 있었다. 수는 존시가 잠들었다는 생각에 휘파람을 멈추었다.

그녀는 화판을 정돈하고 펜과 잉크를 꺼내 잡지에 실릴 소설의 삽화를 그리기 시작했다. 신진 작가가 문단에 첫발을 딛기 위해 잡지에 글을 싣는다면, 마찬가지로 젊은 화가에게는 진정한 예술가가 되는 첫걸음으로 그 소설의 삽화를 그리는 일이 다반사였다.

수는 소설 속 주인공인 아이다호주 카우보이의 모습 위에 말 품평회에서 입는 세련된 바지와 단안경(單眼鏡)을 그려 넣고 있었다. 그때 존시가 같은 말을 반복해서 중얼거리는 소리가 들렸다. 수는 재빨리 침대 곁으로 다가갔다.

존시는 눈을 크게 뜨고 있었다. 그녀는 창문 밖을 바라보며 숫자를 거꾸로 세고 있었다.

"열둘." 그녀가 말했다. 잠시 후 "열하나." 또 금방 "열." 그리고 "아홉." 그다음에는 "여덟.", "일곱."을 거의 동시에 내뱉었다.

수는 걱정스러운 눈으로 창밖을 쳐다보았다. 대체 무얼 세고 있는 걸까? 창밖에 보이는 건 황량하고 텅 빈 마당과 6미터쯤 떨어진 옆집의 휑한 벽돌담뿐이었다. 그곳에는 뿌리가 썩어 말라비틀어진 담쟁이덩굴이 벽면의 반을 휘감고 있었다. 가을의 차가운 입김이 덩굴을 세차게 흔든 탓에 잎이 거의 떨어져서, 헐벗은 담쟁이 줄기만이 다 허물어져 가는 벽에 매달려 있었다.

"뭘 세고 있는 거야, 존시?" 수가 물었다.

"여섯." 존시가 거의 속삭이듯 말했다. "이제는 더 빨리 떨어지고 있어. 3일 전만 해도 100개 정도가 있어서 세느라 머리가 아플 지경이었는데. 근데 지금은 쉬워졌어. 저기 또 하나 떨어지네. 이제 다섯 개밖에 남지 않았어."

"뭐가 다섯 개라는 거야. 말 좀 해봐."

"담쟁이덩굴에 매달린 잎사귀. 마지막 잎이 떨어지면 나도 같이 죽을 거야. 3일 전부터 그런 확신이 들어. 의사가 아무 말도 안 해?"

"오, 그런 말도 안 되는 이야긴 처음 들어 봐." 수는 황당한 표정으로 그녀의 말에 반발했다. "다 시들어 버린 담쟁이가 네 건강이랑 무슨 상관이란 말이야? 예전엔 저 덩굴을 좋아했었잖아, 이 말썽꾸러기야. 바보같이 굴지 마. 오늘 아침 의사 선생님이, 어디 보자, 그분의 말씀을 그대로 옮기자면, 네가 회복될 확률은 열에 아홉이라고 하셨어. 뉴욕에서 전차를 타거나 새로 지어진 건물 앞을 지나갈 때 무사히 살아날 확률과도 비슷해. 일단 수프를 좀 먹어. 나도 얼른 그림을 그려야겠어. 그래야 편집자에게 그림을 넘긴 돈으로 이 병약한 아가씨가 마실 포도주와 식탐 많은 내가 먹을 돼지고기를 살 수 있을 테니 말이야."

"포도주는 이제 더 사지 않아도 돼," 존시는 창밖에 시선을 고정하고 말했다. "저기 또 하나가 떨어지네. 수프 같은 것도 생각 없어. 이제 네 개밖에 남지 않았어. 어두워지기 전에 마지막 잎새가 떨어지는 걸 보고 싶어. 그럼 나도 같이 사라지겠지."

"이봐, 존시," 수가 몸을 앞으로 숙이며 말했다. "나와 약속 하나만 해 줄래? 내가 작업을 마칠 때까지 제발 눈을 감고 창밖을 쳐다보지 않을 순 없을까? 내일까지 그림을 잡지사에 전달해야만 하거든. 커튼을 내리고 싶지만 그림을 그리려면 빛이 있어야 해서 그래."

"그냥 다른 방에서 그리면 안 될까?" 존시는 냉담하게 물었다.

"난 네 옆에 있고 싶어," 수가 말했다. "무엇보다 네가 저 엉터리 같은 담쟁이덩굴 따위를 바라보는 게 싫어."

"그렇다면 그림을 완성하는 대로 알려 줘," 그녀는 눈을 감은 채로 말했다. 창백한 얼굴을 하고 가만히 누워 있는 그녀의 모습은 마치 바닥에 쓰러진 동상 같았다. "마지막 잎새가 떨어지는 걸 꼭 보고 싶어. 이젠 기다리는 일도 생각하는 일도 다 지겨워. 모든 집착을 훌훌 털어 버리고 저 지치고 가여운 담쟁이 잎처럼 나도 저 아래로 떨어질 거야."

"눈 좀 붙여," 수가 말했다. "버만 씨를 불러서 고독하고 늙은 광부 역할을 해달라고 부탁해야겠어. 얼마 안 걸릴 거야. 내가 돌아올 때까지 그대로 있어."

버만 씨는 나이가 지긋한 화가로 같은 건물 1층에 살고 있었다. 예순 살이 넘은 그는 반인반수(半人半獸)를 닮은 얼굴에 꼬마 도깨비처럼 키가 작았고 미켈란젤로의 모세상(像)에나 있을 법한 구불구불한 턱수염을 늘어뜨리고 있었다. 버만 씨는 실패한 화가였다. 40년 동안 붓을 휘둘렀는데도 예술의 신(神)인 뮤즈의 옷자락도 건드려 보지 못했다. 말로는 항상 걸작을 그리고야 말겠다고 떠들었지만 단 한 번도 시작한 적은 없었다. 몇 년 동안 그가 그린 작품이라고는 고작 별 볼 일 없는 상업용 그림이 전부였다. 그는 전문 모델을 기용할 형편이 안 되는 예술가촌의 젊은 화가들에게 모델을 서주고 푼돈을 벌었다. 항상 술에 취해 있으면서도 조만간 걸작을 그릴 거라고 끊임없이 주절거렸다. 이 괴팍한 늙은이는 사람들의 연약한 모습을 심하게 비웃고는 했는데, 위층의 젊은 화가 두 명만큼은 경호원을 자처하며 보호하려 들었다.

수가 어두침침한 아래층 작업실에 들어섰을 때 술에 취한 버만 씨에게서 향나무 열매로 만든 술 냄새가 강하게 풍겼다. 작업실 한쪽 모퉁이에는 25년 동안 그 자리에서 걸작의 첫 붓놀림을 기다려 온 하얀 캔버스가 이젤 위에 놓여 있었다. 수는 그에게 존시가 망상에 빠져 있다는 이야기를 건네며, 그녀를 지탱하는 유일한 희망이 떨어져 버리면 잎새처럼 가볍고 연약한 그녀 역시 사라질까 봐 두렵다고 말했다.

버만 씨는 충혈된 눈에서 눈물을 쏟더니 존시의 바보 같은 망상에 경멸과 조소를 퍼부었다.

"뭐라고!" 그가 소리를 질렀다. "빌어먹을 담쟁이 잎사귀가 다 떨어진다고 죽는다는 멍청한 인간이 어디 있단 말이야? 그런 터무니없는 소리는 난생처음이야. 관두자고, 그 바보 같은 광부 그림 모델 노릇도 집어치울 거야. 왜 그 아가씨가 그런 황당한 생각을 하도록 내버려 둔 거야? 오, 가여운 존시 양."

"존시가 몸이 너무 약해져서 그런가 봐요," 수가 말했다. "고열 때문인지 터무니없고 괴상한 상상에서 헤어 나오질 못해요. 뜻은 잘 알겠습니다, 버만 씨. 내키지 않으시면 모델은 하지 않으셔도 돼요. 단지 당신이 지독하게도 무책임한 노인네라는 것만은 알아 두세요."

"계집애처럼 토라지기는!" 버만 씨가 소리쳤다. "누가 모델을 안 하겠대? 할 거야, 한다고. 준비가 끝났다고 한 시간 반 전부터 얘기하려고 했어. 신이시여! 이곳은 존시 양처럼 착한 아가씨가 병치레를 할 만한 곳이 아니야. 조만간 내가 걸작을 그리게 되면, 우리 다 같이 좋은 곳으로 떠나자고. 그래! 그러자고."

두 사람이 위층으로 올라왔을 때 존시는 잠들어 있었다. 수는 창턱까지 커튼을 내리고 버만 씨에게 옆방으로 오라는 몸짓을 했다. 그들은 창문 밖 담쟁이덩굴을 두려운 마음으로 바라보았다. 그러다 둘은 잠시 동안 말없이 서로를 쳐다보았다. 차가운 빗줄기가 눈발과 섞여 쉴 새 없이 내리치고 있었다. 낡은 푸른색 셔츠를 걸친 버만 씨는 바위 대신 엎어 놓은 주전자 위에 앉아 광부처럼 자세를 잡았다.

한 시간가량 잤을까, 수가 눈을 떴을 때는 아침이 밝아 있었다. 존시는 벌써 일어나 눈을 크게 뜨고서 아래로 드리워진 초록빛 커튼을 멍하니 바라보고 있었다.

"커튼을 걷어 줘. 창밖을 보고 싶어." 그녀가 속삭이듯 말했다.

지친 빛이 역력한 수는 그녀의 말을 따랐다.

이럴 수가! 밤새도록 비바람이 세차게 몰아쳤는데도 잎사귀 하나가 아직 담벼락에 붙어 있었다. 마지막 잎새였다. 줄기 주변은 아직 진녹색을 띠었지만 삐죽삐죽한 가장자리는 노랗게 썩어 죽음의 징조를 보이는 이 잎은 땅바닥에서 6미터쯤 떨어진 가지에 늠름하게 매달려 있었다.

"마지막 잎새야," 존시가 말했다. "분명 밤사이 모두 떨어졌을 거라고 생각했는데. 바람 소리를 들었거든. 오늘은 떨어지겠지, 그럼 나도 같이 죽는 거야."

"제발, 제발!" 수는 베개에 야윈 얼굴을 파묻으며 외쳤다. "너 자신을 위해서가 아니라면 내 생각이라도 해줘. 난 어떻게 하라는 거야?"

그러나 존시는 아무 말도 하지 않았다. 살면서 가장 쓸쓸할 때는 죽음으로 가는 신비롭고 긴 여정을 홀로 준비해야 할 때이다. 우정과 생에 대한 애착이 조금씩 느슨해질수록 그녀를 사로잡은 망상은 더욱 심해졌다.

날이 저물고 땅거미가 질 때까지 홀로 남은 잎사귀는 담벼락을 휘감은 담쟁이 줄기에 매달려 있었다. 그렇게 밤이 왔고, 낮은 네덜란드식 처마 아래로 다시 북풍이 들이닥쳤다.

동이 트자 존시는 무심하게 커튼을 올려 달라고 했다.

담쟁이 잎은 아직 그대로였다.

존시는 누워서 하염없이 잎새를 바라보았다. 잠시 후 그녀가 가스난로 불에 올려놓은 닭고기 수프를 젓고 있던 수를 불렀다.

"난 정말 나쁜 사람이었어, 수." 존시가 말했다. "내가 얼마나 못된 사람인지 깨닫게 하려고 알 수 없는 힘이 저 마지막 잎새를 붙들고 있는 것 같아. 죽기를 바라다니, 내가 큰 죄를 지었어. 이제 수프와 포도주를 조금 넣은 우유를 좀 먹고 싶어, 아니 먼저 손거울을 갖다 줘. 그런 뒤에 내 등에 베개 좀 받쳐 주겠니? 앉아서 네가 요리하는 걸 지켜보고 싶어."

한 시간이 지난 후 그녀가 말했다.

"수, 난 언젠가 나폴리 만을 그리고 싶어."

그날 오후 의사가 방문했다. 수는 진료를 마치고 나가는 그를 복도로 불렀다.

"살아날 확률은 반반입니다." 의사가 떨고 있는 수의 야윈 손을 잡고 그렇게 말했다. "극진히 간호만 해준다면 다 잘될 거예요. 아래층에 환자가 있어서 이제 가봐야 합니다. 이름이 버만이라고, 화가 같더군요. 그도 역시 폐렴이에요. 나이도 많고 쇠약한 데다 폐렴이 심하게 와서 희망이 보이지 않아요. 어쨌거나 좀 더 편안한 곳에서 지내게 하려고 오늘 중에 병원으로 모실 예정이에요."

다음 날 의사가 방문해 수에게 말했다. "존시 양은 위험한 고비를 넘겼습니다. 수고 많았어요. 이제 잘 먹이고 잘 돌보면 문제없을 겁니다."

그날 오후 존시는 누워서 전혀 쓸모없어 보이는 짙푸른 양모 스카프를 기분 좋게 짜고 있었다. 수는 존시를 베개째로 와락 껴안았다.

"해줄 말이 있어, 꼬마 아가씨," 그녀가 말했다. "버만 씨가 오늘 병원에서 폐렴으로 돌아가셨어. 겨우 이틀 앓았을 뿐인데 말이지. 건물 관리인이 그저께 아침에 방에 들렀다가 폐렴으로 쓰러진 그를 발견했어. 입고 있던 옷가지며 신발이 축축하게 젖었고 얼음장처럼 차가웠대. 사납게 비바람이 몰아치던 밤에 어딜 돌아다닌 건지 도무지 짚이는 게 없었다는 거야. 방을 둘러보니 전등엔 여전히 불이 켜져 있었고, 사다리는 어딜 끌고 나갔었는지 멋대로 놓여 있는 데다가 붓은 여기저기 던져져 있고, 팔레트 위엔 녹색과 노란색 물감이 섞여 있었다는 거야. 그때 창밖으로 고개를 돌렸는데, 세상에, 담벼락에 붙어 있는 마지막 잎새가 눈에 들어온 거야. 왜 그 잎사귀가 바람결에 조금도 흔들리거나 움직이지 않았는지 이상하지 않니? 오, 존시. 그건 버만 씨가 그린 걸작이었던 거야. 마지막 담쟁이 잎이 떨어지던 그날 밤 그가 담벼락에 그림을 그려 놓은 거였어."

🌿 20년 후

It sometimes changes
a good man into a bad one.

순찰을 도는 경찰이 대로를 늠름하게 걸어가고 있었다. 구경할 행인도 거의 없는 것으로 보아, 그의 걸음걸이는 몸에 밴 당당함에서 나온 것일 뿐 남을 의식한 행동 같지는 않았다. 아직 밤 10시가 되지도 않았는데, 매서운 바람에 비까지 추적추적 내려서인지 거리에는 인적이 드물었다.

그는 정교하고 현란한 움직임으로 곤봉을 빙글빙글 돌리면서 집집마다 문단속을 하는 와중에도 조용한 도로 쪽으로 시선을 던지며 경계를 늦추지 않았다. 건장한 체구와 의기양양한 걸음걸이 덕에 영락없이 평화의 수호자처럼 보였다. 인근 거리에 있는 가게들은 대개 저녁 일찍 영업을 종료했다. 사무실은 대부분 일찌감치 문을 닫았고, 간간이 담배 가게나 심야 간이식당에서 불빛이 새어 나왔다.

어느 구역 중간까지 걸어왔을 때 경찰은 갑자기 발걸음을 늦추었다. 한 남자가 불붙이지 않은 담배를 입에 물고 컴컴한 철물점 출입구에 기대어 서 있었다. 경찰이 곁으로 다가가자 남자는 황급히 입을 열었다.

"별일 아닙니다, 경관님." 남자는 안심하라는 듯이 말했다. "저는 친구를 기다리는 중입니다. 20년 전에 약속했거든요. 좀 이상하게 들린다는 거 압니다. 못 믿겠지만 사연이 궁금하다면 제가 설명해 드리죠. 한 20년쯤 전 바로 이 철물점 자리에 식당이 하나 있었죠, '빅 조 브래디'라는 가게였어요."

"5년 전까지도 있었죠," 경찰관이 말했다. "그해에 건물이 헐렸지만요."

입구에 서 있던 남자는 성냥을 그어 담배에 불을 붙였다. 성냥 불빛에 비친 그의 얼굴은 창백하고 각이 져 보였다. 눈매는 날카로웠고, 오른쪽 눈썹 언저리에는 작고 흰 상처가 나 있었다. 큰 다이아몬드가 박힌 넥타이핀은 특이한 모습이었다.

"20년 전 오늘," 남자가 말했다. "전 이곳 '빅 조 브래디'에서 제가 가장 아끼는 친구이자 세상에 둘도 없이 멋진 녀석, 지미 웰스와 식사를 했습니다. 우리는 이곳 뉴욕에서 형제처럼 자랐죠. 저는 열여덟이었고 지미는 스물이었어요. 다음 날 아침 저는 큰돈을 벌기 위해 서부로 떠날 예정이었습니다. 지미는 좀처럼 뉴욕을 떠나려고 하지 않았어요. 그 친구는 뉴욕이 지구의 유일한 도시라고 생각했으니까요. 그날 밤 우리는 약속했습니다. 우리가 어떤 상황에 처하든 얼마나 멀리서 살고 있든 간에, 정확히 20년 후 같은 날 같은 시간에 이곳에서 다시 만나자고. 20년이 지난 후면 각자 운명을 개척해서 단단히 한몫 챙겼을 거라고 생각했죠."

"굉장히 재미있네요," 경찰이 말했다. "20년 후의 약속이라니, 너무 긴 시간이군요. 서부로 떠난 후에 친구 소식은 전혀 듣지 못했나요?"

"듣긴 했죠. 얼마 동안은 편지를 주고받았어요," 남자가 말했다. "하지만 1, 2년 후 소식이 끊겨 버렸어요. 알다시피 서부가 워낙 땅덩어리가 넓지 않습니까. 서부 전역을 신나게 누비고 다니다 보니 그렇게 됐습니다. 그렇지만 지미가 살아 있다면 꼭 저를 만나러 이곳에 올 겁니다. 그 녀석은 제가 아는 가장 진실하고 믿음직한 친구니까요. 절대 잊지 않았을 거예요. 전 오늘 밤 이 문 앞에 서기 위해 수천 킬로미터도 넘게 달려왔습니다. 제 오래된 벗이 나타나 주기만 한다면 그쯤은 아무것도 아니죠."

친구를 기다리는 그 남자는 뚜껑에 작은 다이아몬드가 여러 개 박힌 근사한 회중시계를 주머니에서 꺼냈다.

"10시 3분 전이군요," 그가 시간을 알려 주었다. "우리가 식당 문 앞에서 작별 인사를 한 시간이 정확히 10시였답니다."

"서부에서 큰 재미를 보셨나 보군요. 맞죠?" 경찰이 물었다.

"두말하면 잔소리죠! 지미가 제 반만이라도 성공했으면 좋겠어요. 참 좋은 녀석이긴 한데, 무식하게 노력만 하는 샌님이라서요. 저는 큰돈을 벌기 위해 세상에서 제일가는 협잡꾼들과 아귀다툼을 하며 살았습니다. 다람쥐 쳇바퀴 돌 듯 지루한 뉴욕과 달리 서부는 매일매일이 아찔한 모험의 연속이죠."

경찰은 곤봉을 휘두르며 걸음을 뗐다.

"저는 하던 일을 마저 끝내러 가야겠습니다. 친구를 꼭 만나시길 바랍니다. 정시까지만 기다리다 돌아가실 건가요?"

"그럴 리가 있나요!" 남자가 말했다. "적어도 30분은 더 기다려야죠. 어딘가에 죽지 않고 살아 있다면 지미는 그 전에 도착할 겁니다. 그럼 수고하십시오, 경관님."

"좋은 밤 보내십시오." 인사를 나눈 경찰은 문단속을 하면서 순찰 근무를 계속했다.

차가운 밤비가 부슬부슬 내렸다. 이따금 윙윙거리던 바람은 어느새 끊임없이 불어 왔다. 주변을 서성이던 몇 안 되는 행인은 외투 깃을 세우고 주머니에 손을 넣은 채 우울한 표정으로 서둘러 발길을 재촉했다. 그리고 철물점 앞에는 어린 시절을 함께 보낸 친구와 다짐했던, 불확실하다 못해 황당무계한 약속을 지키기 위해 수천 킬로미터를 달려온 남자가 여전히 담배를 피우며 옛 친구를 기다리고 있었다.

20분쯤 지났을까, 긴 외투 차림에 옷깃을 귀까지 세운 키 큰 남자가 반대편에서 빠른 걸음으로 길을 건넜다. 그는 철물점 앞에 서 있는 남자에게 곧장 걸어왔다.

"자네 혹시 밥인가?" 그는 미심쩍은 듯 물었다.

"그럼 자네가 지미 웰스란 말이야?" 문 앞의 남자는 외쳤다.

"정말 놀라운걸!" 이제 막 도착한 남자가 소리쳤고, 둘은 서로의 손을 움켜잡았다. "밥이 틀림없군. 죽지 않고 살았다면 분명 자네를 여기서 만나리라고 확신했어. 이런 세상에나! 20년이 참으로 긴 시간이구먼. 밥 자네도 많이 늙었어. 자네랑 그 식당에서 밥 한 끼 더 할 수 있다면 좋았을 텐데 아쉬워. 서부는 지낼 만했나, 친구?"

"고되긴 했지만 내가 원하던 건 다 이루었지. 지미 자네도 많이 변했군. 예전엔 5, 6센티미터 더 작았던 걸로 기억하는데."

"오, 스무 살이 지나서 키가 조금 자랐지."

"뉴욕 생활은 할 만하고?"

"그럭저럭 지내고 있네. 시청에 취직해서 일하고 있어. 정말 꿈만 같네, 밥. 내가 아는 곳이 있으니 좀 걸으면서 옛날 얘기나 실컷 하자고."

두 남자는 팔짱을 끼고 거리를 걷기 시작했다. 서부에서 온 남자는 성공에 한껏 도취해 인생 역정을 늘어놓기 시작했다. 상대방 남자는 외투에 몸을 깊이 파묻은 채 흥미롭게 이야기를 들었다.

모서리에 있는 약국에 다다르니 전구가 켜져서인지 사방이 훤했다. 불빛 아래에 발을 들이고서야 두 사람은 동시에 서로의 얼굴을 바라보았다.

서부 남자는 갑자기 걸음을 멈추고 팔짱을 풀었다.

"당신은 지미 웰스가 아니군," 그가 정색하며 말했다. "아무리 20년 세월이라고 해도 매부리코가 들창코로 바뀔 만큼 긴 시간은 아니야."

"하지만 선량한 사람이 악인으로 변할 수 있는 시간이지," 키 큰 남자가 말했다. "당신은 10분 전부터 구속된 상태야. '실키' 밥. 당신이 뉴욕에 들를 가능성이 있다고 판단한 시카고 본부에서 자네와 할 이야기가 있으니 우리에게 도와 달라는 연락을 해왔거든. 순순히 따라오는 게 좋겠지? 그게 현명한 판단이야. 경찰서로 이송하기 전에 자네에게 전해 달라고 부탁받은 쪽지가 여기 있네. 지금 창문 불빛에 비춰 봐도 좋아. 이곳을 순찰하던 웰스 경관이 준 것이네."

서부에서 온 남자는 경찰이 전해 준 쪽지를 펼쳤다. 쪽지를 읽기 시작할 때만 해도 미동도 없던 그의 손이 다 읽을 무렵에는 조금씩 떨려 왔다. 내용은 길지 않았다.

밥, 나는 제시간에 약속 장소에 갔었네. 자네가 담뱃불을 붙일 때, 시카고에서 찾고 있는 수배범이 자네라는 걸 알았지. 하지만 내 손으로 직접 자네를 체포할 수 없었어. 그래서 자리를 피하고 사복 경찰에게 그 일을 대신하라고 한 걸세.

지미로부터.

가구 딸린 셋방

Then suddenly, as he rested there,
the room was filled with
the strong, sweet odor of mignonette.

뉴욕 시 웨스트사이드 아래쪽에 있는 붉은 벽돌집 주택가에는 수많은 이들이 들고나는데, 쉴 새 없이 오가는 모습이 손에 잡히지 않는 시간의 흐름을 그대로 빼닮은 듯하다. 그들은 집이 없기 때문에, 오히려 집 수백 개를 가지고 있다. 그들은 가구가 딸린 셋방을 전전하는 영원한 나그네이며, 거처만이 아니라 정신과 영혼까지도 모두 안주하기를 거부하는 철새다. 그들은 〈즐거운 나의 집〉을 래그타임[3]풍으로 부르며 종이 상자 안에 귀중한 가재도구를 갖고 다닌다. 챙 넓은 숙녀용 모자에 달린 꽃 장식

---

3) ragtime. 19세기 말에 유행한 피아노 연주 방식으로, 당김음이 많은 것이 특징이다. 주로 흑인 피아니스트가 연주했으며 재즈의 전신(前身)이 되었다.

이 담벼락을 휘감은 담쟁이 대신이고, 화분 속 고무나무가 마당의 무화과나무나 다름없다.

이렇게 떠돌이 수천 명이 둥지를 트는 곳이니, 집집마다 이야기 수천 개가 숨어 있기 마련이다. 분명 열에 아홉은 재미없지만 말이다. 그래도 이 많은 방랑자가 머무는 곳에 유령 한둘쯤 없다면 그건 이상한 일일 테다.

어둑해진 어느 날 저녁, 한 청년이 집집마다 초인종을 누르며 이 허물어져 가는 붉은 벽돌 주택가를 어슬렁거리고 있었다. 열두 번째 집에 이르렀을 때 그는 홀쭉한 손가방을 계단 위에 올려놓고 모자와 이마에 묻은 먼지를 닦았다. 초인종 소리는 심연에서 나는 소리처럼 저 멀리에서 희미하게 울려 퍼졌다.

열두 번째 집의 문이 열렸고 집주인이 나왔다. 그녀의 몰골은 열매 속을 다 갉아먹고 또 다른 먹음직한 투숙객을 받아 속을 채우려는 지긋지긋한 해충을 연상시켰다.

그는 빈방이 있는지 물었다.

"들어오세요." 집주인이 말했다. 그녀의 목소리는 목구멍이 잔털로 촘촘히 뒤덮인 게 아닐까 하는 의심을 불러일으켰다. "3층 뒤편에 일주일째 비어 있는 방이 하나 있는데, 보실래요?"

청년은 그녀를 따라 계단을 올라갔다. 어디선가 흘러나온 희미한 불빛이 복도의 어둠을 조금 사라지게 했다. 두 사람은 계단에 깔린 너덜너덜한 카펫을 조용히 밟았다. 카펫은 본모습을 알아보기 힘들 만큼 다 헤져 푸성귀처럼 보이는 데다, 음지의 눅눅함 때문에 여기저기 빽빽하게 자란 이끼가 걸을 때마다 유기물처럼 끈적끈적하게 발에 달라붙었다. 계단을 오르며 모퉁이를 돌 때마다 벽에는 움푹 들어간 틈새가 보였다. 식물이 한때 그곳에 뿌리를 내렸으리라. 그리고 얼마 안 가 악취와 숨 막히는 공기 때문에 죽었으리라. 혹여 성자상이 놓여 있었대도 악마와 도깨비가 암흑으로 끌고 가 저 깊은 곳, 그들에게 안성맞춤인 불경스러운 구덩이 속으로 던져 넣었을지 모른다.

"이 방이에요." 집주인이 털 난 목구멍에서 나오는 듯 소름 끼치는 목소리로 말했다. "좋은 방이죠. 좀처럼 비지 않는 방이에요. 지난여름에는 아주 교양 있는 손님들이 머물다 갔지 뭐예요. 말썽 한 번 피우지 않고, 집세도 밀린 적이 없었어요. 수도는 복도 끝에 있답니다. 스프롤스와 무니도 여기서 석 달간 머물렀어요. 소극장에서 촌극을 하는 사람들이었죠. 이름을 알지 모르겠는데, 브레타 스프롤스 양이라고…… 아참, 그건 무대에서만 쓰는 예명이랬지. 저기 찬장 바로 위에 결혼 증명서 액자가 걸려 있으니 보세요. 가스는 이쪽에 있고, 보시다시피 옷장도 넉넉하니 걱정 없어요. 보는 사람마다 욕심내는 방이죠. 짐이 빠지기가 무섭게 금세 사람이 들어온답니다."

"연극하는 사람들이 많이 머무나요?" 청년이 물었다.

"그런 부류도 들락거리죠. 투숙객이 대부분 연극과 관련된 사람이라고 봐야 해요. 주변에 극장이 밀집해 있으니까 그럴 수밖에요. 배우들은 절대 한곳에 오래 머무는 법이 없어요. 난 나대로 돈을 버는 거고. 말한 대로 그런 사람들이 수도 없이 오고 가요."

그는 일주일 치 집세를 선불로 내기로 하고 방을 계약했다. 그는 피곤하니 당장 방을 쓰겠다고 하며 돈을 꺼내서 셌다. 주인은 수건이며 물이며 모든 것이 완벽하게 준비가 돼 있다고 말했다. 그러고 나서 주인이 막 자리를 뜨려고 할 때, 그는 여러 집을 돌며 천 번이나 물었던, 혀끝에 맴돌던 질문을 내뱉었다.

"배시너, 엘로이즈 배시너 양이라는 젊은 아가씨가 이 집에 머문 적이 있나요? 무대에서 노래한다고 했을 거예요. 예쁘장하게 생겼고요. 키는 적당히 크고 몸매는 호리호리하고, 붉은 기가 도는 금발에 왼쪽 눈썹 언저리에 검은 점이 있어요."

"몰라요, 그런 이름은 생각이 안 나네요. 무대에 서는 사람들은 거처를 옮길 때마다 이름을 바꾸거든요. 그런 이름은 머릿속에 전혀 떠오르질 않아요."

모른다. 항상 모른다는 대답만 돌아왔다. 다섯 달 동안 쉬지 않고 같은 질문을 했지만, 모른다는 대답뿐이었다. 낮이면 지배인, 중개인, 학교, 합창단을 찾아다녔고, 밤에는 유명인들이 출연하는 극장에서 관객들을 붙들고 수없이 물어보았다. 싸구려 극장을 뒤질 때는 혹시 그녀를 그런 곳에서 찾게 될까 봐 두려움에 떨기도 했다. 그는 너무나 사랑하는 그녀를 찾기 위해 최선을 다했다. 그는 그녀가 가출한 후 물로 둘러싸인 이 도시 어딘가에 머물 것이라고 확신했다. 하지만 이 도시는 모래 입자가 끊임없이 이동하는 거대한 모래 늪과 같다. 오늘까지만 해도 위쪽에 있던 모래 알갱이가 내일이면 저 아래 깊이를 알 수 없는 진흙 속에 곤죽이 되어 묻혀 버리고 만다.

가구가 딸린 셋방은 매춘부의 허울 좋은 웃음처럼 요란하고 겉만 번지르르할 뿐, 실상은 초라하고 위선적인 환대로 새로운 손님을 맞이했다. 어슴푸레 빛을 반사하는 방 안의 물건들, 이를테면 벌레 먹은 가구들, 다 해져서 누더기인 공단 소파 덮개와 의자 두 개, 창문 사이에 걸려 있는 30센티미터 정도 폭의 커다란 싸구려 거울, 금칠이 된 액자 두어 개와 구석에 놓인 황동 침대 같은 것들이 거짓된 안락함을 억지스럽게 자아내고 있었다.

손님이 힘없이 의자에 몸을 기대자, 방은 이곳이 바벨탑에 마련된 숙소라도 되는 양, 그동안 거쳐 간 다양한 투숙객에 대해 왁자지껄 두서없이 말해 주려는 것 같았다.

바닥에 깔린 오색 양탄자는 화려한 꽃이 만발한 네모난 열대 섬처럼 보였는데, 꼬질꼬질한 깔개를 파도치는 바다 삼아 그 위에 놓여 있었다. 화사한 벽지를 바른 벽에는 이 집 저 집을 전전하는 방랑자들이 끌고 다녔던 그림들이 걸려 있었다. 〈위그노의 연인들〉, 〈첫 번째 말싸움〉, 〈결혼식의 아침 식사〉, 〈샘가의 프시케 여신〉 같은 것들이었다. 아마존 여인들이 춤을 출 때 아슬아슬하게 걸치는 허리띠처럼 맵시 있는 모양새로 비스듬하게 걸린 커튼 주름 뒤로, 수수한 벽난로의 윤곽이 수줍은 듯 비쳐 보였다. 그리고 그 위에는 운 좋게 새로운 항구로 항해하게 된 투숙객들이 버리고 간 형편없는 꽃병 한두 개, 여배우 사진 몇 장, 약병, 짝이 맞지 않는 카드 몇 벌 같은 잡동사니가 황량하게 널브러져 있었다.

이 방에 머문 사람들의 미미한 흔적이 암호가 풀리듯 하나씩 그 의미를 드러내기 시작했다. 화장대 앞 낡은 깔개는 얼마나 닳았던지 실밥이 다 빠져나와 있어서 그동안 이곳에 예쁜 여성들이 많이 머물다 갔다는 것을 말해 주었다. 벽에 찍힌 작은 손가락 자국은 이 방에 갇혀 있던 아이들이 감옥 같은 이곳에서 벗어나 신선한 공기와 태양을 느껴 보려고 더듬었던 흔적이었다. 폭탄이 터지면서 남긴 파편 같은 희미한 얼룩 자국은 내용물이 남은 유리잔이나 병을 벽에 던져 깨지면서 생긴 것이었다. 누군가 유리칼로 '마리'라는 이름을 벽거울 위에 삐뚤빼뚤하게 휘갈겨 쓴 흔적도 있었다. 이 방에 묵은 사람 몇몇이 겉만 화려한 이곳의 냉대에 참을성을 잃고 치솟는 분노를 참지 못해 마치 방에게 복수를 가한 듯 보였다. 가구는 군데군데 이가 빠지거나 찌그러져 있었고, 용수철이 비틀린 형태로 툭 튀어나온 소파는 기괴하게 경련을 일으키다 죽은 괴물

같이 끔찍한 모습이었다. 무언가에 큰 충격을 받았는지 대리석으로 만든 벽난로 장식은 큰 조각이 떨어져 나가 있었다. 마룻바닥에 깔린 널빤지 조각마다 가련한 한탄과 비명을 고통스럽게 쏟아내는 듯했다. 한때나마 이 방에 머물렀던 사람들이 적의를 품고 이렇게 방을 훼손했다는 사실이 믿기지 않을 정도였다. 어쩌면 덧없이 남아 있던, 영원한 안식처를 꿈꾸던 본능이 기만당했다는 데에서 시작된 분노일 수도 있고, 그런 분노를 부추긴 가정의 수호신이 거짓되었다는 사실에 대한 화풀이일 수도 있다. 제아무리 오두막이어도 제집이라면 쓸고 닦고 꾸미며 소중히 보살피는 법이다.

젊은 투숙객이 의자에 앉아 이런 생각을 조용히 이어 나가는 동안, 셋집이라면 익숙하게 경험할 수 있는 소리와 냄새가 방 안으로 흘러들어 왔다. 어느 방에서는 터져 나오는 웃음을 주체하지 못해 맘대로 킥킥대는가 싶더니, 여기저기에서 야단치는 소리, 주사위 굴리는 소리, 자장가 소리, 조용하게 흐느끼는 소리가 들려왔다. 위층에서는 누군가 서투르지만 활기차게 밴조를 연주했다. 어디선가 문을 쾅 하고 닫았으며, 이따금 근처를 지나가는 기차가 경쾌하게 경적을 울렸다. 집 뒤편에서는 고양이 한 마리가 울타리 위에서 처량하게 울어 댔다. 그는 집 안에 배어 있는 냄새, 아니 냄새라기보다는 눅눅한 공기를 들이마셨다. 지하 납골당에서 올라오는 것 같은 차갑고 퀴퀴한 악취가 리놀륨으로 된 마룻바닥, 그리고 곰팡이가 핀 썩은 목조 건물에서 풍기는 지독한 냄새와 섞여 있었다.

그때 갑자기 달콤한 목서초 향이 방 안을 가득 채웠다. 한 줄기 바람을 타고 온 그 향이 너무나 강렬해서 마치 살아 있는 방문객 같았다. 남자는 누군가의 부름에 응답하듯 "무슨 일이야, 자기?" 하고 큰 소리로 외치며 벌떡 일어나 주위를 두리번거렸다. 진한 향기가 사라지지 않고 그를 감싸고 있었다. 그는 종잡을 수 없는 진원지를 찾기 위해 팔을 뻗었고 그 순간 모든 감각이 뒤섞이며 마음이 혼란스러워졌다. 향기가 어떻게 이토록 선명하게 누군가를 부를 수 있다는 말인가? 분명 그것은 냄새가 아닌 소리였다. 그렇다면 그를 만지고 쓰다듬은 것도 바로 그 소리였다는 말인가?

"그녀가 분명 이 방에 머물렀어." 그는 소리쳤다. 그리고 그 향기로 그녀의 흔적을 찾기 위해 벌떡 일어섰다. 그녀가 만졌거나 소유한 것이라면 아무리 작은 것이라도 그는 알아볼 수 있었다. 방을 에워싼 목서초 향은 그녀가 너무나 좋아해서 그녀 자신의 향기가 되어 버린 향이었다. 대체 이 향기는 어디서 오는 것일까?

방은 대강 정리되어 있었다. 형편없는 화장대 덮개 위에는 머리핀 열댓 개가 흩어져 있었는데, 여성이라면 누구나 즐겨 사용하는 물건인지라 소유자가 어떤 감정으로, 언제 사용했는지 조금도 헤아릴 수 없었다. 그는 주인을 도무지 알 수 없는 머리핀은 무시하기로 했다. 화장대 서랍을 뒤지니 누군가 버리고 간 작고 너덜너덜한 손수건이 나왔다. 그는 손수건을 얼굴에 가져다 댔다. 레이스가 달린 손수건에서는 독한 목서초 꽃 향기가 났다. 그는 바닥에 손수건을 내던졌다. 다른 서랍에서는 짝이 맞지 않는 단추들, 연극 홍보 책자, 전당포 업자의 명함, 상한 마시멜로 두 조각, 해몽에 관한 책 한 권을 발견했다. 서랍 맨 아래 칸에서는 검정 비단으로 만든 머리 리본이 나왔는데, 그는 그것을 본 후에 멈칫거리며 안절부절못했다. 하지만 검정 비단 리본 역시 여성들이 조신해 보이려고 착용하는 흔한 장신구였으므로 어떠한 단서도 얻을 수 없었다.

서랍 수색이 끝나자 그는 사냥개처럼 냄새를 찾아 온 방을 헤집고 다녔다. 벽을 훑고, 엎드려서 깔개의 불룩 튀어나온 부분을 살피고, 벽난로와 탁자, 커튼과 벽걸이, 술에 취한 듯 삐딱하게 서 있는 모퉁이의 서랍장까지 눈에 보이는 건 모두 뒤졌다. 그녀가 옆에서, 뒤에서, 위에서, 주변 모든 곳에서 그에게 매달려 구애하고 섬세한 감각으로 그를 사무치게 불렀기에 그의 변변치 않은 감으로도 그 부름을 느낄 수 있었다. 하지만 도무지 그녀의 흔적은 보이지 않았다. 그는 다시 한 번 크게 대답했다. "나 여기 있어, 여보!" 그는 뒤돌아서서 눈을 크게 뜨고 허공을 두리번거렸다. 하지만 목서초 향기 속에는 어떤 형상도 색깔도 사랑도, 자신을 향해 활짝 벌린 두 팔도 포착할 수 없었다. 신이시여! 이 향기는 어디에서 오는 것입니까! 향기가 목소리를 가지다니, 이 무슨 조화입니까! 그는 덧없이 허공만 더듬었다.

그는 모서리와 틈새를 모조리 뒤졌다. 코르크 마개와 담배꽁초가 나왔지만, 그는 거들떠보지도 않고 지나쳤다. 그러다 한번은 깔개가 접힌 부분에서 반쯤 탄 담배가 발견되자, 그는 신랄하게 욕설을 퍼부으며 발로 짓밟았다. 그는 방 구석구석을 샅샅이 살폈다. 하지만 그가 발견한 것이라고는 많은 방랑자가 이 방에 남기고 간 쓸모없고 초라한 흔적뿐이었다. 그가 그토록 찾고 싶은 그녀, 그 방에 머물렀을지도 모르는 그녀, 영혼처럼 맴도는 것 같은 그녀의 자취는 어디에도 없었다.

그러다 그는 집주인을 떠올렸다.

그는 영혼이 떠도는 방을 나와 계단을 뛰어 내려갔다. 그리고 틈새로 빛이 새어 나오는 문 앞에 다다랐다. 노크 소리에 주인이 밖으로 나왔다. 그는 최대한 흥분을 억눌렀다.

"아주머니, 혹시 말이죠," 그가 애원했다. "제가 오기 전에 누가 그 방에 머물렀는지 알려 주실 수 있을까요?"

"물론이죠, 젊은 양반. 아까도 말했지만 말이에요. 스프롤스와 무니 부부가 묵었지요. 브레타 스프롤스는 극장에서 쓰는 이름이고, 실제 이름은 무니 부인이에요. 우리 집은 점잖은 사람들이 많이들 찾는답니다. 결혼 증명서도 액자에 끼워서 저쪽 벽에 걸어 놓았지요."

"스프롤스 부인은 어떤 분이신가요? 제 말은, 어떻게 생겼나요?"

"음, 흑발이었죠. 키도 작고 몸도 통통했어요. 얼굴은 익살맞게 생겼고요. 그들 부부는 일주일 전 화요일에 떠났답니다."

"그들 전에는 누가 머물렀나요?"

"어떤 점잖은 양반이 혼자 묵었는데, 운송업 쪽 일을 한다고 그랬어요. 일주일 치 숙박료를 치르지도 않고 내뺐죠. 그 앞에는 크로우더 부인이 아이 둘과 함께 넉 달가량 살았어요. 그전에는 도일이라는 노인이 있었는데, 아들들이 와서 대신 집세를 내주었지요. 그 양반은 여섯 달이나 그 방에 있었답니다. 그게 1년 전인데, 그 이상은 너무 오래돼서 저도 기억이 안 나네요."

그는 그녀에게 고맙다고 인사한 후 풀이 죽어 조용히 방으로 돌아왔다. 방은 쥐 죽은 듯이 적막했다. 생기를 불어넣던 영적인 존재는 사라지고 없었다. 목서초 향기도 더 이상 나지 않았다. 그곳에는 곰팡이 핀 붙박이 가구와 창고의 퀴퀴한 묵은 내만 떠돌고 있었다.

그녀를 찾을 수 있다는 희망이 시들자 그의 믿음도 바닥나 버렸다. 그는 주저앉아서 일렁이는 노란색 가스 불을 뚫어지게 바라보았다. 잠시 후 그는 침대로 걸어가 침대보를 갈가리 찢기 시작했다. 그리고 칼날을 이용해 조각난 천을 창문과 문 주위의 틈새란 틈새에 모조리 쑤셔 넣었다. 그는 그렇게 완벽하게 방을 밀폐한 후에 전등을 끄고 가스를 최대치로 튼 다음 만족스러운 듯 침대에 드러누웠다.

그날은 맥쿨 부인이 맥주를 준비하기로 한 날이었다. 이 동네 안주인들은 벌레가 가끔 출몰하는 지하실의 조용한 아지트에서 수다를 떨고는 했는데, 이날은 약속대로 맥쿨 부인이 술을 챙겨 왔고 퍼디 부인이 합석했다.

"오늘 저녁에 3층 뒷방이 나갔답니다." 퍼디 부인은 거품이 부드럽게 올라온 맥주를 앞에 두고 말했다. "어떤 젊은이가 들어왔어요. 두 시간 전에 자러 올라갔지요."

"아, 방이 나갔군요? 퍼디 부인." 맥쿨 부인이 존경스럽다는 듯 말했다. "그런 방을 세놓다니 정말 대단하세요. 그 사실은 얘기했나요?" 그녀가 비밀이라도 숨겨 놓은 양 쉰 목소리로 소곤거렸다.

"방에 가구까지 들인 이유가 뭐겠어요." 퍼디 부인이 목에 털이 난 것처럼 가랑가랑한 목소리로 말했다. "세놓으려는 것 아니겠어요. 그 젊은이에겐 당연히 아무 말도 하지 않았어요, 맥쿨 부인."

"옳은 판단이에요. 우리 모두 집세 받아서 먹고사는 신세 아니겠어요. 정말 사업 수완이 좋으세요, 부인. 그 방 침대에서 자살로 죽어 나간 사람이 있다는 얘길 들으면 아무도 그 방에 묵으려고 하지 않겠지요."

"맞아요, 우리도 먹고살아야죠." 퍼디 부인이 말했다.

"지당한 말씀이에요. 일주일 전 오늘 3층 뒷방 일을 수습하는 걸 제가 도와 드렸죠. 가스를 틀어 두고 자살하기엔 참 예쁜 아가씨였어요. 얼굴도 작고 귀여웠는데 말이죠, 퍼디 부인."

"부인 말씀처럼 미인 소리를 들을 수도 있었을 거예요," 퍼디 부인은 동의를 하는 듯하더니 이렇게 흠을 잡았다. "왼쪽 눈썹 옆에 난 검은 점만 없었다면 말이죠. 한 잔 더 하세요, 맥쿨 부인."

백작과 결혼식 손님

If you want to observe a young man hustle out
after a pick and shovel,
just tell him that your heart is
in some other fellow's grave.

어느 날 저녁, 2번가 하숙집에 사는 앤디 도너번이 저녁을 먹으러 집에 갔더니, 주인인 스콧 부인이 새로운 하숙생이라며 콘웨이라는 젊은 아가씨를 인사시켜 주었다. 평범하고 우중충한 갈색 드레스를 입은 그녀는 접시 위에 놓인 음식 외에는 별 관심이 없어 보였다. 도너번 씨가 나직한 목소리로 정중하게 자신을 소개하자 그녀는 조심스레 눈꺼풀을 들어 그를 똑바로 한 번 쳐다보더니 다시 양고기를 먹는 데에 집중했다. 도너번 씨는 사교 활동과 사업, 정치 모든 면에서 급속도로 출세하는 데에 크게 도움을 준, 그 우아하고 쾌활한 미소를 날리며 그녀에게 인사했고,

그 갈색 옷 아가씨에 대해 신경을 끄기로 했다.

2주가 지난 뒤 앤디는 하숙집 현관 계단 아래에 앉아 담배를 피우고 있었다. 계단 위쪽에서 옷자락이 부드럽게 스치는 소리가 났고, 그는 고개를 돌렸다. 사실 고개가 저절로 돌아갔다.

콘웨이 양이 문을 열고 나오고 있었다. 그녀는 칠흑같이 검은 드레스를 입고 있었는데, 크레이프⋯⋯ 크레이프⋯⋯ 아, 그러니까 부드럽고 얇은 비단으로 만든 옷이었다. 그녀가 쓰고 있던 모자 역시 검정색으로, 거미줄처럼 속이 다 비치는 얇은 베일이 모자 아래로 늘어져 나풀거렸다. 그녀는 계단 맨 위에 서서 까만 비단 장갑을 꼈다. 그녀의 드레스는 하얀 얼룩 한 점 없는 완벽한 검정색이었다. 매끈하고 풍성한 금발을 목 아래로 묶어 한 치의 흐트러짐도 없었다. 그녀의 얼굴은 예쁘다기보다는 평범한 쪽에 가까웠다. 하지만 보는 이의 혼을 쏙 빼놓을 만큼 슬픈 표정을 지으며 그 큰 회색 눈망울로 건너편 지붕 위 하늘을 바라볼 때면, 그녀의 얼굴은 유달리 아름답게 빛났다.

아가씨라면 부디 이 조합에 주목하라. 온통 검은색을 걸치되 크레이프, 다시 말해 얇은 프랑스제 비단 재질이어야 한다. 검은 드레스와 상념에 잠긴 슬픈 얼굴, 검은 베일 아래에 드리운 빛나는 머리카락(당연히 금발이어야 한다.)은 필수다. 그리고 죽음의 문턱 앞에서 꽃다운 인생이 끝나기만을 기다릴지언정 공원을 산책하면 기분이 나아질 것 같은 표정을 지으며 때마침 문 앞에 나타나는 것이다. 오, 이러면 남자들은 매번 넘어온다. 상복을 두고 이렇게 말하면 불쾌할지도 모르겠다. 나도 참 어지간히 냉소적인 인간이다.

도너번 씨는 콘웨이 양을 순식간에 머릿속에 새겨 넣었다. 그는 아직도 8분은 더 피울 수 있는 담배꽁초를 버리고 재빨리 몸의 중심을 가죽 구두로 옮겼다.

"맑고 상쾌한 저녁입니다, 콘웨이 양." 그가 말했다. 기상청에서 자신감 넘치는 그의 목소리를 들었다면, 하얀 사각 깃발에 그 말을 새긴 후 깃대 높이 달았을지도 모른다.

"즐길 만한 마음의 여유를 가진 사람들에게나 그렇겠죠, 도너번 씨." 콘웨이 양이 한숨을 쉬며 말했다.

도너번 씨는 마음속으로 화창한 날씨를 원망했다. 무정한 날씨 같으니라고! 콘웨이 양의 기분에 어울리게 바람이 불고 눈보라가 치거나 우박이 쏟아져야 마땅한 것을.

"친척 중에 작고하신 분이 계신가요?" 도너번 씨가 조심스레 물었다.

"상을 당하긴 했지만," 콘웨이 양이 주저하며 말했다. "친척이 아니라 그게…… 제 슬픔을 당신에게 강요하고 싶지 않아요, 도너번 씨."

"강요하다니요?" 도너번 씨가 펄쩍 뛰었다. "저를 좀 보세요, 콘웨이 양. 전 오히려 기뻐할 겁니다. 그게 아니라, 슬퍼할 겁니다. 그러니까 제 말은…… 어느 누구도 저만큼 당신의 말에 공감할 사람은 없을 거라는 말입니다."

콘웨이 양은 희미하게 미소를 띠었다. 미소를 짓자 평온할 때보다 얼굴이 더 슬퍼 보였다.

"웃어라, 세상이 너와 함께 웃을 것이다. 울어라, 세상이 너에게 웃음을 줄 것이다." 그녀가 어디선가 들은 문장을 읊었다. "제가 깨달은 내용이에요, 도너번 씨. 저는 이 도시에 친구는 고사하고 지인 한 명 없어요. 하지만 당신은 제게 친절하게 대해 주셨죠. 정말 감사합니다."

그는 식탁에서 그녀에게 후추 통을 두 번 건넨 적이 있었다.

"뉴욕에서 혼자 산다는 건 어려운 일이에요. 누구나 그렇죠." 도너번 씨가 말했다. "하지만 이 낡고 아담한 도시와 허물없이 가까워지면 둘도 없는 친구가 될 거예요. 공원에서 한가로이 산책만 해도 울적한 마음이 조금은 가시지 않을까요, 콘웨이 양? 괜찮으시다면 제가 함께……."

"감사합니다, 도너번 씨. 동행해 주신다면 기꺼이 받아들일게요. 마음속에 우울함이 가득한 저라도 상관없으시다면 말이에요."

두 사람은 철제 난간으로 둘러싸인 시내의 오래된 공원으로 들어갔다. 한때 신분이 높은 사람들만 산책하던 곳이었다. 그들은 공원을 거닐다가 조용한 벤치를 찾아 앉았다.

젊은이와 노인이 느끼는 슬픔에는 엄연한 차이가 있다. 젊은이의 고뇌는 나누는 만큼 가벼워지지만, 노인은 아무리 나누어도 고통의 양이 줄지 않는다.

"죽은 사람은 제 약혼자예요," 산책한 지 한 시간 가까이 되었을 때 콘웨이 양이 털어놓았다. "우리는 봄이 되면 결혼할 계획이었어요. 거짓이라고 생각하지 마세요, 도너번 씨. 그분은 정말 백작이었어요. 이탈리아에 성과 땅을 소유하고 있었죠. 그는 페르난도 마치니 백작이에요. 저는 그분보다 우아한 사람을 본 적이 없답니다. 당연히 아버지가 반대하셨고, 우리 둘은 야반도주를 했지요. 하지만 결국 아버지에게 잡혀 저는 끌려오고 말았어요. 아버지와 페르난도는 결투라도 할 기세였어요. 아버지는 포키프시에서 말 대여 사업을 하는 분이세요.

마침내 아버지가 맘을 바꾸셨고 오는 봄에 결혼식을 허락하셨죠. 페르난도는 아버지에게 작위와 영지 소유권이 사실이라는 증거를 보여 드리고 우리가 거주할 성을 꾸미겠다며 이탈리아로 떠났어요. 아버지는 자존심이 굉장히 센 분이라, 페르난도가 저에게 혼수 비용으로 수천 달러를 준다는 데도 펄쩍 뛰며 그에게 험악한 소리를 해댔어요. 심지어 반지나

선물도 받지 못하게 하셨죠. 그러다 페르난도가 이탈리아로 배를 타고 떠난 후, 저는 뉴욕으로 와서 제과점에 취직했어요.

그런데 사흘 전에 이탈리아에서 편지 한 통이 포키프시를 거쳐 저에게 전달됐어요. 그분이 곤돌라 사고로 돌아가셨다더군요.

지금 제가 상복을 입고 있는 건 바로 그런 까닭이랍니다. 제 마음은 영원히 그분의 무덤에 머물러 있을 거예요. 제가 너무 폐를 끼친 건 아닌가 모르겠네요. 도너번 씨. 하지만 머릿속이 온통 그분 생각뿐인 걸요. 같이 웃고 떠들 수 있는 친구들도 못 만나고 이렇게 울적한 이야기만 듣게 해서 죄송해요. 아마 집으로 돌아가고 싶으시겠죠?"

숙녀분들은 잘 들으시라. 남자가 삽과 곡괭이를 찾아 허둥거리는 걸 보고 싶다면, 당신의 심장이 다른 남자의 무덤 속에 있다고 말하라. 그 남자는 본능적으로 무덤을 도굴할 것이다. 어떤 미망인이든 붙잡고 물어보라. 프랑스제 비단 드레스를 입고 훌쩍이는 천사의 잃어버린 심장을 찾아 주기 위해 그들은 어떤 일이든 할 것이다. 여러모로 죽은 자만 불쌍할 뿐이다.

"정말 안됐습니다," 도너번 씨가 정중하게 말했다. "아직 돌아가고 싶지는 않군요. 그리고 이 도시에 친구 하나 없다는 말은 이제 그만하세요. 콘웨이 양. 정말 유감스러운 일입니다. 제가 당신의 친구라는 것, 그리고 당신의 일에 진심으로 가슴 아파한다는 걸 꼭 믿어 주세요."

"여기 이 로켓[4] 속에 그분의 사진을 넣어 다닌답니다," 콘웨이 양은 손수건으로 눈물을 훔친 후 이렇게 말했다. "누구에게도 이 사진을 보여 준 적이 없어요. 하지만 도너번 씨에겐 보여 드릴게요. 당신을 진정한 친구

---

4) locket. 여자 장신구의 하나로 사진이나 기념품 등을 넣어 목걸이에 다는 작은 갑(匣)이다.

라고 믿으니까요."

도너번 씨는 목걸이에 달린 로켓 속 사진을 오랫동안 흥미롭게 바라보았다. 콘웨이 양이 보여 준 마치니 백작의 얼굴은 굉장히 매력적이었다. 그는 서글서글한 인상에 지적이고 쾌활해 보이며 미남형에 가까운 얼굴이었다. 자신이 어울리는 사교계 모임의 주도자라 해도 믿을 수 있을 만큼 능력 있고 사교성 넘쳐 보이는 얼굴이었다.

"더 큰 사진은 제 방에 액자로 만들어 두었어요," 콘웨이 양이 말했다. "집에 돌아가면 보여 드릴게요. 페르난도를 떠올릴 만한 물건이라곤 그것밖에 없어요. 하지만 그는 제 마음속에 영원히 살아 숨 쉴 거예요, 그건 틀림없는 사실이에요."

도너번 씨는 콘웨이 양의 마음을 차지하고 있는 불운한 백작을 몰아내고 그 자리를 차지해야 하는 미묘한 과제를 떠안게 되었다. 오로지 그녀를 사모하는 마음으로 그는 결심을 굳혔다. 하지만 어려운 임무를 앞둔 그의 모습에서 중압감이라고는 찾아볼 수 없었다. 그는 그녀의 슬픔에 공감하면서도 유쾌함을 잃지 않는 친구가 되려고 애를 썼다. 어찌나 그 역할을 잘 해냈던지, 비록 콘웨이 양의 커다란 회색 눈망울에서 슬픔을 거두지는 못했지만 그들은 30분 동안 아이스크림을 먹으며 진지한 대화를 나누기에 이르렀다.

그날 저녁 복도에서 헤어지기 전에 그녀는 위층으로 뛰어 올라가 하얀 비단 스카프로 곱게 싸놓은 액자를 가지고 내려왔다. 도너번 씨는 속을 헤아릴 수 없는 눈빛으로 사진을 꼼꼼히 뜯어봤다.

"이탈리아로 떠나던 날 밤 그이가 저에게 준 사진이에요," 콘웨이 양이 말했다. "로켓 속 사진도 이 사진으로 만들었답니다."

"참으로 미남입니다," 도너번 씨가 진심으로 말했다. "다음 주 일요일 오후에 당신과 함께 코니아일랜드에 동행할 영광을 저에게 주시겠습니까, 콘웨이 양?"

그 일이 있은 지 한 달 후 그들은 스콧 부인과 하숙생들에게 약혼 소식을 알렸다. 콘웨이 양은 여전히 검정색 옷을 입고 다녔다.

약혼을 발표하고 일주일 뒤 두 사람은 지난번에 같이 시간을 보낸 공원 벤치를 다시 찾았다. 흔들리는 나뭇잎 아래에서 달빛을 받으며 앉아 있는 그들의 모습은 흐릿한 활동사진처럼 보였다. 하지만 도너번의 얼굴은 하루 종일 딴 데 정신이 팔린 사람처럼 의기소침했다. 오늘 밤 그는 말이 없었고, 그의 약혼녀는 더 이상 가슴속에 궁금증을 묻어 두지 못하고 입을 뗐다.

"앤디, 당신 오늘따라 너무 심각하고 기분도 언짢아 보여요. 무슨 일이 있으세요?"

"아무 일도 없소, 매기."

"제가 모른다고 생각하나 보죠? 오늘 같았던 적은 한 번도 없었잖아요. 대체 무슨 일이에요?"

"별일 아니에요, 매기."

"별일이 아니긴 뭐가 아니에요. 이유를 말해 줘요. 지금 다른 여자를 생각하고 있는 게 분명하군요. 좋아요. 그 여자가 그토록 보고 싶으면 저를 버리고 그녀 곁으로 가지 그래요? 팔 좀 저리 치우세요, 제발."

"어쩔 수 없이 사실을 털어놓아야겠군요." 앤디는 신중하게 말을 꺼냈다. "하지만 들어도 당신은 제 말뜻을 정확히 이해하지 못할 겁니다. 마이크 설리번이라고 들어 봤어요? 다들 '빅 마이크 설리번'이라고 부르는 사람이죠."

"아니오, 들어 본 적 없어요," 매기가 말했다. "그리고 알고 싶지도 않아요. 당신을 이렇게 만든 사람이라면 더더욱 말이에요. 그 사람이 누구예요?"

"그는 뉴욕에서 가장 힘 있는 사람이에요," 앤디는 경건한 말투로 말했다. "그가 태머니 파나 오래된 정치 인맥을 동원한다면 이루지 못할 일이 없어요. 그의 위상은 하늘처럼 높고 이스트 강만큼이나 넓답니다. 누군가 빅 마이크에 대해 험담이라도 한다면, 백만 명이 순식간에 달려들어 그 사람의 목뼈를 부러뜨릴지도 몰라요. 얼마 전 그가 고향을 방문했을 땐, 왕 행세를 하던 사람들이 놀라서 쥐구멍으로 숨었지요.

그런 빅 마이크와 저는 안면이 있는 사이랍니다. 저는 별 볼 일 없는 영향력을 지녔지만, 마이크는 형편없고 보잘것없는 사람도 힘 있는 사람들을 대하는 것과 똑같이 친구로 대한답니다. 오늘 바워리 가에서 그를 만났는데, 그가 저에게 어떻게 했는지 아세요? 먼저 다가와 악수를 청했어요. 그가 말했죠. '앤디, 나는 자네가 하는 일을 계속 지켜보고 있다네. 맡은 구역의 일은 제법 잘해 내고 있더군. 자네가 정말 자랑스러워. 뭣 좀 마시겠나?' 그는 담배를 꺼내 피웠고, 저는 하이볼을 시켰어요. 그리고 2주 후에 결혼할 예정이라고 그에게 말했죠. 그랬더니 빅 마이크가 '앤디, 청첩장을 보내 주게나. 날짜를 잘 기억하고 있다가 자네 결혼식에 꼭 참석하겠네.'라고 말하더군요. 그는 입 밖으로 내뱉은 말은 다시 주워 담지 않는 사람이에요.

매기, 당신은 이해 못할 거예요. 나는 빅 마이크 설리번을 결혼식에 부를 수만 있다면 내 손목을 자를 수도 있어요. 내 생애 최고로 자랑스러운 날이 될 테니 말이에요. 그가 누군가의 결혼식에 참석한다면, 그 신랑은 일생일대의 결혼식을 치르는 거예요. 이게 제가 오늘 밤 기분이 우울한 이유랍니다."

"그가 그렇게 소중한 사람이라면 그냥 결혼식에 초대하면 되잖아요?" 매기가 밝게 말했다.

"그를 초대할 수 없는 이유가 있어요." 앤디가 비통하게 말했다. "그가 결혼식에 와서는 안 되는 이유가 있기 때문이에요. 왜인지는 묻지 말아요. 말해 줄 수 없으니까."

"오, 궁금하지도 않아요." 매기가 말했다. "분명 정치적인 이유겠죠. 하지만 그것 때문에 저를 보고 웃지도 않는 건 너무하잖아요."

"매기," 앤디가 곧이어 말했다. "당신이 마치니 백작을 생각했던 것만큼만 날 배려해 줄 순 없겠소?"

그는 매기의 답변을 한참 동안 기다렸지만 그녀는 아무 말도 하지 않았다. 그러다 갑자기 그녀가 그의 한쪽 어깨에 기대어 울기 시작했다. 그녀는 그의 팔에 매달려 온몸으로 흐느껴 울었고 비단 드레스는 눈물로 축축해졌다.

"저런, 저런!" 앤디는 자신의 고민은 제쳐 두고 그녀를 달랬다. "갑자기 왜 그러는 거예요?"

"앤디," 매기가 훌쩍이며 말했다. "당신에게 거짓말을 했어요. 진실을 알게 되면 당신은 더 이상 저를 사랑하지도, 저와 결혼하려 하지도 않을 거예요. 그래도 말하겠어요. 앤디, 저는 백작은커녕 그의 새끼손톱도 구경해 보질 못했어요. 살면서 멋진 애인 한 번 가져 본 적이 없어요. 하지만 저만 빼고 모든 여자가 멋쟁이 남자들을 만나더군요. 게다가 그녀들이 애인 이야기를 하고 다니면 뭇 남자가 더욱 관심을 보이지 뭐예요. 그리고 앤디, 당신도 알다시피, 제가 검은 옷을 입으면 맵시가 나잖아요. 그래서 저는 상점에서 지난번에 보여 준 그 액자 속 사진을 산 후 로켓 크기에 맞게 작은 사진으로 만들었어요. 그리고 백작과 그의 죽음에 관한 사연을 모두 꾸며 냈지요. 그런 거짓 사연이 있어야 검은 옷을 입을 수 있으니까요. 거짓말쟁이를 사랑하는 사람은 없을 테니 당신은 절 버리시겠죠, 앤디. 그러면 전 수치심에 죽고 싶을 거예요. 오, 제가 유일하게 사랑하는 사람은 바로 당신뿐이에요. 여기까지가 다예요."

그녀를 밀쳐 버릴 거라는 예상과는 달리, 그는 두 팔로 그녀를 더욱 힘껏 감싸 안았다. 그녀는 고개를 들어 그를 바라보았고, 앤디는 근심이 가신 듯 환하게 웃고 있었다.

"제발…… 제발, 저를 용서해 주실 순 없어요, 앤디?"

"용서하고말고요." 앤디가 말했다. "그 문제는 신경 쓰지 말아요. 백작이 죽었다는 이야기까지 전부 다 괜찮아요. 당신이 모든 것을 바로잡은 거예요, 매기. 결혼식 전날까지는 이 이야기를 꼭 했으면 했어요. 이 말썽쟁이 아가씨!"

"앤디," 자신이 용서받았다는 사실을 확인하고 한숨 돌린 매기가 수줍게 웃으며 말했다. "당신은 백작 이야기를 전부 믿으셨나요?"

"완전히 믿은 건 아니라고 봐야죠," 앤디가 담뱃갑을 꺼내며 말했다. "왜냐하면 당신이 로켓 속에 간직하고 있는 그 사진의 주인공이 바로 빅 마이크 설리번이기 때문이에요."

손질된 등불

I do not suppose that many look upon
a great department store
as an educational institution.

    물론 이 문제에는 두 가지 관점이 있다. 그중 하나를 살펴보도록 하자. 우리는 '매장 아가씨'라는 말을 심심찮게 접한다. 그런 사람은 존재하지 않는데도 말이다. 매장에서 일하는 아가씨가 있을 뿐이다. 그들은 가게에서 일을 해서 돈을 번다. 그런데 왜 그들의 일터를 형용사로 만들어 사용하는 것일까? 편협하게 굴지 말자. 우리는 5번가에 사는 아가씨들을 '결혼 아가씨'라고 부르지 않는다.

    루와 낸시는 친구였다. 고향에서는 먹고살기가 힘든 탓에 그들은 일자리를 찾기 위해 대도시로 이사를 왔다. 낸시는 열아홉이었고, 루는 스물이었다. 둘 다 예쁘고, 생기발랄한 시골 소녀들이었지만 배우가 되겠다는 생각 따위는 없었다.

하늘에서 아기 천사들이 도와주기라도 한 듯이 둘은 싼값에 훌륭한 하숙집을 얻었다. 둘은 모두 취직을 했고 돈벌이를 시작했다. 그리고 여전히 친한 친구 사이였다. 이쯤에서 6개월 후로 시간을 옮겨 두 사람을 여러분에게 인사시키고 싶다. 참견하기 좋아하는 독자 여러분께 제 친구인 두 숙녀 낸시 양과 루 양을 소개하겠다. 두 아가씨와 악수를 하면서 조심스럽게 두 사람의 복장을 눈여겨보기 바란다. 조심스럽게 보는 걸 잊지 말아야 한다. 특별석에 앉아 말 전시회를 구경하는 아가씨들을 보듯 빤히 쳐다보았다가는 난데없이 화를 낼 테니까 말이다.

루는 세탁소에서 다림질을 하며 품삯을 받는다. 그녀는 몸에 맞지도 않는 보라색 드레스를 입고 10센티미터나 솟구친 깃털이 달린 모자를 쓰고 다닌다. 옷에 걸친 하얀 족제비 털로 만든 토시와 스카프는 25달러나 하는 물건이지만, 철이 끝나 갈 무렵이 되면 비슷한 상품이 7달러 98센트로 할인된 가격표를 달고 진열대로 나온다. 그녀의 뺨은 붉게 물들었고 하늘색 눈동자는 빛이 났다. 그녀는 자신의 생활에 더할 나위 없이 만족했다.

낸시는 관습대로 표현하자면 매장 아가씨다. 전형성이라는 것은 존재하지 않는데도, 성격이 삐딱한 사람들은 전형적인 특징을 파악하려고 항상 애쓴다. 그들의 의견에 따르면, 낸시는 매장 아가씨의 전형이다. 앞머리는 한껏 부풀려서 높이 빗어 넘겼고, 앞태는 지나치게 매끈했다. 그녀가 입고 다니는 치마는 질 나쁜 싸구려지만 나팔 모양으로 예쁘게 펄럭였다. 쌀쌀한 봄바람을 막아 줄 모피는 없어도 그녀는 짧은 포플린 외투를 페르시안 양털이라도 되는 양 멋지게 걸치고 다녔다. 전형성에 목을 매는 사람이라면, 그녀의 얼굴과 눈빛에서도 매장 아가씨의 특징적인 표정을 발견할 수 있을 것이다. 그 표정이란 것은 기만당한 여성이 마음속에 반감을 품고 조용히 경멸하는 표정이면서 다가올 복수에 대한 슬픈 예고이기도 하다. 그녀가 큰 소리로 시원하게 웃을 때조차 그 표정은 변함없이 그대로다. 봉기를 암시하는 러시아 소작농의 눈빛에서도 똑같은 표정을 읽을 수 있을 것이다. 훗날 살아남은 누군가는 심판을 예언하러 인간 세상에 내려온 가브리엘 천사의 얼굴에서도 그 표정을 읽을지 모른다. 그녀는 그런 표정으로 남자들에게 무안을 주고 안달하게 만들지만, 그들은 능글맞게 실실 웃으며 장미꽃을 건네기 마련이다.

이제 소개를 끝낼 시간이다. 생기 넘치는 목소리로 "다음에 또 봐요." 라고 인사를 건네는 루와, 저 멀리 별을 향해 날아가는 흰나비의 날갯짓처럼 달콤하면서도 차가운 미소를 짓고 있는 낸시와 모자를 벗고 인사를 나누자.

두 사람은 길모퉁이에서 댄을 기다리고 있었다. 댄은 루의 한결같은 연인이었다. 얼마나 헌신적이냐고? 이를테면 성모 마리아가 잃어버린 양을 찾기 위해 목동 수십 명을 부릴 때 가장 앞장서서 일을 도울 사람이 바로 그다.

"춥지 않니, 낸시?" 루가 말했다. "그런 구닥다리 매장에서 겨우 주당 8달러만 받고 일하다니 너 같은 멍청이가 어디 있니! 나는 지난주에만 18달러 50센트를 벌었어. 물론 다림질이 판매대 뒤에서 레이스를 파는 일처럼 폼 나는 직업은 아니지. 하지만 수입은 좋아. 다림질하는 사람들 중에 주당 10달러 이하로 버는 사람은 거의 없어. 그리고 내가 하는 일이 매장 일보다 인정을 못 받는다고 생각하지도 않아."

"너나 해," 낸시가 콧대를 높이 추켜올리며 말했다. "난 그냥 주당 8달러에 만족하면서 문간방에서 살래. 나는 근사한 물건과 멋쟁이 손님에 둘러싸여 일하고 싶어. 게다가 얼마나 꿈같은 기회가 많다고! 장갑 매장에서 일하는 동료 여직원은 얼마 전에 피츠버그에서 온 철강 제조업자라던가 제철공이라던가, 하여튼 백만장자랑 결혼했어. 나도 언젠가 그런 멋쟁이 신사를 잡고 말 거야. 외모나 치장을 내세우는 것보다 거물들이 들락거리는 곳에서 기회를 잡는 게 나아. 너야말로 세탁소에서 무슨 일이 벌어지기라도 하겠니?"

"무슨 소리니, 댄을 만난 곳이 바로 세탁소야." 루가 의기양양하게 말했다. "댄은 일요일에 입을 셔츠와 옷깃을 찾으러 왔다가 첫째 줄에서 다림질하던 나를 본 거야. 첫째 줄은 보통 경쟁이 치열한데, 엘라 매기니스가 그날 아파서 결근한 바람에 내가 그 자리를 차지한 거지. 그가 말하길, 자기는 사람을 처음 볼 때 맨 먼저 팔을 보는 버릇이 있는데 팔이 얼마나 희고 통통한지를 살핀다는 거야. 그때 마침 난 소매를 걷어 올린 채로 일하고 있었거든. 세탁소에도 이따금 근사한 남자들이 온단다. 가방에 옷을 담아 오는 것을 보면 구분할 수 있어. 그런 남자들은 느닷없이 들이닥치지."

"루, 블라우스가 어쩜 그 모양이니?" 낸시는 불쾌한 물건을 바라보듯 내려다보며 말했다. 내리까는 시선에 경멸이 가득했다. "취향도 참 고약하구나."

"이 블라우스?" 루는 화가 나 눈을 크게 뜨고서는 외쳤다. "뭘 모르는구나, 이건 16달러나 주고 산 블라우스야. 원래는 25달러나 나가는 물건이야. 어떤 부인이 세탁소에 맡겼는데 찾아가질 않아서 사장님이 나한테 팔았어. 천에 끝없이 펼쳐진 이 자수는 모두 수작업으로 바느질한 거야. 이럴 게 아니라 네가 입고 있는 그 볼품없고 흔해 빠진 물건에 대해서나 말해 보지 그러니."

"볼품없고 흔해 빠진 물건이라니," 낸시가 차분히 말했다. "이건 반 앨스타인 피셔 부인이 입고 다니는 옷을 똑같이 따라 만든 거야. 매장에서 일하는 아가씨들 말로는 그 부인이 작년에 그 매장에서 쓴 돈만 12만 달러래. 그 부인이 입은 옷을 보고 내가 직접 바느질한 거야. 만드는 데에 1달러 50센트밖에 안 들었어. 3미터 밖 거리에서 보면 어떤 게 진품이고 어떤 게 모조품인지 구별하지 못할걸."

"그렇다고 치자," 루는 부드럽게 말했다. "굶으면서도 귀부인인 척 으스대고 싶다면 마음대로 해. 난 다림질해서 열심히 돈이나 벌 거야. 훗날 내가 옷 사러 가면 내 수준에 맞는 맵시 있고 예쁜 옷이나 골라 줘."

바로 그때 댄이 도착했다. 그는 기성품 넥타이를 매고 나타났다. 댄은 전기 기술자로 일하며 주당 30달러를 버는 착실한 젊은이로 도시 특유의 천박함과는 거리가 먼 사람이었다. 그는 로미오처럼 슬픈 눈으로 루를 바라보고는 했는데, 화려하게 수놓은 그녀의 블라우스 주변을 알짱거리던 파리가 거미줄 같은 자수에 걸리는 상상을 하는 것이었다.

"내 친구 댄 오웬이야. 댄포스 양이랑 서로 인사하세요." 루가 말했다.

"만나서 정말 영광이에요, 댄포스 양," 댄이 손을 쭉 뻗으며 말했다. "루에게 말씀 많이 들었습니다."

"고마워요," 낸시가 손끝으로 도도하게 악수하며 말했다. "저도 루한테서 당신 얘기를 여러 번 들었어요."

루는 깔깔대며 웃었다.

"그 악수법도 반 앨스타인 피셔 부인한테서 배운 거니, 낸시?" 그녀가 물었다.

"사실이 그렇다면 너도 따라 하지 그러니." 낸시가 말했다.

"오, 난 쓸 일이 없어. 너무 우아해서 나한테는 어울리지 않아. 그런 고상한 악수는 다이아몬드 반지를 자랑할 때나 쓰는 거야. 난 다이아몬드 반지가 몇 개 생길 때까지 기다렸다가, 그때가 되면 배울래."

"먼저 배워 두는 게 좋을걸," 낸시는 그럴듯하게 받아쳤다. "그럼 다이아몬드 반지를 낄 기회가 좀 더 빨리 올지도 모르지."

"논쟁은 이쯤에서 그만둡시다," 댄은 평소처럼 상쾌한 미소를 지으며 말했다. "제가 제안을 하나 할게요. 두 숙녀분을 티파니 매장으로 모셔 갈 순 없으니 이렇게 합시다. 소극장 공연을 보러 가는 거예요. 제게 표가 있어요. 지금 당장 반짝이는 보석을 끼고 악수를 하는 건 불가능하니, 무대 위의 소품 다이아몬드로 대신하는 건 어떨까요?"

신실하고 점잖은 댄은 차도 쪽에 바짝 붙어 섰다. 예쁘고 화려한 옷을 입은 채 잔뜩 뽐을 낸 루는 그 옆에, 호리호리한 몸에 참새처럼 칙칙한 옷을 걸쳤지만 걸음걸이만은 반 앨스타인 피셔 부인처럼 우아한 낸시는 가장 안쪽에서 걸었다. 그렇게 그들은 저녁의 흥을 돋워 줄 적당한 오락거리를 향해 출발했다.

백화점을 교육 기관으로 여기는 사람은 아마 별로 없을 것이다. 하지만 낸시에게는 일터가 학교나 마찬가지였다. 그녀는 고급스러운 세련미가 살아 숨 쉬는 아름다운 물건에 둘러싸여 일했다. 사치품이 가득한 공간에서 오랜 시간 지내다 보면 그 물건이 내 것이든 아니든 간에 호화로움이 몸에 배어들게 된다.

그녀의 매장 손님들은 대개 옷이며 교양이며 사회적 지위까지 최고급의 표본으로 꼽히는 귀부인이었다. 낸시는 각 부인에게서 자신이 보기에 가장 훌륭한 덕목을 하나씩 배워 나가기 시작했다.

어떤 부인은 몸짓을, 또 다른 부인은 노련하게 눈썹을 추어올리는 법을 가르쳐 주는 교본이었다. 걸음걸이부터 지갑 드는 법, 미소 짓는 법,

친구와 인사하는 법, '신분이 낮은 아랫사람'을 부르는 방법까지 그녀는 여러 손님에게서 다양한 몸가짐을 습득했다. 그녀가 가장 흠모하는 모델인 반 앨스타인 피셔 부인은 맑은 은쟁반처럼 부드러우면서 나지막한 목소리와 개똥지빠귀의 지저귐처럼 또렷한 발음을 익히도록 도와주었다. 세련된 상류층의 분위기와 교양 있는 몸가짐이 그녀의 주위를 가득 채우고 있어서 영향을 받지 않을 수가 없었다. 흔히들 훌륭한 습관이 훌륭한 신념보다 낫다고 이야기한다. 고로 훌륭한 몸가짐이 좋은 습관보다 낫다는 말도 일리가 있다. 부모님께 훈육을 받는다고 해서 뉴잉글랜드식의 엄격한 청교도적인 기질을 유지할 수 있는 것은 아니다. 의자에 등을 대고 꼿꼿하게 앉아서 '프리즘과 순례자들'이란 단어를 마흔 번쯤 소리 내어 반복하면 악마도 도망가게 만들 수 있다. 낸시가 피셔 부인의 말투를 따라 하면서 뼛속 깊이 귀족 정신을 체감하는 전율을 맛본 것도 이런 까닭에서다.

백화점이라는 위대한 교육 현장에서 배움의 원천은 그뿐이 아니었다. 매장 아가씨 서너 명이 우르르 모여서 짤랑거리는 팔찌 소리를 배경음 삼아 시시한 대화를 나누는 모습을 보더라도, 동료 직원의 검은 머리 염색이 잘못됐다는 험담을 하려고 모였다고 오해하지 말기를 바란다. 그들의 수다 장면에 남자들의 진지한 토론 모임 같은 품위는 없을지 모른다. 하지만 그 대화라는 것은 이브가 난생처음 큰딸과 머리를 맞대고, 어떻게 하면 남편 아담에게 가장의 역할을 깨우치게 만들지를 논의하는 것만큼 중대한 의미를 지닌다. 다시 말해 이 세상과 남성들에 대항해 공동으로 방어하고 공격하고 격퇴하기 위한 전술 이론을 교환하는 여성들의 공식 회담이라고 볼 수 있다. 이 세상이라는 무대 위에 꽃다발을 던지는 관객은 남자뿐이 아닌가. 여성은 가장 연약하고 어린 짐승에 불과하다. 이들은 기품 있지만 날쌔지 못한 새끼 사슴이요, 아름답지만 날지 못하는 새인 데다, 달콤한 꿀을 묻히고 다니지만…… 꿀벌에 대한 비유는 여기서 그만두도록 하자. 어쩌면 이미 쏘인 분이 있을지도 모르니.

전쟁 위원회 활동을 하면서 여성들은 무기를 나눠 갖고, 각자가 일상에서 사용하는 작전을 발전시키거나 그것을 토대로 개발한 전략을 서로 교환한다.

"그 남자에게 이렇게 말하는 거지," 새디가 의견을 구한다. "당신 정말 풋내기로군요! 나한테 그렇게 말하다니 대체 날 뭘로 보는 거죠? 그러면 그가 뭐라고 되받아칠까?"

그러면 갈색, 검정색, 금색, 빨강색, 노란색 머리가 다 같이 고개를 끄덕이고, 대답을 내놓는다. 논의 끝에 남자의 이어지는 공격을 맞받아칠 수 있는 핑곗거리를 결정하고, 각자는 일상으로 돌아가 공공의 적인 남자와 입씨름할 때 그 전술을 사용하는 것이다.

이런 방법을 거쳐 낸시는 방어 기술을 습득했다. 여성에게는 성공적인 방어야말로 승리나 다름없으니 말이다.

백화점의 교육 과정은 다채롭다. 상류층 신사의 부인으로 낙점되고 싶은 그녀의 야심을 충족시켜 주는 대학은 아마 백화점밖에 없을 것이다.

그녀가 일하는 매장은 백화점 안에서도 좋은 위치에 있었다. 음악 감상실에서 가까워서 음악을 들으며 유명 작곡가의 작품과 친해지기 좋았다. 큰맘 먹고 사교계에 조심스레 발을 들이려고 막연하게나마 노력하는 그녀에게, 최소한 사교계에서 인정받을 정도의 음악적 지식을 습득할 수 있는 좋은 기회였다. 그녀는 도자기부터 고상하고 값비싼 원단, 여성의 기본 교양이라고 해도 무방한 장신구까지 모두 배워 흡수했다.

매장 아가씨들은 금세 낸시의 야망을 알아챘다. "저기 네 백만장자가 걸어오는구나, 낸시." 그들은 백만장자처럼 보이는 사내가 낸시의 판매대 쪽으로 접근할 때면 그녀에게 큰 소리로 알려 주었다. 남자들은 동행한 여자가 쇼핑하는 동안 어슬렁거리다가 습관적으로 손수건 매장으로 접근해 얇은 리넨 손수건 앞에서 얼쩡댄다. 낸시가 노력으로 일군 교양미와 타고난 우아함은 사람들의 시선을 끌기에 충분했다. 많은 남자 손님이 그녀 앞으로 다가와 거드름을 부렸다. 그중에는 백만장자도 있었을 테지만, 부유한 신사를 흉내 낸 얼치기도 있었다. 낸시는 그들 가운데 진짜를 식별해 내는 법을 찾았다. 그녀는 손수건 매장 끝에 난 창문을 통해 길에서 주인을 태우려고 대기하는 자동차 행렬을 내려다보고는 했다. 덕분에 그녀는 주인이 누구냐에 따라 차의 종류가 달라진다는 사실을 알게 되었다.

한번은 아프리카 코페투아 왕과 같은 분위기를 풍기는 근사한 신사가 손수건을 60개나 사고서 판매대 앞에 선 그녀에게 구애했다. 그가 떠난 후 아가씨 한 명이 말했다.

"뭐가 불만이야, 낸시. 그 신사분에게 쌀쌀맞게 굴다니. 내가 보기엔 완전 부자던데 말이야."

"그 남자?" 낸시가 매혹적이지만 쌀쌀맞은, 한마디로 반 앨스타인 피셔 부인과 닮은 냉소를 지으며 말했다. "내가 찾는 사람이 아니야. 그 남자가 건물 밖에 주차하는 걸 봤는데, 자동차는 겨우 12마력에다 아일랜드 출신 운전수를 부리고 있지 뭐야! 그 남자가 어떤 손수건을 사는지 너도 봤지, 실크야! 게다가 그 사람 손가락에 문제가 있는 것 같았어. 진짜가 아니면 아무 소용 없어."

이 백화점에서 가장 세련된 여성은 매장 감독과 출납 담당 직원이었는데, 이들은 부유층 신사 몇몇과 친하게 지내며 함께 저녁을 하기도 했다. 하루는 두 사람이 낸시를 모임에 초대했다. 새해 전야에 식사하기 위해서는 1년 전에 예약해야 하는 호화스러운 식당에서 저녁 식사가 이루어졌다. 신사 두 명이 동석했는데, 한 명은 틀림없이 상류 생활의 역효과로 대머리가 된 남자였고, 또 다른 사람은 모든 포도주에서 코르크 냄새가 난다고 우기고 소매에 다이아몬드 단추를 달고 다니는 방법으로 다른 이들에게 자신이 부유하고 세련되었다는 사실을 각인시키는 젊은이였다. 이 젊은 신사는 낸시의 거부할 수 없는 매력을 한눈에 알아보았다. 사실 그는 매장 아가씨들을 좋아했다. 낸시는 자신의 낮은 신분에 어울리는 순박한 매력에 그치지 않고, 상류 사회의 몸가짐과 말투까지 지니고 있었다. 다음 날 그는 매장으로 찾아와 가장자리를 자수로 처리하고 모시풀로 표백한 아일랜드 리넨 손수건 한 상자를 사면서 그녀에게 청혼했다. 낸시는 거절했다. 갈색 앞머리를 봉긋 세워 넘긴 여직원이 3미터쯤 떨어진 곳에서 눈과 귀를 활짝 열고 이 장면을 바라보았다. 청혼을 거절당한 신사가 사라지자, 그녀는 낸시의 얼굴에 대고 비난과 독설을 한바가지 퍼부었다.

"너 정말 지독한 멍청이구나! 저 사람은 백만장자야. 반 스키틀스 노인의 친조카란 말이야. 게다가 진심인 것 같던데. 정신이 어떻게 된 거 아니니, 낸시?"

"내가?" 낸시가 말했다. "내가 그를 잘못 보기라도 했다는 거니? 너도 보면 알겠지만 대단한 부자는 아니야. 집안에서 1년 생활비로 2만 달러밖에 안 준다잖아. 지난번 식사 자리에서 대머리 남자가 그걸 가지고 그를 놀리는 걸 봤어."

갈색 머리 아가씨는 가까이 다가오더니 눈살을 찌푸렸다.

"도대체 넌 뭘 원하는 거니?" 그녀가 한동안 껌을 씹지 않을 때의 거친 목소리로 말했다. "그 정도로 충분하지 않아? 모르몬교도처럼 록펠러, 글래드스톤 도위, 스페인 황제 모두랑 결혼할 셈이야? 1년에 2만 달러면 넘치는 돈이잖아?"

경박하고 검은 눈동자가 그녀를 요지부동으로 쏘아보자 그녀는 얼굴이 살짝 붉어졌다.

"돈만 가지고 문제 삼는 게 아냐, 캐리," 그녀가 설명했다. "지난밤 식사 자리에서 그가 심각한 거짓말을 하다가 친구에게 들킨 일이 있었어. 여자 문제였는데, 그 남자가 어떤 여자와 극장에 간 적이 없다고 딱 잡아떼지 뭐야. 난 거짓말쟁이는 견딜 수 없어. 이것저것 봐주며 헐값에 넘어가긴 싫단 말이야. 난 의자에 앉을 때도 점잖고 남자다운 사람이 좋아. 그래 맞아, 난 대어를 낚으려고 하는 거야. 하지만 장난감 저금통처럼 그저 소리만 요란한 사람은 딱 질색이야."

"정신 병원에 가서 검사나 좀 받아 봐!" 갈색 머리 아가씨는 이렇게 말하며 가버렸다.

낸시는 8달러로 연명하면서 뜬구름 잡기에 가까운 완벽한 이상형 찾기를 계속 이어 나갔다. 그녀는 본 적도 없는 대어의 흔적을 찾기 위해 마른 빵을 씹고 나날이 허리띠를 졸라 가며 마치 전장에서 야영하는 것과 같이 생활했다. 그녀의 얼굴에는 남자 사냥꾼의 운명을 타고난 사람만이 가질 수 있는 용맹하고 냉혹하지만 동시에 매혹적인 미소가 어렴풋이 서려 있었다. 백화점 매장은 그녀의 사냥터였다. 그녀는 몇 번이나 가지가 뻗은 듯이 화려한 뿔을 자랑하는 큰 사냥감을 보고 소총을 겨누었다. 하지만 사냥꾼의 본능이랄까, 여자의 직감이랄까, 어떤 강렬한 예감으로 인해 매번 방아쇠를 당기지 못했고, 다른 사냥감을 찾아 나서는 일을 반복했다.

루는 세탁소에서 옷 자랑에 여념이 없었다. 그녀는 주당 받는 18달러 50센트 중에서 집세로 나가는 6달러를 제외한 나머지를 거의 옷을 사는 데에 썼다. 낸시에 비하면 그녀가 고급스러운 취향과 몸가짐을 배울 기회는 거의 없는 것이나 마찬가지였다. 수증기가 자욱한 세탁소에서 할 수 있는 것이라고는 쉬지 않고 일하고, 저녁에 무슨 재밌는 일을 할까 궁리하는 것뿐이었다. 비싸고 화려한 원단이 그녀의 다리미 아래로 수없이 지나가면서 그녀에게 옷에 대한 애착을 점점 강하게 불러일으키는 것 같았다.

하루 일과가 끝날 때면 댄은 세탁소 밖에서 그녀를 기다렸다. 그는 루가 어떤 불빛 아래에 서 있든 충직하게 따라가는 그림자였다.

이따금 그는 우아해지기는커녕 나날이 튀어 가는 루의 옷을 진심으로 걱정스러운 눈길로 바라보았다. 그녀를 향한 한결같은 마음이 식어서가 아니라, 그녀를 바라보는 길거리 사람들의 시선이 싫었기 때문이었다.

루 역시 그에 못지않게 댄에게 충실했다. 그녀는 댄과 데이트할 때마다 무슨 일이 있어도 낸시를 함께 데리고 갔다. 댄은 그런 낸시를 짐스러워하지 않고 진심으로 환영했다. 이 세 사람이 함께 놀러 갈 때면 루는 색깔을, 낸시는 분위기를, 댄은 무게를 담당하는 것처럼 보였다. 댄은 깔끔한 기성복 정장에 평범한 넥타이를 걸치고 새로울 것은 없지만 늘 유머를 구사했기에, 동행하는 동안 두 여인을 자극하거나 불협화음을 일으키는 법이 없었다. 그는 함께 있을 때에는 존재를 모르다가, 없어지면 빈자리가 선명하게 눈에 띄는 그런 부류의 사람이었다.

취향이 고급스러운 낸시에게는 이런 싸구려 기성품 같은 즐거움이 때로 씁쓸하게 느껴졌다. 하지만 그녀는 젊었고, 젊은이는 미식가가 될 수 없으면 대식가가 되기 마련이다.

"댄은 지금 당장 결혼하자고 매일 떼를 써," 루가 어느 날 낸시에게 말했다. "대체 내가 왜 그래야 하는 거지? 난 경제적으로 자립한 여성이란 말이야. 내가 번 돈이니까 내 맘대로 쓸 수도 있어. 결혼을 하면 댄은 내가 더 이상 일을 못하게 할 거야. 그리고 너 말이야, 낸시. 끼니도 반은 거르고 제대로 된 옷을 사 입지도 못하는데, 그런 구닥다리 매장에서 뭘 얻겠다고 붙어 있는 거니? 네가 온다고만 하면 당장이라도 세탁소에 자리를 알아봐 줄 수 있어. 수입이 더 좋아지면, 네 거만함도 조금은 줄어들 것 같은데."

"난 내가 거만하다고 생각하지 않아, 루," 낸시가 말했다. "끼니를 굶는 한이 있어도 난 그냥 그 매장에서 일할 거야. 이미 익숙해져서 괜찮아. 나도 거기서 기회를 엿보는 거지, 언제까지나 판매대 뒤에 서 있지는 않을 거야. 그날을 위해 매일 새로운 것도 배우고 있어. 내 업무는 겨우 고객을 응대하는 것에 지나지 않지만, 항상 세련된 부유층 가까이에 있거든. 눈앞에 지나가는 신호는 하나도 놓치지 않고 배우는 중이야."

"네 백만장자는 아직 나타나지 않았니?" 루가 놀리듯 비웃으며 물었다.

"아직 고르지를 못했어." 낸시가 대답했다. "여전히 살펴보는 중이야."

"세상에나! 그놈의 살펴본다는 말은 이제 그만 좀 해! 그냥 아무나 덥석 잡으면 안 되니, 낸시? 푼돈에 벌벌 떠는 좀생이라도 말이야. 물론 네가 하는 말이 다 농담인 건 알아. 백만장자가 우리처럼 일하는 여성을 좋아할 리가 없잖아."

"우리 같은 여자를 잡는다면 그들이 횡재한 거지," 낸시는 재치 있게 대답했다. "우리가 돈 관리하는 법을 그들에게 가르쳐 줄 수 있잖아."

"만약 백만장자로 보이는 남자가 나에게 말을 건다면 말이야," 루가 큰 소리로 웃었다. "난 어쩌면 기절할지도 몰라."

"그들에 대해 모르니까 그럴 수밖에 없지. 가까이에서 관찰해 보면 상류층 신사와 흉내만 내는 사람을 정확히 구분할 수 있어. 루, 그 빨간색 실크 안감이 외투에 비해 너무 밝지 않니?"

루는 낸시의 밋밋하고 칙칙한 올리브색 외투를 쳐다보았다.

"그런 것 같지 않은데. 빛바랜 네 옷이랑 나란히 있으니 밝아 보이는 거겠지."

"이 외투로 말하자면," 낸시가 만족스러운 듯 말했다. "기장은 물론 품까지 반 앨스타인 피셔 부인이 지난번에 입었던 것과 똑같은 옷이야. 원단 값으로 3달러 98센트밖에 들지 않았어. 그녀가 입은 건 100달러 이상은 줘야 할걸."

"글쎄다," 루가 경쾌하게 말했다. "그 외투가 백만장자를 낚을 만한 미끼처럼 보이진 않는구나. 하여간 내가 너보다 먼저 대어를 낚아도 놀라지는 마."

두 친구의 주장이 각자 얼마나 타당한지를 밝히려면 철학자를 모셔 와야 할 것이다. 생계만 유지할 정도의 수입을 얻으며 매장이나 사무실에서 일하는 여성 특유의 자만심이나 까다로움이 루에게는 없었다. 그녀는 시끄럽고 숨 막히는 세탁소에서 일하면서도 즐겁게 다림질을 했다. 그렇게 번 돈은 안락한 생활을 누리고도 남을 만큼 많았다. 경제적인 여유로 인해 그녀의 옷은 점점 화려해졌고, 언젠가부터 그녀는 단정하기만 할 뿐 멋이라고는 모르는 댄의 복장이 못마땅한지 가끔 눈을 흘깃거렸다. 그럼에도 댄은 한눈팔지 않고 한결같이 자리를 지켰다.

낸시의 경우는 수만 명 중에 하나 있을까 말까 하다. 교양 있는 상류층의 고상한 취향이 담긴 실크, 보석, 레이스, 장신구, 향수, 클래식 음악과 같은 모든 여성이 꿈꾸는 것을 그녀도 똑같이 누릴 수 있었다. 그녀가 원한다면 값비싼 호사품을 삶의 일부로 만끽하면서 즐길 수도 있었다. 기회가 그렇게 가까이 있었는데도 죽 한 그릇에 상속권을 팔아 버린 '에서'와 달리 그녀는 스스로를 저버리지 않았다. 형편없는 수프로 끼니를 때울지언정, 그녀는 존엄한 권리를 버릴 사람이 아니었다.

낸시는 이런 환경에 잘 적응했다. 굳게 마음을 먹었던지라, 그녀는 소박한 식사를 하고 싸구려 드레스를 만들어 입는 생활에 만족했다. 낸시는 여자에 대해서는 완전히 파악한 상태였다. 이제 그녀는 남자라는 동물의 습성과 신랑으로서의 적격성을 연구하는 중이었다. 언젠가는 그녀가 원하는 사냥감을 찾아 쓰러뜨릴 것이었다. 하지만 자신과 약속했던 것처럼 가장 크고 힘세 보이는 먹잇감이어야 했다. 조금이라도 허점이 있으면 용납할 수 없었다.

그녀는 남편을 맞이할 그 순간을 위해 자신의 등불을 손질하고 심지에 불을 환히 밝혀 놓았다.

하지만 그녀는 자신도 모르는 사이에 새로운 깨달음을 얻었다. 가치관의 기준도 조금씩 바뀌기 시작했다. 머릿속에 선명하게 보였던 달러 표시가 이따금씩 흐릿해지면서, '진정성', '신의', 어떨 때는 '친절'과 같은 글자 모양이 떠올랐던 것이다. 울창한 숲 속에서 큰 사슴을 잡으러 다니는 사냥꾼에 빗댄다면, 사냥꾼이 사냥을 하다가 무성한 나뭇잎 사이로 이끼가 낀 작은 골짜기를 발견한 것과 비슷하다. 실개천이 졸졸 흐르는 골짜기를 바라보며 사냥꾼은 위안과 안식을 얻게 된다. 제아무리 사냥의 명수 니므롯이라도 이 순간만큼은 창끝이 무뎌지기 마련이다.

덕분에 낸시는 비록 페르시안 양가죽이라도, 입는 사람의 마음에 따라 가치가 달리 매겨지는 게 아닐까 하고 가끔씩 생각하기에 이르렀다.

어느 목요일 저녁 낸시는 퇴근을 하고 6번가를 가로질러 서쪽 방면에 있는 세탁소로 향했다. 루, 댄과 함께 뮤지컬을 보기로 한 날이었다.

그녀가 도착했을 때 댄은 세탁소에서 막 나오고 있었다. 그의 얼굴은 부자연스럽고 언짢아 보였다.

"루한테서 무슨 소식을 들은 사람이 없나 해서 들른 거예요." 그가 말했다.

"무슨 소식이라뇨?" 낸시가 물었다. "루가 세탁소에 안 나왔어요?"

"당신은 알 줄 알았는데," 댄이 말했다. "그녀가 월요일부터 보이지 않아요. 집에도 없고, 세탁소에도 나오지 않아요. 집에 있는 물건은 전부 다 치웠더라고요. 세탁소의 어떤 아가씨 말로는 유럽에 갈 거라고 했다는군요."

"루를 본 사람이 한 명도 없다는 거예요?" 낸시가 물었다.

댄은 입을 꽉 다문 채 그녀를 쳐다보았다. 그의 차분한 회색 눈동자에서 냉기가 번뜩였다.

"세탁소에서 그러더군요," 그가 거칠게 내뱉었다. "어제 그녀가 자동차를 타고 지나가는 걸 봤다고. 당신과 루가 오매불망 노래하던, 백만장자와 떠난 게 확실해요."

난생처음 낸시는 남자 앞에서 움츠러들었다. 그녀는 미세하게 떨리는 댄의 소맷자락을 붙들었다.

"저한테 그렇게 말할 자격 없어요, 댄. 제가 마치 부추기기라도 했다는 것처럼 들리잖아요!"

"그런 뜻으로 말한 건 아니에요." 댄이 한층 누그러진 목소리로 말했다. 그는 입고 있던 조끼 주머니 속을 뒤졌다.

"오늘 저녁에 보려고 공연 표도 샀는데," 그는 애써 밝은 기색을 보이며 정중하게 말했다. "혹시 괜찮으시면 저랑……."

낸시는 언제나 그랬듯 용기 있는 모습을 높이 샀다.

"같이 보러 갈게요, 댄." 그녀가 말했다.

3개월이 지나서야 낸시는 루를 다시 만났다.

어스름이 질 무렵 낸시는 한산하고 작은 공원의 가장자리 길을 따라 집으로 급히 돌아가는 중이었다. 누군가 그녀의 이름을 불렀고, 뒤로 돌아서는 바로 그 순간 루가 그녀의 품에 뛰어들었다.

포옹을 마친 두 사람은 머리를 뒤로 젖힌 채 공격하려는 건지 유혹하려는 건지 알 수 없는 자세를 취한 뱀처럼, 혀끝에 맴도는 수천 가지 질문을 차마 내뱉지 못한 채 서 있었다. 낸시는 그녀가 두른 값비싼 모피, 번쩍이는 보석, 재단사의 손길이 닿은 멋진 드레스를 보고 루가 엄청난 부자가 되었음을 알 수 있었다.

"이 바보 같은 아가씨야!" 루가 다정한 목소리로 크게 외쳤다. "너 아직도 그 매장에서 일하고 있구나. 그 허름한 복장도 여전하고 말이야. 네가 낚겠다던 그 대어는 어떻게 된 거니, 아직 못 건졌구나?"

그러고 루는 낸시를 보았다. 그녀는 부를 얻은 것보다 더 근사한 변화를 겪은 것 같았다. 그녀의 눈동자는 보석보다 밝게 빛났고, 두 뺨은 장미보다 붉었다. 그녀는 혀끝으로 어떤 중요한 말을 내뱉고 싶어 근질거리는 듯했다.

"맞아, 난 여전히 그 매장에서 일해," 낸시가 말했다. "하지만 다음 주에 그만둘 예정이야. 대어를 낚았거든. 세상에서 가장 근사한 대어 말이야. 내 얘기를 듣고 기분 상하지 말아 줘, 루. 알겠지? 나 댄이랑 결혼해. 댄과 말이야! 이제 댄은 내 남자야, 루!"

공원 모퉁이에서 부드러운 인상의 신입 경찰관 한 명이 순찰을 돌고 있었다. 그는 될 수 있으면 공권력을 행사하지 않으려고 애쓰는 것 같았다. 순찰 중에 그는 비싼 모피 외투를 입고 다이아몬드 반지를 낀 여자 한 명이 공원의 철제 울타리 옆에 쭈그리고 앉아 격하게 흐느끼는 것을 목격했다. 옆에는 직장에 다니는 듯 수수하게 차려입은 날씬한 여성이 몸을 바짝 숙여 그녀를 달래고 있었다. 하지만 신세대인 이 경찰은 두 여인의 마음을 헤아리기라도 한 듯이 못 본 척하고 그들을 지나쳤다. 그는 경찰봉으로 바닥을 두드려 먼 하늘의 별까지 소리가 닿게 하는 건 가능할지 몰라도, 이런 문제에는 자신의 힘이 어떤 도움도 되지 않는다는 걸 알 만큼 현명했기 때문이다.

물레방아가 있는 교회

She had a laugh as genial and hearty
in its feminine way
as the famous laugh of Father Abram.
Both of them were natural optimists;
and both knew how to present
a serene and cheerful face to the world.

레이크랜드는 유명한 여름 리조트를 소개하는 안내서에는 실리지 않는 곳이다. 이곳은 클린치 강의 작은 지류가 흐르는 컴벌랜드 산줄기의 나지막한 마루터기 위에 자리 잡고 있다. 원래 레이크랜드는 버려진 좁은 철길 주변에 스물 남짓의 가구가 모여 자족하며 사는 마을이다. 그 모양새가 소나무 숲에서 길을 잃은 철로가 두렵고 쓸쓸한 마음에 레이크랜드로 찾아든 것 같기도 하고, 길을 잃은 레이크랜드가 집으로 데려다줄

기차를 기다리기 위해 철로 변에 모여든 것처럼 보이기도 한다.

레이크랜드라는 지명이 어떻게 해서 생겼는지는 알 수 없다. 주변에는 호수도 없고 땅도 내세우기 부끄러울 정도로 형편없기 때문이다.

이 마을에서 800미터쯤 떨어진 곳에는 '독수리 집'이라 불리는 커다랗고 낡은 저택이 있는데, 주인인 조사이어 랭킨은 산속 맑은 공기를 마시러 온 방문객이 저렴하게 숙박할 수 있도록 이 집을 운영하고 있다. 독수리 집은 어설프게 관리해서 더욱 유쾌한 곳이다. 현대적으로 개조하지 않아서 집 전체가 낡은 옛것 그대로이다. 모든 것이 어수선하게 흐트러져 있지만 그래서 내 집인 듯 편안하고 즐거워진다. 하지만 방은 가구까지 깨끗하게 정돈해 두었으며, 식사도 풍부하게 대접해 준다. 그리고 소나무 숲 속에서 마음껏 기분 전환을 할 수도 있다. 자연으로 나가면 광천수와 포도 덩굴 그네, 크로케까지 모두 즐길 수 있다. 심지어 크로케 경기의 삼주문(三柱門)조차도 나무로 만들어져 있다. 인공적인 것이라고는 일주일에 두 번 바이올린과 기타를 연주하는 소박한 간이 무대뿐이다.

독수리 집을 찾는 손님들은 오락거리만이 아니라 기분 전환이 절실하게 필요한 이들이다. 그들은 시곗바늘처럼 바쁘게 살아가고 있기 때문에 1년을 부지런히 일하려면 2주일 정도는 시계태엽을 감아 줘야 한다. 부류도 다양해서 아랫마을에 사는 학생들, 예술가들, 어떨 때는 근처 언덕의 누적된 지층을 조사하는 데에 푹 빠진 지질학자가 오기도 한다. 조용한 가족 단위 손님이 와서 여름을 보내기도 하고, 레이크랜드에서 '여선생님'으로 통하는 여성 종교 단체 회원 가운데 심신이 지친 몇몇이 방문하는 경우도 있다.

독수리 집에서 400미터쯤 떨어진 곳에는 만약 독수리 집에서 안내서라도 발간한다면 '흥미로운 볼거리'라고 소개할 법한 장소가 있었으니, 바로 더 이상 방아를 돌리지 않는 아주 오래된 물레방앗간이었다. 조사이어 랭킨의 말을 빌리자면 이곳은 미국에서 유일한 상사식[5] 물레방아이며, 파이프 오르간과 신도석(信徒席)까지 갖춘 물레방앗간은 세상에서 여기 한 곳밖에 없다고 한다. 독수리 집의 손님들은 매주 안식일이 되면 물레방앗간 교회 예배에 참석해서, 죄를 용서받은 기독교인을 인생이라는 무거운 짐과 고통 사이에서 곱게 갈려 유용한 존재로 거듭난 밀가루에 비유하는 목사님의 설교를 듣고는 했다.

매년 초가을이 되면 에이브럼 스트롱이라는 사람이 독수리 집을 찾았는데, 훌륭한 품성 덕분에 머무는 동안 환대를 받았다. 레이크랜드 사람들은 그를 '에이브럼 목사'라고 불렀다. 새하얀 머리카락에 선하면서도 강인한 혈색 좋은 얼굴을 하고 유쾌하게 웃으며 다니는 데다가, 항상 걸치고 다니는 검은 옷과 챙이 넓은 모자까지 흡사 목사님을 연상시켰기 때문이다. 심지어 이곳을 처음 방문한 손님조차 사나흘만 그와 알고 지내면 으레 이 친근한 별명으로 그를 불렀다.

에이브럼 목사는 레이크랜드까지 먼 길을 오고는 했다. 그는 북서쪽의 한창 번창하고 있는 큰 마을에서 제분소를 경영했다. 그 제분소는 신도석이나 오르간이 있는 작은 물레방앗간과 비교하자면 운치는 없는 대신 규모가 어마어마해서, 근처를 지나다니는 화물 열차의 행렬이 개미 떼처럼 꼬리에 꼬리를 물고 하루 종일 끊이지 않는 곳이었다. 그럼 이제 에이브럼 목사와 한때 물레방앗간이었던 교회에 대해 알았으니, 이 두 사연이 교차하는 순간의 숨겨진 이야기를 들을 차례다.

---

5) overshot. 전형적인 구식 물레방아로 가장 위쪽의 홈통에 찬 물이 한쪽 방향으로 낙하하면서 날개차를 회전시키는 방식이다.

물레방앗간이 교회로 변하기 전, 에이브럼 스트롱은 그 방앗간의 주인이었다. 그는 밀가루를 온몸에 뒤집어쓰고 누구보다 바쁜 나날을 보냈지만, 그 근방에서 그보다 쾌활하고 행복한 방앗간 주인은 없었다. 그는 방앗간 건너편의 작은 오두막에서 살았다. 속도는 느렸지만 가격이 저렴한 덕분에 산골 사람들은 몇 킬로미터나 되는 지치고 험난한 길을 거쳐 그의 방앗간으로 곡물을 싣고 왔다.

방앗간 주인의 인생에서 가장 달콤한 기쁨은 그의 어린 딸, 어글레이어였다. 이제 막 걸음마를 뗀 금발 아기에게는 사실 부담스러운 이름이었다. 하지만 산골 사람들은 우아하고 품위 있는 이름을 선호한다. 아이의 엄마는 책에서 우연히 본 이 이름을 딸에게 붙여 주었다. 유아기 시절에 어글레이어는 그 이름으로 불리는 게 싫어서 주변 사람들에게 자신을 '뎀스'라고 불러 달라 고집했다. 방앗간 부부는 어글레이어를 살살 구슬려서 이 신기한 이름을 어디서 따온 건지 알아내려 했지만 모두 허사로 돌아갔다. 결국 그들은 고심 끝에, 오두막 뒤편의 작은 정원을 가득 채운 로더덴드론 꽃밭을 특별히 좋아했던 아이가 자신이 제일 아끼는 이 엄청난 꽃의 이름과 '뎀스'라는 이름이 비슷하다고 생각한 것이라는 결론을 내렸다.

어글레이어가 네 살이 되었을 무렵, 아이와 아빠는 매일 오후 방앗간에서 작은 놀이를 즐겼다. 날씨가 나쁠 때를 제외하고는 단 하루도 거르는 날이 없었다. 저녁 식사가 준비되면 엄마는 머리를 빗기고 단정하게 앞치마를 입힌 뒤 어글레이어를 방앗간으로 보내 아빠를 집에 모셔 오게 했다. 하얀 밀가루를 덮어쓴 방앗간 주인은 문 앞에 서 있다가 아이가 아장아장 걸어오는 게 보이면, 앞으로 나가 손을 흔들며 오래전부터 전해 내려오는 방앗간 노래를 불렀다.

물레방아 돌고 도니
곡식 가루 수북이 쌓이고
밀가루 쓴 방앗간 주인
흥에 겨워 노래 부르네
예쁜 아가 생각하면
힘든 일도 즐거워라

그러면 어글레이어는 웃으며 그에게 달려와 이렇게 말했다.

"아빠, 텀스를 집에 데려다주세요." 그러면 방앗간 주인은 아이를 어깨 위에 앉히고 방앗간 노래를 부르면서 저녁 식사가 기다리는 집으로 성큼성큼 걸어가고는 했다. 매일 저녁 이런 광경은 되풀이되었다.

네 번째 생일이 지나고 일주일째 되던 날, 별안간 어글레이어가 사라졌다. 오두막 앞 길가에서 야생화를 꺾고 있던 것이 아이의 마지막 모습이었다. 잠시 후 아이가 멀리까지 간 게 아닐까 걱정된 엄마가 살피러 나가 보았지만, 아이는 이미 사라지고 없었다.

방앗간 부부는 아이를 찾기 위해 모든 방법을 동원했다. 이웃들과 힘을 합쳐 근처 숲과 몇 킬로미터 떨어진 산속을 샅샅이 뒤졌다. 그들은 물레방아에 물을 대는 도랑과 둑 아래 개울의 머나먼 지류까지 모두 살폈다. 하지만 아이의 흔적은 어디서도 찾을 수 없었다. 하루나 이틀 전쯤에 인근 숲에서 야영하던 부랑자 가족이 아이를 유괴했을 수도 있다고 의심하고 그들이 탄 마차를 쫓았지만, 아이는 그곳에도 없었다.

방앗간 주인은 2년 가까이 그 방앗간을 유지했다. 하지만 점차 아이를 찾을 수 있다는 희망이 사라지자, 그와 아내는 북서쪽으로 이사했다. 몇 해가 지난 뒤 그는 그 지역의 중심지인 제분업 도시에 정착해 현대적인 제분소를 운영했다. 스트롱 부인은 딸을 잃은 슬픔을 견디지 못하고 충격으로 시름시름 앓다가 결국 눈을 감고 말았다. 이주한 지 2년 만에 방앗간 주인은 홀로 슬픔을 견뎌야 하는 신세가 되었다.

제분소 사업이 성공하자 에이브럼 스트롱은 레이크랜드의 그 오래된 방앗간을 다시 찾았다. 그곳을 보기만 해도 마음이 찢어지는 것 같았지만, 그는 정신력이 강했기 때문에 겉으로는 언제나 생기 넘치고 온화한 모습을 유지했다. 그가 이 물레방앗간을 교회로 개조해야겠다는 영감을 얻은 때는 바로 이 무렵이었다. 레이크랜드의 경제 사정은 교회를 짓기에 열악했다. 궁핍한 산간 지역 사람들이 교회 공사에 힘을 보탤 수 있는 것도 아니었다. 사방 30킬로미터 안에 예배를 볼 수 있는 장소는 하나도 없었다.

방앗간 주인은 방앗간의 겉모습을 최대한 건드리지 않으려고 했다. 커다란 상사식 물레방아는 그 자리에 그대로 남았다. 교회를 방문한 젊은 이들은 조금씩 썩어 가는 물렁한 물레방아 목재에 자기 이름의 머리글자를 새기고는 했다. 둑은 반쯤 무너져서 산에서 내려오는 맑은 개울물이 둑을 넘어 바위투성이 바닥으로 잔잔히 물결을 일으키며 흘러갔다. 하지만 방앗간 내부는 완전히 바뀌었다. 굴대와 맷돌, 벨트, 도르래를 모두 철거했다. 복도를 중심으로 양옆에 의자를 일렬로 길게 놓았고, 맨 앞에는 연단과 설교를 위한 단상을 세웠다. 교회 내부 계단을 통해 위로 올라가면, 머리 위 삼면으로 신도들이 앉을 수 있도록 좌석을 두었다. 발코니에는 파이프 오르간, 그러니까 진짜 파이프 오르간을 설치했는데, '물레방앗간 교회' 신도들이 자랑거리로 여겼다. 오르간 연주는 피비 서머스양이 맡았다. 레이크랜드의 사내아이들은 일요일 예배 시간마다 그녀가 연주할 수 있도록 돌아가며 오르간에 공기를 넣는 일을 뿌듯하게 여겼다. 설교를 맡은 베인브리지 목사님은 한 번도 예배를 거르지 않고 스퀴럴갭에서 이곳까지 늙은 백마를 타고 와주었다. 그리고 이 모든 비용을 에이브럼 스트롱이 부담했다. 그는 목사님께 연간 500달러를, 피비 양에게는 200달러를 지급했다.

그리하여 이 오래된 방앗간은 어글레이어를 추모하기 위해 그녀가 한때 살았던 마을의 주민들을 축복하는 장소로 바뀌었다. 이 어린아이의 생애는 아쉽도록 짧았지만 어글레이어는 70년의 세월을 산 것보다 더 큰 은혜를 베푸는 듯했다. 여기서 그치지 않고 에이브럼 스트롱은 딸을 기리기 위해 기념적인 일을 또 하나 계획했다.

북서부 지역에서 운영 중이던 제분소에서 가장 단단하고 질 좋은 밀로 만든 밀가루에 '어글레이어'라는 상표를 붙인 것이다. 그 지역 사람들은 어글레이어 밀가루가 두 개의 가격표를 달고 출고된다는 사실을 곧 알게 되었다. 하나는 가장 비싼 가격으로 시장에서 판매했고, 또 하나는 무료였다.

화재나 홍수, 토네이도, 공습, 기근과 같은 재난을 당한 사람들이 빈곤에 허덕일 때마다 가격표를 붙이지 않은 어글레이어 밀가루가 신속하게 사고 지역으로 배송되었다. 신중하고 세심한 전달 절차를 거치되 사고 현장에서는 무료로 배포되어, 굶주리는 사람들은 한 푼도 낼 필요가 없었다. 도시 빈민가에 참혹한 대화재가 발생하면 소방서장의 마차가 가장 먼저 현장에 도착하고, 그다음이 어글레이어 밀가루를 실은 마차요, 마지막이 소방차라는 말이 나돌기까지 했다.

이것이 바로 에이브럼 스트롱이 어글레이어를 추모하기 위해 벌인 또 하나의 기념사업이었다. 시를 써서 그 아름다움을 칭송하기에는 이 사업의 내용이 너무 실용적일지도 모른다. 하지만 순수하고 깨끗하며 하얀 밀가루에 사랑과 자비의 마음을 듬뿍 담아 전달함으로써 실종된 딸의 맑은 영혼을 사람들의 마음속에 기억시키기 위한 스트롱 씨의 이런 바람은 가히 아름답고도 훌륭하다고 할 수 있을 것이다.

어느 해 컴벌랜드 지방에 심한 흉년이 든 적이 있었다. 전 지역에서 곡물 수확량이 형편없이 줄었고, 곡식을 전혀 거두지 못한 곳도 있었다. 산간 지역에는 홍수가 나서 막대한 재산 피해를 입었다. 숲에서 좀처럼 산짐승을 찾기 힘들어지자, 사냥꾼들은 식구들을 배불리 먹일 수가 없었다. 특히 레이크랜드 지역의 기근이 심각했다.

에이브럼 스트롱은 이 소식을 듣자마자 제분소로 전갈을 보냈다. 곧이어 좁은 철도를 따라 어글레이어 밀가루가 그곳에 당도하기 시작했다. 방앗간 주인은 물레방앗간 교회의 발코니석에 밀가루를 쌓아 두고 예배에 참석한 사람들 모두가 한 포대씩 집으로 짊어지고 가도록 했다.

2주가 지난 뒤 에이브럼 스트롱은 매해 그래 왔듯이 독수리 집에 방문했고, 다시 '에이브럼 목사님'이 되었다.

그해 가을에는 독수리 집을 찾는 손님들이 평소보다 적었다. 로즈 체스터라는 아가씨는 그중 한 명이었다. 체스터 양은 애틀랜타에서 백화점 직원으로 일하다가 난생처음 휴가를 받아 이곳 레이크랜드로 여행을 왔다. 백화점 지배인의 부인이 독수리 집에서 여름 한 철을 보낸 뒤, 평소 예뻐하던 로즈 양에게 이곳에서 3주 동안 휴가를 보내라고 권유한 덕분이었다. 지배인의 부인은 소개장을 그녀의 손에 쥐여 주었고, 랭킨 여사는 흔쾌히 그녀를 받아들여 보살피기로 한 것이다.

체스터 양은 건강한 편이 못 되었다. 스무 살 남짓의 그녀는 실내에서만 생활한 탓에 창백하고 몸이 허약했다. 하지만 레이크랜드에서 일주일을 보낸 후에 그녀는 다른 사람이 된 것처럼 낯빛이 밝아지고 활기를 되찾았다. 때는 9월 초순으로 접어들어 컴벌랜드의 아름다운 경치는 절정을 이루었다. 숲은 울긋불긋 단풍으로 물들어 가을빛이 완연했고, 공기는 샴페인 향처럼 부드러웠다. 밤이 되어 상쾌하고 서늘한 바람을 피해 독수리 집의 따뜻한 담요 속으로 파고들 때면 그곳은 아늑하기 그지없었다.

에이브럼 목사와 체스터 양은 절친한 사이가 되었다. 이 나이 든 방앗간 주인은 랭킨 여사에게 그녀의 사연을 전해 듣고서 험난한 세상을 홀로 헤쳐 나가는 이 외롭고 연약한 아가씨에게 느닷없이 관심이 생겼다.

산골 마을은 체스터 양에게 생소한 곳이었다. 애틀랜타의 온난한 저지대 마을에서 수년을 살았던 탓인지 그녀는 컴벌랜드의 다채롭고 장엄한 풍경이 마음에 쏙 들었다. 그녀는 이곳에 머무는 매 순간을 즐겁게 보내야겠다고 결심했다. 얼마 안 되는 저축이지만 지출 비용을 꼼꼼하게 계산한 덕에 그녀는 일터로 돌아갔을 때 돈이 얼마나 남을지 동전 단위까지 거의 다 파악하고 있었다.

체스터 양이 에이브럼 목사를 친구이자 안내자로 삼은 것은 행운이었다. 그는 레이크랜드 근방의 산줄기마다 길이며, 봉우리며, 비탈길까지 모르는 곳이 없었다. 그녀는 그의 안내에 따라 레이크랜드 곳곳을 누비면서, 소나무 숲의 그늘지고 가파른 오솔길이 자아내는 신성한 아름다움이라든지, 자연 그대로의 험준한 바위산이 토해 내는 위엄, 생명의 기운을 일깨우는 청정한 아침, 어딘지 모르게 슬퍼 보이고 환상적인 황금빛 오후에 친숙해졌다. 덕분에 그녀의 건강은 차츰 좋아졌고 마음도 한결 가벼워졌다. 그녀의 다정하고 진심 어린 웃음은 여성스럽다는 점만 빼면 에이브럼 목사님의 사람 좋은 웃음과 닮은 구석이 있었다. 두 사람은 타고난 낙천주의자였고, 세상 사람들을 향해 차분하면서도 기분 좋은 표정을 지어 보이는 법을 알았다.

하루는 체스터 양이 한 손님에게 에이브럼 목사의 실종된 딸에 대한 사연을 들었다. 그녀는 서둘러 그를 찾아 나섰고, 광천 약수터 근처에서 자신이 가장 아끼는 통나무 의자에 앉아 있는 옛 방앗간 주인을 발견했다. 그는 자신의 어린 친구가 눈물을 글썽이며 살며시 손을 잡자 놀랐다.

"오, 에이브럼 목사님," 그녀가 말했다. "너무 안되셨어요! 저는 지금에서야 어린 따님에 대한 이야기를 알게 되었어요. 언젠가 따님을 꼭 찾으실 거예요. 그렇게 되길 제가 기도할게요."

방앗간 주인은 미소를 지으며 그녀를 내려다보았다.

"고마워요, 로즈 양," 그는 평소와 다름없이 명랑하게 말했다. "하지만 어글레이어를 찾을 거라는 기대는 하지 않아요. 지난 몇 년 동안 차라리 아이가 부랑자에게 납치를 당했더라도 어딘가에 살아 있게만 해달라고 기도했어요. 하지만 그런 희망의 끈도 모두 놓아 버렸어요. 익사를 한 게 분명해요."

"이해할 수 있어요," 체스터 양이 말했다. "그런 생각들로 얼마나 견디기 힘드셨을지를요. 그런데도 이토록 웃음을 잃지 않고 다른 사람의 짐을 덜어 주려고 애쓰시다니, 정말 목사님은 좋은 분이세요!"

"로즈 양도 좋은 사람이에요!" 옛 방앗간 주인은 웃으면서 로즈 양의 말투를 흉내 냈다. "로즈 양만큼 다른 사람을 걱정해 주는 사람도 없을 거예요."

순간 체스터 양의 머릿속에 엉뚱한 생각이 떠올랐다.

"오, 에이브럼 목사님," 그녀가 불렀다. "제가 목사님의 딸로 밝혀진다면 굉장한 일이겠죠? 정말 낭만적이지 않나요? 저를 딸로 삼고 싶지 않으세요?"

"나야 좋죠," 옛 방앗간 주인은 진심으로 말했다. "어글레이어가 살아서 로즈 양처럼 귀여운 숙녀로 자라 주었다면 더할 나위 없을 거예요. 어쩌면 로즈 양이 진짜 어글레이어일지도 모르죠." 그는 그녀의 장난을 받아 주려고 농담을 했다. "어릴 적에 물레방앗간에서 함께 살았던 기억이 나지 않나요?"

체스터 양은 느닷없이 심각한 얼굴로 생각에 잠겼다. 그녀의 커다란 두 눈은 저 멀리 어딘가를 멍하니 응시하고 있었다. 에이브럼 목사는 그녀가 별안간 진지해지는 것이 재밌었다. 그녀는 그렇게 한참을 있다가 말문을 열었다.

"모르겠어요," 그녀는 길게 한숨을 쉬며 말했다. "물레방아 같은 건 하나도 기억나지 않아요. 이곳에 와서 목사님의 그 작고 특이한 교회를 보기 전에는 살면서 한 번도 물레방앗간을 구경하지 못한 것 같아요. 제가 만약 목사님의 어린 딸이 맞으면 기억을 못 할 리가 없잖아요? 너무 아쉬워요, 에이브럼 목사님."

"저도 아쉽긴 마찬가지예요." 에이브럼 목사는 그녀를 달랬다. "로즈 양이 저의 딸이었던 것은 기억하지 못해도 다른 분의 아이였던 때는 기억하겠죠. 부모님 대한 기억도 남아 있을 거고요, 물론."

"기억하고말고요. 특히 아빠 얼굴이 아주 생생하게 기억나요. 아빠는 목사님과 닮은 구석이라고는 하나도 없는 분이셨어요. 오, 장난은 이제 그만해야겠어요. 목사님, 너무 오랫동안 쉬신 것 같아요. 오늘 오후에 송어들이 놀고 있는 연못을 보여 준다고 약속하셨잖아요. 전 한 번도 송어를 본 적이 없단 말이에요."

어느 날 늦은 오후에 에이브럼 목사는 옛 물레방앗간으로 향했다. 그는 종종 그곳에 앉아 길 건너 오두막에 살던 지난날을 떠올리며 사색에 잠기고는 했다. 세월의 힘은 가슴을 찢는 슬픔의 칼날을 무디게 만들어서, 이제 옛일을 생각해도 더 이상 고통스럽지 않았다. 하지만 에이브럼 스트롱이 마음 울적한 9월의 어느 오후에 '덤스'가 노란 곱슬머리를 휘날리며 매일같이 뛰어다니던 장소에 앉아 있을 때만큼은, 그의 얼굴에서 레이크랜드의 사람들이 언제나 볼 수 있던 그 미소를 찾아볼 수 없었다.

옛 방앗간 주인은 꼬불꼬불하고 가파른 길을 천천히 올라갔다. 나무들이 길 가장자리에 바짝 붙어 무성하게 자라 있었기 때문에, 그는 모자를 벗어 한 손에 들고 나무 그늘 아래로 걸었다. 오른편의 낡은 울타리 위로 다람쥐 무리가 신나게 뛰어다녔다. 메추라기들은 그루터기만 남은 밀밭에서 어린 새끼들을 불러 모았다. 황혼의 태양이 서쪽으로 뻗은 산골짜기 위에서 온 세상을 옅은 황금빛으로 물들였다. 9월 초순이었다! 어글레이어가 사라진 날이 코앞으로 다가오고 있었다.

낡은 상사식 물레방아는 담쟁이덩굴로 절반쯤 뒤덮인 채 나무 사이를 통과한 따스한 햇볕을 군데군데 받고 있었다. 길 건너 오두막은 여전히 그 자리에 있었지만, 강한 산바람을 한 번만 더 맞으면 틀림없이 무너질 것처럼 보였다. 나팔꽃과 야생 박 덩굴이 무성하게 외벽을 채우고 있었고, 문은 경첩 하나에 의지하고 있었다.

에이브럼 목사는 방앗간의 문을 열고 조심스럽게 들어갔다. 그리고 이상한 낌새가 들었는지 들어서자마자 가만히 멈춰 섰다. 안쪽에서 누군가가 슬픔에 겨워 흐느끼는 소리가 들렸다. 체스터 양이 어두컴컴한 신도석에 앉아 고개를 푹 숙인 채 편지를 부여잡고 울고 있는 것이 보였다.

에이브럼 목사는 그녀에게 다가가 한 손으로 그녀의 손을 꽉 잡았다. 그녀가 고개를 들어 그의 이름을 간신히 내뱉으며 말을 이어 나가려고 했다.

"그럴 필요 없어요, 로즈 양," 방앗간 주인이 다정하게 말했다. "애써 말하려고 하지 말아요. 기분이 울적할 땐 잠시 소리 죽여 우는 것만큼 좋은 해결책은 없답니다."

옛 방앗간 주인은 스스로가 슬픔에 워낙 익숙해서인지 타인의 슬픔도 쉽게 잠재울 수 있는 신기한 능력이 있는 것 같았다. 체스터 양의 흐느낌은 조금씩 잦아들었다. 그녀는 가장자리에 아무 무늬가 없는 작은 손수건을 꺼내 에이브럼 목사님의 큼직한 손등에 흘린 눈물 한두 방울을 닦아 냈다. 그런 후 고개를 들어 눈물을 글썽인 채로 미소 지었다. 비통한 순간에도 미소를 잃지 않는 에이브럼 목사님처럼 체스터 양 역시 항상 눈물이 채 마르기도 전에 웃음을 보였다. 그런 면에서 두 사람은 많이 닮아 있었다.

옛 방앗간 주인은 아무것도 묻지 않았지만, 시간이 지나자 그녀가 스스로 이야기를 시작했다.

그녀의 이야기는 젊은이에게는 중대한 사안이지만 노인은 추억에 잠겨 웃음 짓게 만드는 흔하디흔한 사연, 쉬이 짐작할 수 있듯이 바로 사랑에 얽힌 이야기였다. 그 주인공은 애틀랜타에 사는 건실하고 교양 있는 한 청년이었다. 그 역시 체스터 양의 착실하고 예의 바른 행실을 보고 애틀랜타, 아니 그린란드에서 파타고니아에 이르기까지 모든 지역을 통틀어 그녀가 으뜸이라고 생각하고 있었다. 그녀는 에이브럼 목사에게 자신의 눈물샘을 건드린 그 편지를 보여 주었다. 그것은 건실하고 품위 넘치는 젊은이의 연서답게 남자다우면서도 다정하고, 다소 과장되면서도 다급한 마음이 묻어나는 편지였다. 그는 체스터 양에게 하루빨리 결혼해 달라고 간청했다. 또한 그녀가 없는 3주 동안 그는 참을 수 없이 힘든 나날을 보냈다고도 했다. 그는 그녀가 조속히 응답해 주길 빌면서, 만약 청혼을 받아들인다면 좁은 철도 따위는 무시하고 당장 레이크랜드로 날아

오겠다고 약속했다.

"그런데 무엇이 문제라는 거죠?" 편지를 전부 읽은 옛 방앗간 주인이 물어 왔다.

"저는 그와 결혼할 수 없어요." 체스터 양이 말했다.

"그 남자와 결혼하고 싶긴 한 건가요?" 에이브럼 목사가 물었다. "오, 저는 그이를 사랑해요," 그녀가 답했다. "하지만……." 그녀는 다시 고개를 떨구더니 흐느끼기 시작했다.

"이것 봐요, 로즈 양," 옛 방앗간 주인이 말했다. "나에게는 비밀을 털어놓아도 돼요. 캐물으려는 건 아니지만, 나를 믿고 말해도 좋아요."

"저는 목사님을 믿어요," 그녀가 말했다. "랠프의 청혼을 거절해야 하는 이유를 말씀드릴게요. 저는 아무 존재도 아니에요. 심지어 이름도 없어요. 지금 사용하는 이름도 다 지어낸 거예요. 랠프는 고귀한 가문 출신이에요. 온 마음을 바쳐 그를 사랑하지만, 절대 그와 결혼할 순 없어요."

"왜 그런 이야기를 하는 거죠?" 에이브럼 목사가 말했다. "지난번에 분명 부모님을 기억한다고 말하지 않았어요? 그런데 왜 이름이 없다는 말을 하는 건지, 난 도무지 이해가 안 되는군요."

"부모님을 기억하는 건 맞아요," 체스터 양이 말했다. "너무도 생생하게 기억하고 있어요. 가장 어릴 적 기억은 저 멀리 남쪽 지역 어딘가에서 살았을 때예요. 우리 가족은 여러 마을과 주를 떠돌며 수없이 이사를 다녔어요. 저는 목화를 따고 공장에서 일하기도 하면서, 어쩔 땐 못 먹고 못 입는 생활을 견뎌야 했어요. 엄마는 제게 상냥하게 대해 줄 때도 있었지만, 아빠는 성질이 난폭해서 하루가 멀다 하고 저를 때리곤 했어요. 지금 생각해 보면 두 분은 게을러서 일 없이 떠돌아다녔던 것 같아요.

애틀랜타에서 가까운 강가의 작은 마을에서 살 때였는데, 어느 날 저녁 두 분이 한바탕 크게 다투셨어요. 서로를 헐뜯고 지독한 욕설을 퍼붓는 와중에 저는 그만 알게 되었어요. 오, 에이브럼 목사님, 제가 자격이 없다는 걸 알았어요. 이해 못 하시겠어요? 저는 이름도 없는 아이였어요. 저는 출신도 모르는 하찮은 존재였어요.

그날 밤 저는 도망을 쳤어요. 애틀랜타까지 걸어가서 일자리를 찾았죠. 로즈 체스터란 이름도 제가 붙인 거예요. 그날 이후로 전 혼자 밥벌이를 하며 살고 있어요. 이제 왜 제가 랠프와 결혼할 수 없는지 아시겠죠. 오, 그이에겐 이 모든 걸 차마 말할 수 없어요."

에이브럼 목사는 그녀의 고민에 대수롭지 않게 반응했고, 이것은 동정이나 연민보다 더욱 효과적이었다.

"대단한 고민인 줄 알았더니, 그게 전부예요?" 그가 말했다. "나 원 참, 뭔가 대단한 장애물이라도 가로막고 있는 줄 알았더니. 이 완벽한 젊은 이가 진짜 남자라면 로즈 양의 혈통에 대해선 눈곱만큼도 신경 쓰지 않을 거예요. 로즈 양, 제 말을 명심하세요. 그가 진정으로 원하는 건 바로 당신이에요. 나한테 말한 것처럼 그에게 솔직하게 다 털어놓아요. 내가 장담하는데 그는 사연을 듣고 껄껄 웃어넘기고 말 겁니다. 그리고 로즈 양에게 더 많은 사랑을 쏟을 거예요."

"절대 그에게 말할 수 없어요." 체스터 양은 울상을 지으며 말했다. "어느 누구와도 결혼하지 않을 거예요. 저는 그럴 만한 자격이 없어요."

그때 햇볕이 내리쬐는 길 위로 기다란 그림자 하나가 불쑥 나타났다. 그 옆에 짧은 그림자가 나란히 따라왔다. 정체 모를 그림자 두 개는 교회를 향하고 있었다. 긴 그림자는 교회에서 오르간을 연주하는 피비 양으로, 그녀는 연습하기 위해 교회로 가던 길이었다. 그녀 옆에 작은 그림자는 열두 살 된 소년 토미 티그였다. 토미는 자기 차례가 되어 피비 양이 연주할 오르간에 바람을 넣으러 가는 중이었다. 그는 맨발로 길바닥에 흙먼지를 일으키며 자랑스럽다는 듯이 걸어오고 있었다.

라일락 꽃이 수놓인 사라사 원피스 차림에 곱슬머리를 귓가로 늘어뜨린 피비 양은 에이브럼 목사에게는 무릎을 굽혀 정중하게, 체스터 양에게는 격에 맞게 고개 숙여 인사를 했다. 그런 후 토미와 함께 가파른 계단을 밟고 위층으로 올라갔다.

아래층의 어스름은 짙어져 갔지만, 에이브럼 목사와 체스터 양은 계속 그 자리에 머물렀다. 그들은 말없이 각자의 추억에 골몰히 잠겨 있는 듯했다. 체스터 양은 한 손으로 비스듬히 턱을 괴고 먼 곳을 응시했다. 에이브럼 목사는 바로 옆 신도석에 앉아 문밖의 다 허물어져 가는 오두막과 그곳으로 이어지는 길을 바라보며 사색에 잠겼다.

토미가 바람을 넣는 동안 피비 양은 오르간의 저음부를 두드리고는 공기의 양을 확인하려는 듯 오래도록 건반을 눌렀다. 그러자 갑자기 눈앞의 풍경이 바뀌며 에이브럼 목사는 수십 년 전 과거로 돌아간 것 같은 착각이 들었다. 그의 눈에 더 이상 교회는 보이지 않았다. 작은 목조 건물을 뒤흔드는 저음의 강렬한 울림은 오르간의 건반에서 나오는 소리가 아니라, 물레방아 기계가 흥얼거리는 콧노래 같았다. 그것은 분명 낡은 상사식 물레방아가 돌아가는 소리였다. 그는 어느새 오래된 그 산속 물레방앗간에서 밀가루를 뒤집어쓰며 즐겁게 일하던 방앗간 주인으로 다시 돌아가 있었다. 저녁이 되었으니, 이제 곧 어글레이어가 아빠에게 식사 시간을 알려 주기 위해 노란 곱슬머리를 휘날리면서 길을 건너 아장아장 걸어올 터였다. 에이브럼 목사는 오두막의 부서진 문짝에서 눈을 떼지 못했다.

그때 또 다른 기적이 일어났다. 위층 발코니에는 밀가루 포대가 여러

줄로 길게 쌓여 있었는데, 그중 한 포대에 쥐가 들어가 있었던 모양이다. 오르간의 깊은 음이 만들어 내는 충격으로 쏟아진 밀가루가 발코니 바닥의 갈라진 틈새를 통해 물줄기처럼 아래층으로 흘러내렸고, 에이브럼 목사는 머리끝부터 발끝까지 흰 밀가루 범벅이 되고 말았다. 때마침 이 옛 방앗간 주인은 복도로 걸어 나가 두 손을 흔들며 방앗간 노래를 부르기 시작했다.

> 물레방아 돌고 도니
> 곡식 가루 수북이 쌓이고
> 밀가루 쓴 방앗간 주인
> 흥에 겨워 노래 부르네

바로 그때 나머지 기적이 일어났다. 신도석에 앉아 앞으로 몸을 기대고 있던 체스터 양의 얼굴이 밀가루만큼이나 창백하게 변하더니, 대낮에 헛것을 본 사람처럼 눈을 크게 뜨고 에이브럼 목사를 뚫어지게 바라보았다. 그가 노래를 부르기 시작하자 그녀는 그를 향해 두 팔을 뻗었다. 그녀의 입술이 절로 움직이며 꿈꾸는 듯한 목소리로 그를 불렀다. "아빠, 덤스를 집에 데려다주세요!"

피비 양은 오르간의 저음부 건반에서 손을 뗐다. 그녀의 연주는 굉장한 기적을 일으켰다. 그녀가 쳤던 음이 닫혔던 기억의 문을 활짝 열어젖힌 것이다. 에이브럼 목사는 잃어버린 딸 어글레이어를 품에 꼭 안았다.

레이크랜드를 방문하는 사람이라면 이 이야기를 더욱 자세하게 들을 수 있을 것이다. 이후 그들의 이야기가 어떻게 전개됐는지, 옛 방앗간 주인의 딸이 9월의 어느 날 그 앙증맞고 귀여운 모습에 반한 집시 부랑자들에게 납치된 후 어떻게 지냈는지 그곳 사람들이 모두 말해 줄 것이다. 하지만 먼저 서두르지 말고 독수리 집의 현관 그늘에 편안하게 앉아서 느긋하게 이야기를 들었으면 한다. 피비 양의 깊은 저음부가 아직 은은하게 울려 퍼지는 동안 이만 우리의 이야기를 끝내는 게 좋겠다.

그래도 개인적으로 이 기적 같은 이야기의 가장 주옥같은 장면은 에이브럼 목사와 그의 딸이 길게 저무는 황혼 속에서 독수리 집을 향해 걸어가면서 기쁨에 벅차 아무 말도 하지 못한 순간인 듯하다.

"아빠," 그녀가 조심스럽게 주저하며 말했다. "아빠는 돈이 많아요?"

"돈이 많냐고?" 옛 방앗간 주인이 말했다. "무엇을 사느냐에 따라 달라지겠지. 하늘의 달이나 그만큼 값비싼 물건을 사달라는 게 아니라면 많다마다."

"돈이 많이 들까요?" 한 푼이라도 꼼꼼하게 계산하는 버릇이 있는 어글레이어가 물었다. "애틀랜타로 전보를 부치는 것이 말이에요."

"아," 에이브럼 신부는 얕은 한숨을 내쉬며 말했다. "무슨 말인지 알겠다. 랠프를 이곳으로 부르고 싶은 게로구나."

어글레이어는 부드러운 미소를 지으며 그를 올려다보았다.

"그에게 기다려 달라고 부탁하려는 거예요," 그녀가 말했다. "이제 막 아빠를 만났으니, 당분간 아빠와 단둘이 시간을 보내고 싶어요. 그러니 그에게 기다려야 한다고 말할 거예요."

구두쇠 연인

Some faint glimmer of life and its possibilities
on the other side of her glove counter
dawned upon her.

'비기스트' 백화점에는 여직원이 3천 명 있었다. 메이지는 그중 한 사람이었다. 열여덟 살인 그녀는 신사용 장갑 판매를 담당했다. 이곳에서 일하면서 그녀는 두 부류의 인간 군상에 대해 정통하게 되었는데, 하나는 백화점에 장갑을 사러 오는 신사들이고 나머지는 지갑이 넉넉하지 못한 신사에게 줄 장갑을 사러 오는 여성들이었다. 메이지는 인간에 대한 이런 광범위한 지식 외에 다른 정보도 습득했다. 그녀는 다른 여직원 2,999명의 수다에 담긴 지혜에 귀 기울였고, 몰타섬의 고양이처럼 비밀스럽고도 조심스러운 머릿속으로 그 정보를 차곡차곡 쌓아 나갔다. 어쩌면 신이 그녀가 지혜로운 조언자를 곁에 두지 못할 걸 미리 알고, 그녀에게 미모와 더불어 민첩한 성격을 함께 내려 주신 건지도 모른다. 동물 중에 가장 값비싼 털을 지닌 은빛 여우가 신으로부터 교활함도 같이 선물받은 것처럼 말이다.

메이지는 미모가 뛰어났다. 머리는 짙은 금발이었고, 버터케이크를 굽는 요조숙녀의 차분함이 몸에 배어 있었다. 그녀는 비기스트 백화점의 장갑 판매대 뒤편에서 일을 했다. 어떤 손님이든 장갑 치수를 재기 위해 줄자 위에 손을 한 번 올려놓기만 하면 청춘의 여신 헤베를 마주하고 있다는 착각에 빠지게 되고, 그녀의 얼굴을 한 번 더 바라보면 그 눈빛이 지혜의 여신 미네르바와 너무 닮아 놀랄 수밖에 없다.

매장 감독이 보지 않을 때면 메이지는 과일 젤리를 즐겨 씹었다. 그러다가도 그가 쳐다보면 그녀는 마치 구름을 바라보듯 그를 향해 고개를 들어 가만히 미소를 지었다.

그것이 바로 매장 아가씨들의 미소다. 감히 경고하건대 큐피드의 짓궂은 장난에 익숙하다거나 캐러멜 같은 달콤함에 녹지 않을 자신이 있거나, 목석처럼 감정이 무딘 사람이 아니라면 그 미소는 멀리하는 게 좋다. 이 미소도 메이지가 기분 좋게 여가를 보낼 때 절로 나오는 표정일 뿐이지, 매장을 위한 것이 아니다. 하지만 매장 감독은 그 미소가 자신의 것인 양 즐긴다. 그는 백화점 내에서 지독한 고리대금업자 같은 존재였다. 늘상 지적할 거리를 찾아서 매장 구석구석을 누비고 다녔는데, 툭 불거진 콧날이 마치 통행세를 받으려는 다리를 연상시켰다. 그가 예쁜 여직원들을 쳐다볼 때면 음흉한 눈빛을 짓는 호색한이나 재수없는 놈이 된다. 물론 모든 매장 감독이 그런 것은 아니다. 며칠 전 신문에 여든이 넘은 매장 감독에 관한 기사가 실린 적도 있다.

어느 날 화가이자 여행가이며 시인이자 자동차 소유자이기도 한 백만장자 어빙 카터가 우연히 이 비기스트 백화점을 방문했다. 그는 자발적으로 이곳에 들른 것이 아니었다. 청동과 테라코타 조각상에 흠뻑 취해 있는 어머니를 따라 자식 된 도리로 이곳까지 끌려오게 된 것이다.

카터는 백화점 내부를 어슬렁거리다 몇 분이라도 시간을 때우려고 장갑 판매대 근처까지 왔다. 마침 집에 장갑을 두고 나온 터라 새것을 살 필요가 있었다. 하지만 장갑 판매대에서 남녀가 시시덕거리며 추파를 던진다는 얘기를 들어 본 적이 없는 그가 장갑을 사러 가는 행동에 대해 변명하는 건 별 의미가 없을 것이다.

그는 운명을 코앞에 두고 나아가기를 머뭇거렸다. 불현듯 큐피드가 생전 듣도 보도 못한 저급한 장난질을 치려는 것을 눈치챘기 때문이다.

야단스러운 복장의 천박해 보이는 청년 서넛이 판매대 위로 몸을 기댄 채 장갑을 핑계로 여직원들에게 수작을 부리고 있었고, 킥킥거리는 여직원들은 귀에 거슬리는 교태를 부리거나 그들에게 맞장구쳐 주고 있었다. 카터는 그 대열에 끼고 싶지 않았다. 하지만 이미 그는 운명의 문턱을 넘어 버렸다. 판매대 뒤에 서 있던 메이지와 얼굴을 마주한 것이다. 그를 바라보는 그녀의 호기심 어린 눈동자는 차갑고도 따뜻하며 아름답기까지 한 푸른색을 띠고 있어서, 마치 남극해를 떠다니는 빙산이 여름 햇빛을 받아 반짝이는 것 같았다.

그 순간 화가이자 백만장자인 어빙 카터는 귀공자 같은 창백한 두 뺨이 화끈 달아오르는 것을 느꼈다. 수줍어서가 아니었다. 낯을 붉힌 근본적인 이유는 지적인 깨달음이었다. 그는 다른 판매대의 낄낄거리는 아가씨들에게 수작을 거는 평범한 청년들과 자신이 같은 대열에 서 있다는 것을 알게 되었다. 그는 장갑 판매원의 마음을 얻고자, 짓궂은 큐피드가 만남의 장소로 점찍은 떡갈나무 진열대에 어느새 몸을 기대고 있었다. 그는 이제 평범한 사내에 지나지 않았다. 갑자기 그는 추파를 던지던 남성들에 대해 너그러운 마음이 일었다. 그러더니 불현듯 어디서 용기가 생겼는지 이제껏 추구해 온 틀에 박힌 관습이 쓸데없는 짓이라고 생각하면서, 이 완벽한 창조물을 내 여자로 만들고야 말겠다는 결심을 확고히 굳혔다.

포장된 장갑을 받고 돈을 지불했는데도 카터는 한동안 그곳을 떠나지 않고 망설였다. 메이지가 장밋빛 입술을 싱긋거리자 입가의 보조개가 깊어졌다. 장갑을 사러 온 신사는 모두 이런 식으로 자리를 뜨지 못했다. 그녀는 블라우스 소매 사이로 드러난, 프시케를 닮은 하얀 팔을 굽히더니 진열장 가장자리 위에 팔꿈치를 얹었다.

카터는 이제껏 모든 상황을 완벽하게 통제하며 살아왔다. 하지만 지금 이 순간 그는 어떤 사내보다 서툰 모습으로 서 있었다. 이 아름다운 아가씨를 밖에서 만날 방법이 떠오르지 않았다. 그는 어디선가 읽거나 들은 매장 아가씨들의 특징과 습관을 떠올리려고 있는 한껏 머리를 쥐어짰다. 어쨌거나 격식 차린 소개 방식을 굳이 고집하지는 않을 거라는 생각이 들었다. 순결하고 사랑스러운 이 아가씨에게 형식에 얽매이지 않은 구애를 해야 한다는 생각에 그의 심장이 쿵쾅거렸다. 하지만 이런 두근거림이 오히려 그에게 용기를 주었다.

일상적인 주제에 대해 친근하게 몇 마디를 주고받은 뒤, 그는 판매대 위에 명함을 꺼내 놓았다.

"무례하다고 느끼신다면 정말 죄송합니다," 그가 말했다. "하지만 진심으로 당신과 한 번 더 만나고 싶습니다. 그 명함에 제 이름이 적혀 있습니다. 당신과 친분을, 아니 알고 지내는 사이만이라도 될 수 있도록 정중하게 부탁드립니다. 제게 그런 영광을 허락하시겠습니까?"

메이지는 남자, 특히 장갑을 사는 남자라면 뼛속까지 파악하고 있었다. 그녀는 조금도 망설이지 않고 그를 똑바로 쳐다보면서 눈가에 웃음을 띄우며 말했다.

"알겠어요. 댁은 좋은 분인 것 같네요. 보통은 처음 보는 신사분과 만나고 그러지 않아요. 숙녀답지 않잖아요. 그럼 언제 다시 만날까요?"

"최대한 빨리 봅시다." 카터가 말했다. "댁에 들르는 걸 허락만 하신다면 제가……."

메이지는 듣기 좋게 큰 소리로 웃었다. "오, 뭐라고요? 안 될 일이에요!" 그녀가 힘주어 말했다. "제가 사는 아파트를 보러 오신다니요! 방 세개에 다섯 식구가 사는 누추한 집이에요. 제가 신사 친구를 데려가면 엄마가 어떤 표정을 지을지 궁금하네요."

"그렇다면 어디든 상관없습니다." 사랑에 빠진 카터가 말했다. "당신이 편한 장소로 정하세요."

"그렇다면," 복숭앗빛이 감도는 얼굴로, 메이지는 좋은 생각이 떠올랐다는 듯한 표정을 지으며 장소를 제시했다. "목요일 저녁이 좋을 것 같아요. 7시 30분에 8번가와 48번가 사이의 모퉁이로 와주세요. 제가 그 근처에 살거든요. 하지만 11시까지는 집에 돌아가야 해요. 엄마는 제가 그때까지 집 밖에 있는 걸 허락하지 않으세요."

카터는 흔쾌히 약속을 지키겠다고 장담한 후 서둘러 어머니에게 돌아갔다. 그의 어머니는 청동 디아나 여신상을 사기 전에 의견을 물어보려고 아들을 찾아다니고 있었다.

눈이 작고 코는 뭉툭한 여직원 한 명이 메이지에게 슬금슬금 다가오더니, 곁눈질을 하며 친한 것처럼 굴었다.

"높으신 양반이 네게 반하기라도 한 모양이지?" 그녀가 대놓고 물었다.

"그 신사분이 한번 만나 달라 간청하지 뭐야." 메이지는 조끼의 가슴 쪽에 달린 주머니 속으로 카터의 명함을 밀어 넣으며 기품 있게 말했다.

"만나 달라 간청했다고!" 작은 눈의 여직원이 그녀의 말을 따라 하며 키득거렸다. "그 양반이 그 유명한 월도프 호텔에서 저녁을 사고, 자동차로 드라이브까지 시켜 준다고 꼬드기던?"

"그만 좀 해!" 메이지는 지겹다는 듯 외쳤다. "그런 비싼 덴 별로 접해 보지도 못했으면서, 지난번 그 소방차 운전수가 중국집에 한 번 데려갔다고 머릿속이 온통 고급스러운 것으로 가득하구나. 그 남자는 월도프를 입에도 올리지 않았어. 명함을 보니 주소도 5번가로 되어 있더라. 그가 저녁을 산대도 틀림없이 변발한 종업원이 주문을 받는 비싼 중국집은 아닐 거야."

카터는 자신의 전기식 자동차에 어머니를 태우고 비기스트 백화점을 벗어나면서, 심장을 아련하게 조여 오는 통증을 가라앉혀야 했다. 그는 스물아홉 해 인생을 살면서 처음으로 사랑이 찾아왔음을 깨달았다. 하지만 사랑하는 그녀가 길모퉁이에서 만나자는 약속에 너무나도 순순히 응했다는 것이 자신이 바라던 바임에도 불구하고 어딘가 그를 불안하게 했다.

카터는 매장 아가씨에 대해 아는 게 없었다. 그녀의 집이 사람이 거주하기에는 너무 비좁은 단칸방이라거나 일가친척으로 미어터질 거라는 사실은 짐작조차 못했다. 그녀에게는 길모퉁이가 거실이요, 공원은 손님 맞이를 위한 응접실이며, 집 앞 대로는 산책용 정원이었다. 하지만 무엇보다 그녀 자신만큼은 태피스트리[6]로 꾸며서 화려한 집의 귀부인 못지

---

6) tapestry. 여러 가지 색실로 그림을 짜 넣은 직물. 벽걸이, 가리개 등의 실내 장식품으로 쓰인다.

않게 고결한 숙녀였다.

두 사람이 처음 만난 후로 2주가 지난 어느 날 저녁, 카터와 메이지는 팔짱을 끼고 땅거미가 져서 어둑해진 작은 공원을 산책했다. 그들은 나무 그늘 아래 호젓한 벤치를 발견하고 그곳에 앉았다.

처음으로 카터는 살며시 팔을 뻗어 그녀를 부드럽게 안았다. 그녀는 기다렸다는 듯이 황금빛 머리칼을 드리우며 그의 어깨에 머리를 편히 기댔다.

"맙소사!" 메이지가 기쁘다는 듯 한숨을 쉬었다. "왜 진작 이렇게 하지 않은 거예요?"

"메이지," 카터가 진솔하게 고백했다. "당신을 향한 내 마음은 당신도 알 거라고 믿어요. 나와 결혼해 주세요. 진심입니다. 지금쯤이면 나에 대해서는 알 만큼 알았으리라 생각해요. 당신을 원합니다. 내 여자가 되어주세요. 신분 차이 같은 건 아무런 문제가 되지 않아요."

"신분 차이라뇨?" 메이지가 의아하다는 듯 물었다.

"그래요, 차이라고 할 것도 없죠," 카터가 재빨리 대답했다. "그런 건 어리석은 사람들이나 따지는 거니까요. 나에겐 당신이 평생 호사를 누리게 할 힘이 있어요. 제 사회적 지위나 재력은 그만큼 대단하니까요."

"모두들 그렇게 얘기하죠," 메이지가 답했다. "알고 보면 다 농담이더군요. 짐작컨대 당신도 실제로는 식품점에서 일하거나 경마장을 쫓아다닐 테지요. 저도 생각만큼 풋내기는 아니에요."

"당신이 원한다면 모든 증거를 보여 주겠어요," 카터가 점잖게 말했다. "메이지, 나는 당신을 원합니다. 처음 본 그 순간부터 당신과 사랑에 빠졌어요."

"남자는 모두 그렇게 말하죠," 메이지가 재미있다는 듯 웃으며 말했다.

"세 번째 만남에서도 여전히 저에게 빠져 있다고 말하는 남자가 있다면 전 그에게 반하고 말 거예요."

"제발 그렇게 말하지 말아요." 카터가 애원했다. "제 말 좀 들어 봐요. 당신의 눈동자를 바라본 그 순간부터 나에게 있어 이 세상에 존재하는 유일한 여자는 당신뿐이에요."

"오, 농담도 잘하셔라!" 메이지는 웃었다. "얼마나 많은 여자한테 그렇게 말하고 다닌 거예요?"

하지만 카터는 지치지 않고 구애했다. 부단한 노력 끝에 마침내 그의 진심이 매장 아가씨의 사랑스러운 가슴 깊숙이 묻혀서 가냘프게 퍼덕이는 여린 영혼을 건드렸다. 그의 말들은 가벼움이라는 가장 안전한 갑옷이 지켜 주던 그녀의 마음을 꿰뚫었다. 그녀는 모든 것을 이해하겠다는 표정으로 그를 바라보았다. 차가운 그녀의 두 뺨이 온기로 불그스레 물들었다. 몹시도 떨리던 그녀의 두 날개가 접히면서 사랑의 꽃잎 위로 나비처럼 사뿐히 내려앉으려고 했다. 새 삶을 알리는 불빛이 희미하게 장갑 판매대 맞은편에서 그녀를 서서히 비추는 것 같았다. 카터는 그녀의 변화를 감지하고 기회를 향해 조금 더 밀어붙였다.

"나와 결혼해 주세요, 메이지," 그가 부드럽게 속삭였다. "그리고 이 볼품없는 도시를 떠나 멋진 곳으로 나와 함께 떠나는 겁니다. 일과 사업 따위는 모두 잊어버리고 긴 휴가를 즐기는 거예요. 당신을 어디로 데려갈지 이미 생각해 놓았어요. 여러 번 가보았던 곳이죠. 여름이 영원할 것만 같은 해안가를 한번 떠올려 보세요. 아름다운 해변에 파도가 넘실거리고 사람들은 어린아이처럼 마냥 행복하고 여유로운 풍경을요. 배를 타고 해안가에 도착하면 당신이 원하는 만큼 그곳에 머물 거예요. 아주 먼 도시들 중 어떤 곳에서는 멋진 그림과 조각상으로 가득한 아름답고 거대한 궁전과 탑을 볼 수 있답니다. 도시 한복판에는 물길이 있어서 배를 타고 여행을……."

"저도 알아요," 메이지가 갑자기 허리를 꼿꼿하게 세우면서 말했다. "곤돌라죠."

"맞아요." 카터가 웃었다.

"그럴 줄 알았어요." 메이지가 말했다.

"그런 다음," 카터는 이야기를 계속했다. "전 세계 방방곡곡을 여행하면서 원하는 것을 모두 구경하는 겁니다. 먼저 유럽을 둘러본 다음에 인도의 고대 도시로 가서 코끼리도 타고 힌두교와 브라만의 경이로운 사원을 구경하는 거예요. 일본에서는 독특한 정원을 감상하고, 페르시아로 이동해 낙타 행렬과 전차 경주를 보는 거죠. 이국땅의 진기한 광경은 하나도 빼먹지 않고 모두 돌아보는 겁니다. 정말 재밌을 것 같지 않나요, 메이지?"

메이지는 의자에서 일어났다.

"이제 집으로 돌아가는 게 좋겠어요," 그녀는 냉랭하게 말했다. "시간이 늦었어요."

카터는 그녀의 기분에 맞춰 주었다. 그녀의 변덕스럽고 가벼운 성격을 어느 정도 파악한지라, 거절해 보았자 아무 소용 없다는 것을 알았다. 하지만 그는 벅차오르는 만족 같은 것을 느꼈다. 그는 아주 잠깐 동안 얇은 명주실로나마 길들여지지 않은 프시케의 영혼을 사로잡았고, 덕분에 더욱 강한 희망을 품게 되었다. 심지어 그녀가 날개를 살포시 접었을 때 그 차가운 손이 자신의 손을 꼭 잡기까지 했다.

다음 날 비기스트 백화점에서는 메이지의 친구 룰루가 계산대 모서리에서 그녀를 불러 세웠다.

"그 부잣집 도련님하고는 잘돼 가고 있니?" 그녀가 물었다.

"아, 그 남자?" 메이지가 고불거리는 옆머리를 매만지며 말했다. "그 남자랑은 끝났어. 글쎄, 루, 그 작자가 나한테 어쩌자고 했는지 아니?"

"배우라도 되라든?" 룰루가 숨을 죽이고 물었다.

"아니, 어찌나 촌스러운지 그런 말을 할 위인도 못 돼. 그 남자가 자기와 결혼해 달라면서 신혼여행은 바로 코앞에 있는 코니아일랜드로 가자고 하는 거 있지!"

추수 감사절의 두 신사

It is the one day that is purely American.
Yes, a day of celebration, exclusively American.

우리의 날이라고 부르는 때가 딱 하루 있다. 그날이 되면 자수성가하지 못한 미국인은 고향으로 돌아가 베이킹 소다를 넣은 비스킷을 먹고, 집 앞의 낡은 양수기가 예전보다 현관과 얼마나 가까워졌는지를 보고 놀라기도 한다. 그날을 축복하라. 루스벨트 대통령이 이날을 우리에게 선물해 주었다. 우리는 종종 청교도에 대한 이야기를 듣기만 할 뿐, 그들이 누구였는지 기억하지는 못한다. 여하튼 그들이 다시 이 땅에 발을 디디려고 한다면 우리는 틀림없이 그들을 물리칠 것이다. 플리머스록 종(種)의 닭은 문제없냐고? 그거라면 청교도보다는 더욱 익숙한 존재다. 칠면조 단체가 활동한 후부터는 많은 사람이 암탉으로 대리 만족하고 있으니 말이다. 워싱턴에 있는 누군가가 이 단체에 미리 추수 감사절 선언에 대한 정보를 흘린 게 분명하다.

크랜베리가 많이 열리는 습지 동쪽에 있는 뉴욕은 추수 감사절을 명절로 지정했다. 11월 마지막 목요일인 이날은 1년 중 유일하게 뉴욕이 연락선 너머 미국의 본토를 생각하는 날이다. 추수 감사절은 단 하루밖에 없는, 순수하게 미국적인 날이다. 그렇다, 오로지 미국인만이 기념하는 명절인 것이다.

이제 대서양 너머 이곳 미국에도, 우리의 용기와 진취성 덕분에 영국보다 더 빨리 풍습으로 자리 잡아 가는 전통이 있다는 것을 입증하려 한다. 그 이야기를 시작해 보자.

스터피 피트는 유니언 광장의 동쪽 출입구로 들어와 분수대 반대 방향으로 걸어간 후 오른쪽 세 번째에 있는 벤치에 앉았다. 지난 9년 동안 그는 추수 감사절마다 오후 1시 정각이 되면 그곳을 찾았다. 그때마다 그는 찰스 디킨스의 소설에서처럼 그의 조끼가 가슴 위에서 앞뒤로 부풀어 오를 만큼 배를 두둑하게 채울 수 있었다.

하지만 오늘 그의 모습은 자선가들이 생각하듯 1년에 한 번 가난한 이들을 주기적으로 괴롭히는 배고픔을 채우기 위해서라기보다는, 습관적으로 발걸음을 옮긴 것처럼 보였다.

피트는 분명 배가 고프지 않았다. 그는 호흡과 거동이 불편할 정도로 융숭한 식사 대접을 받고 오는 길이었다. 그의 얼굴은 밀가루 반죽처럼 부풀어 오른 데다 고기 국물로 얼룩덜룩했고, 두 눈은 다 시든 까치밥나무 열매 같았다. 그는 짧은 숨을 몰아쉬며 쌕쌕거렸다. 뒤룩뒤룩 살이 찐 상원 의원 같은 모습은 멋부려 세운 외투 옷깃과 전혀 어울리지 않았다. 일주일 전 인심 좋은 구세군이 실로 꿰매어 준 단추도 팝콘처럼 튕겨 나가 땅바닥에 떨어진 뒤였고, 남루하기 짝이 없는 셔츠의 앞섶은 찢어져서 가슴뼈가 다 드러나 있었다. 그럼에도 작은 눈송이를 동반한 11월의 바람이 그는 고맙게도 시원하게 느껴졌다. 스터피 피트는 진수성찬을 배부르게 먹은 후라 열량이 흘러넘치는 상태였다. 굴 요리로 시작해 건포도를 넣은 푸딩으로 마무리한 이 식사에서 그는 세상의 모든 칠면조 구이와 구운 감자, 치킨 샐러드, 호박 파이, 아이스크림을 다 없앨 기세로 먹어 치웠다. 그 덕에 든든하게 배를 채우고 이곳에 앉아 배부른 자 특유의 오만함으로 세상을 바라보고 있는 것이었다.

그 식사 대접은 생각지도 못한 것이었다. 그는 5번가 초입 근처의 붉은 벽돌 저택 앞을 지나고 있었는데, 그 집에는 오래된 가문 출신의 나이가 지긋한 귀부인 두 명이 살고 있었다. 얼마나 전통을 중시하는지, 그들은 심지어 뉴욕의 존재도 부인하거니와 추수 감사절은 오로지 워싱턴 광장을 위해서만 선포되었다고 굳게 믿고 있었다. 그들의 전통적 관습 중하나가 추수 감사절에는 뒷문에 하인을 대기시켰다가, 정오를 알리는 종이 친 뒤 처음으로 문 앞을 지나가는 배고픈 나그네를 데려오게 하여 그 나그네에게 만찬을 대접하는 것이었다. 스터피 피트는 공원으로 가는 길에 우연히 그곳을 지나다가 집사의 손에 이끌려 그 저택의 관습을 지키는 데에 일조한 것이다.

스터피 피트는 10분 동안 앞만 뚫어지게 쳐다보며 앉아 있다가, 문득 다른 곳이 보고 싶어졌다. 그는 젖 먹던 힘까지 짜내어 고개를 왼쪽으로 천천히 돌렸다. 바로 그때 그의 눈이 겁에 질린 듯 불거지더니, 숨이 콱 멈추는 듯했다. 짧은 다리가 비틀거렸고 징 박은 그의 구두가 자갈 위에서 소리를 냈다.

노신사 한 명이 4번가를 가로질러 그를 향해 걸어오고 있었다.

이 노신사는 지난 9년 동안 추수 감사절이 되면 항상 같은 벤치에 앉아 있는 스터피 피트를 찾아 이곳으로 왔다. 그것은 이 노신사가 전통으로 삼고자 하는 일 중에 하나였다. 노신사는 9년 동안 추수 감사절마다 스터피를 찾아와 식당으로 데려간 후 그가 저녁을 푸짐하게 먹는 모습을 지켜보고는 했다. 영국 사람들은 몸에 밴 듯이 자연스럽게 이런 일을 한다. 하지만 미국처럼 역사가 짧은 나라에서는 9년이 그리 나쁘다고도 할 수 없다. 노신사는 스스로를 미국을 사랑하는 열렬한 애국자로서 미국의 전통을 확립하는 선구자라고 자부했다. 보통 무엇이든 생생한 현실로서 뿌리를 내리려면 단 한 번도 거르지 않고 장시간 그 일에 매달려야 한다. 산업 보험 회사에서 매주 수십 센트를 거둬 가는 일이라든가 청소부가 길거리를 청소하는 일처럼 말이다.

노신사는 자신이 정착시키려고 하는 관습을 지키기 위해 위엄 있는 태도로 피트에게 곧장 걸어갔다. 사실 스터피 피트를 매년 거둬 먹이는 것은 영국의 대헌장이나 아침마다 잼을 먹는 관행처럼 국가적인 성격의 것과는 거리가 멀었다. 단지 그렇게 되어 가는 과정이었으며, 굳건히 뿌리를 내리는 중이었다. 적어도 뉴욕, 아니 미국에도 관습이라는 것이 가능함을 보여 주는 행위였다.

노신사는 나이 예순에, 키가 크고 아주 말랐다. 그는 검은색 정장을 차려입고, 코 받침이 흘러내리는 구닥다리 안경을 쓰고 있었다. 머리는 작년보다도 더 하얗게 세고 가늘어졌으며, 손잡이가 꼬부라지고 울퉁불퉁한 마디가 박힌 커다란 지팡이에 몸을 더욱 의지하고 있었다.

자신의 한결같은 후원자가 다가오자 스터피는 숨을 헐떡이며 몸서리를 쳤는데, 그 모습이 마치 마나님이 데리고 다니는 토실토실한 퍼그가 자신을 향해 으르렁거리는 거리의 개를 보고 벌벌 떠는 것 같았다. 마음 같아서는 멀리 날아가고 싶었지만, 비행선 발명가인 산투스두몽의 대단한 기술로도 그를 벤치에서 떼어 놓지 못했을 것이다. 나이 든 귀부인 두 명을 따르던 충직한 하인들이 맡은 일을 워낙 잘 해냈기 때문이었다.

"안녕하신가," 노신사가 말했다. "우여곡절 많은 한 해를 넘기고 이 아름다운 세상에서 여전히 건강하게 지내시는 걸 보니 기분이 좋구만. 그런 축복만으로도 올해 추수 감사절은 우리 모두에게 감사한 날일세. 나를 따라오게나. 내가 영혼만큼이나 자네의 육체도 충만하게 만들어 줄 식사를 대접하겠네."

노신사는 매번 이렇게 말했다. 9년 동안 추수 감사절마다 반복된 대사였다. 그 말 자체가 거의 관습화됐다고 봐도 무방했다. 독립 선언서 외에는 견줄 만한 선언이 없을 정도였다. 작년까지만 해도 이 대사는 스터피의 귀에 항상 음악 소리처럼 들렸다. 하지만 지금 그는 너무나 괴로워서 울 것 같은 표정으로 노신사의 얼굴을 올려다보았다. 고운 눈송이가 땀이 송골송골 맺힌 그의 이마 위에 떨어지더니 녹아 버렸다. 그에 반해 노신사는 몸을 살짝 떨면서 바람을 등지고 서 있었다.

스터피는 노신사의 연설이 왜 항상 슬프게 들리는지 의아해했다. 노신사가 자신의 대를 이을 아들을 간절히 바라 왔다는 사실을 그는 알지 못했다. 자신이 죽고 나면 이곳에 대신 찾아와 줄 아들, 나이 든 스터피 앞에 당당하고 자랑스럽게 서서 "선친을 기리기 위해."라고 말할 아들을 그는 간절히 원했다. 그렇게 된다면 이 일은 하나의 관습이 될 터였다.

하지만 노신사는 핏줄이 없었다. 그는 공원 동쪽 조용한 거리 근처의 낡은 갈색 저택에 세를 들어 살고 있었다. 겨울이면 납작하고 평평한 짐가방만큼 작은 온실에서 푸크시아를 키웠고, 봄에는 부활절 축하 행진을 따라 걷고는 했다. 여름이 오면 뉴저지의 농장에 기거하면서 버드나무로 만든 안락의자에 앉아, 언젠가는 꼭 찾고 싶은 '오르니토프테라 암프리시우스' 과(科)의 나비에 대해 이야기했다. 그리고 가을이 되면 스터피에게 저녁 식사를 대접했다. 이것이 노신사가 1년 동안 하는 일이었다.

자기 연민에 빠진 스터피 피트는 어떻게 해야 할지를 몰라 마음만 졸이며 30초 동안 그를 쳐다보았다. 노신사의 눈은 적선의 기쁨으로 빛났다. 얼굴의 주름은 해마다 늘어 갔지만, 그는 언제나처럼 검은색 나비넥타이를 단정하게 맸고 새하얀 리넨 셔츠를 근사하게 입었으며, 회색 콧수염은 날렵하게 양쪽 끝이 말려 올라가 있었다. 때마침 스터피는 냄비에서 콩이 부글부글 끓는 것같이 이상한 소리를 냈다. 노신사의 연설이 의도했던 바였다. 지난 아홉 번이나 익히 들었던 만큼, 그는 그 소리를 스터피가 승낙을 표현하는 오래된 방식으로 이해했다.

"고맙습니다, 어르신. 따라갑지요. 정말 감사합니다. 저는 굉장히 배가 고파요."

그는 혼수상태에 빠질 정도로 과식을 했지만, 머릿속에는 자신이 어떤 관습의 근간이라는 확신이 떠나질 않았다. 추수 감사절마다 찾아오는 그의 식욕은 혼자만의 것이 아니었다. 그것에 공소 시효가 있지는 않다 해도, 모든 기존 관습의 신성한 권리에 따라 그것을 선취한 이 친절한 노신사의 것이었다. 진정으로 미국은 자유 국가이다. 하지만 전통을 확립하기 위해서는 누군가가 순환 소수처럼 반복적으로 일해야 한다. 모든 영웅이 강철과 황금으로 무장한 것은 아니다. 쇠나 주석, 형편없이 은박을 입힌 무기만을 휘두르는 영웅도 여기 있지 않은가.

노신사는 매년 거둬 먹이는 피보호자를 남쪽에 있는 식당으로 데리고 가서, 항상 성찬을 대접하던 식탁에 앉혔다. 모두 그들을 알아보았다.

"그 영감이 또 왔구면," 종업원이 말했다. "추수 감사절만 되면 똑같은 거지에게 음식을 사주는 그 영감 말이야."

노신사는 그을린 진주같이 빛나는 식탁의 맞은편으로 가서 앞으로 유구한 전통의 주춧돌이 될 의자에 앉았다. 종업원은 추수 감사절 음식을 식탁 위에 수북이 쌓았다. 스터피가 굶주린 자의 탄성이라고 오해할 법하게 한숨을 쉬며, 불멸의 월계관을 쓰기 위해 포크와 나이프를 들고 고기를 썰기 시작했다.

그는 어떤 영웅보다도 용맹하게 식탁 위의 적들을 모조리 해치웠다. 칠면조, 돼지고기 토막, 수프, 채소, 파이가 나오자마자 순식간에 눈앞에서 사라졌다. 식당에 들어올 때 그는 이미 목구멍까지 음식이 꽉 차 있었기 때문에, 음식 냄새를 맡자 신사로서 체면을 거의 구길 뻔했다. 하지만 곧 진정한 기사답게 전의를 회복했다. 그는 노신사의 얼굴에서 선행을 한다는 행복을 엿보았다. 심지어 푸크시아와 오르니토프테라 암프리시우스 과의 나비가 주는 기쁨보다 더 만족스러워 보였다. 그는 노신사의 기쁨이 줄어드는 것을 볼 자신이 없었다.

한 시간 만에 스터피는 전쟁에서 승리하고 의자에 등을 기댔다.

"어르신의 친절에 감사드립니다요," 그는 연기가 새어 나오는 파이프처럼 숨을 헐떡거렸다. "정성이 담긴 식사, 정말 고맙구먼요."

그런 다음 그는 게슴츠레한 눈으로 몸을 힘겹게 일으키고서는 주방을 향해 걸어갔다. 종업원이 그를 팽이처럼 붙잡아 돌려세우더니 출입구를 가리켰다. 노신사는 은화로 1달러 30센트를 꼼꼼하게 세어 내고, 종업원에게 5센트짜리 동전 세 개를 팁으로 주었다.

매년 그랬듯이 두 사람은 식당 문 앞에서 헤어졌고, 노신사는 남쪽으로 스터피는 북쪽으로 향했다.

첫 번째 길모퉁이를 돌아설 때쯤 스터피는 잠시 동안 가만히 멈춰 섰다. 이윽고 올빼미가 날개를 퍼덕이듯 그의 옷이 펄럭이는가 싶더니, 일

사병에 걸린 말처럼 인도 위로 쓰러졌다.

구급차를 타고 온 젊은 외과 의사와 운전수는 그가 너무 무겁다며 작은 목소리로 투덜거렸다. 그들은 스터피에게 위스키 냄새가 나지 않자 경찰차로 이송하는 대신 곧장 스터피와 그의 배 속에 든 식사 두 끼를 병원으로 옮겼다. 그를 침대에 눕힌 의사들은 메스를 집어 들고 그가 이상한 질병에 걸린 것은 아닌지 검사를 하기 시작했다.

그런데 세상에 이럴 수가! 한 시간 후에 또 다른 구급차가 노신사를 싣고 왔다. 의료진은 노신사의 행색이 치료비를 지불할 수 있을 만해 보이자 그를 병상에 눕혔고, 맹장염으로 보인다고 말했다.

하지만 잠시 후 젊은 의사 한 명이 자신이 좋아하는 눈매를 한 젊은 간호사와 노신사의 진찰 건에 대해 대화를 나누었다.

"저기에 누워 있는 저 인자한 영감님 말이야," 그가 말했다. "거의 아사 상태라는 걸 누가 믿기나 하겠어. 훌륭한 가문 출신 같은데 말이야. 본인 말로는 사흘이나 굶었다는군."

카페 안의 세계주의자

Just put me down
as E. Rushmore Coglan,
citizen of the terrestrial sphere.

자정에도 카페는 붐볐다. 내가 앉은 작은 자리는 우연찮게도 새로 온 손님의 눈에 띄지 않았다. 그래서인지 옆에 놓인 빈 의자 두 개가 몰려오는 손님을 향해 친절하게 두 팔을 활짝 벌리고서 누구든지 어서 앉아 주기를 기다리고 있었다.

그때 세계주의자 한 명이 그중 하나에 앉았고, 나는 기뻤다. 에덴동산의 아담 이래로 진정한 세계 시민은 존재하지 않는다는 것이 나의 평소 주장이었기 때문이다. 우리는 세계주의자의 존재에 대해 전해 듣기도 하고 여행 가방에 붙은 세계 각국의 라벨을 보기도 하지만, 우리가 만나는 사람들은 여행객일 뿐 진정한 세계주의자는 아니다.

이 카페의 풍경을 머릿속에 그려 보길 바란다. 대리석 탁자, 벽에 가지런히 붙어 있는 가죽 소파, 유쾌한 손님들, 정장을 멋지게 차려입고서 우아한 말씨로 취미, 경제, 부와 예술에 대해 입을 모아 이야기하는 숙녀들, 팁을 받으려고 부지런히 뛰어다니는 종업원들, 여러 작곡가를 두루 다루어 많은 손님들을 만족시키는 음악, 대화와 웃음의 대향연, 그리고 이를테면 가지 끝에 매달린 잘 익은 버찌가 어치의 부리 쪽으로 기울어지듯이 뾰족하고 기다란 잔에 든 뷔르츠부르크산 포도주를 입술에 따라 붓는 사람들. 나는 모치청크에서 온 조각가 한 명에게서 이 광경이 참으로 프랑스 파리의 카페와 닮았다는 이야기를 들었다.

E. 러시모어 코글런이라는 세계주의자는 내년 여름에는 자기가 코니 아일랜드에 머문다는 소식을 들을 수 있을 것이라고 말했다. 그가 말하길, 그곳에 기분을 최고로 전환할 수 있도록 새로운 '구경거리'를 만들 거라고 했다. 그의 대화는 지구의 위선과 경선을 제 맘대로 종횡무진했다. 커다랗고 둥근 지구를 자기 손바닥 안에서 쥐락펴락하는 그의 태도는 스스럼없다 못해 거만해 보였다. 심지어 온 세상이 정식 메뉴의 그레이프프루트에 든 마라스키노 버찌 씨만 해 보일 지경이었다. 그는 함부로 적도에 대해 논했고, 대륙과 대륙을 넘나들었으며, 열대니 한대니 하는 기후대 구분을 우습게 보는가 하면, 냅킨으로 드넓은 바다를 훔치기도 했다. 그는 손 한쪽을 휘저으면서 인도의 하이데라바드 시장에 대해 말하기도 했다. 이야기를 듣다 보면 순식간에 라플란드에서 스키를 타다가, 어느새 킬라이카히키섬으로 이동해 카나카족과 함께 파도를 탄다. 눈 깜짝할 사이에 아칸소의 참나무 늪으로 끌려갔다가, 아이다호주(州) 목장에 펼쳐진 알칼리성 평원으로 따라가 잠시 몸을 말리고, 이어서 비엔나 대공이 참석하는 사교계 한복판에 떨어지고 만다. 그러다가 잠시 후 그

는 시카고 호수에서 부는 미풍 때문에 걸린 감기와 부에노스아이레스의 에스카밀라 노인이 따뜻한 추출라 잎 차로 치료해 준 사연을 말해 준다. '우주, 태양계, 지구, 러시모어 코글런 씨'라고 편지에 적어서 보내면 그에게 곧장 배달될 것만 같은 느낌이다.

드디어 아담 이후에 진정한 세계주의자를 만났다는 확신이 들었다. 세계를 아우르는 그의 강연을 들으면서 나는 행여나 그 속에서 평범한 세계 여행자에게 볼 수 있는 지역색을 발견하게 될까 두려웠다. 하지만 그의 의견은 절대 가볍게 팔랑이거나 늘어지지 않았다. 그는 바람이나 중력과 마찬가지로 모든 대륙, 나라, 도시에 치우침이 없었다.

E. 러시모어 코글런이 이 작은 행성에 대해 떠드는 동안, 나는 흐뭇한 미소를 지으며 그나마 세계주의자에 근접한 사람을 한 명 떠올렸다. 키플링[7]은 전 세계를 노래하는 시를 쓰면서 봄베이를 위해 평생을 헌신한 사람이었다. 키플링은 그가 지은 시에서 지구 상의 모든 도시는 저마다 자부심이 강하고 경쟁심이 팽팽하다면서, "한 도시에서 나고 자란 사람은 만천하를 여행하더라도 엄마의 치맛자락에 매달리는 어린아이처럼 결국 자기 고향의 옷자락을 놓지 못한다."고 말했다. 사람들은 '타국의 어수선한 거리'를 걸을 때마다 자신이 태어난 도시를 떠올리면, 그곳이 그렇게 '믿음직하고, 바보 같고 인정이 넘치는 곳'일 수가 없으며, 고향의 이름만 들어도 끈끈한 유대감이 생긴다는 것이다. 키플링 씨의 판단이 틀렸음을 확인하자 나의 흥은 더욱 살아났다. 바로 이곳에서 흙으로 빚어지지 않은 사람을 찾았기 때문이었다. 그는 속 좁게 출생지나 고국을 싸고돌지 않았다. 만약 자랑하게 된다면, 화성인이나 달나라 사람

---

7) Kipling. 영국의 소설가이자 시인으로 《정글북》의 작가. 주로 인도의 생활을 제재로 한 제국주의적 작품을 썼다.

을 향해 이 둥근 지구 전체를 자랑할 듯한 사람이었다.

E. 러시모어 코글런 씨의 세계 여행 이야기는 우리 자리에서 세 번째 모퉁이에 자리 잡은 밴드 소리 때문에 점점 빨라졌다. 코글런 씨가 시베리아 철도 주변의 지형을 묘사하는 동안 오케스트라의 연주는 메들리로 넘어가고 있었다. 마지막 곡은 〈딕시〉였는데, 신나는 음악이 몰아치는 소리에 모든 사람이 박수쳤고 그 바람에 음악이 거의 묻히다시피 했다.

이런 압도적인 광경은 뉴욕의 식당 대부분에서 매일 밤 목격할 수 있다. 이런 현상을 설명하는 이론을 두고 논쟁을 벌이느라 이미 맥주 수십 톤이 소모된 바 있다. 어떤 이는 뉴욕에 사는 남부 사람들이 모두 해가 떨어지자마자 카페로 달려간다고 성급하게 추측하기도 한다. 북부 도시에서 이런 '반동적인' 선율에 박수갈채를 보내는 것이 약간 이상하기는 하지만, 전혀 이해가 안 되는 건 아니다. 스페인과의 전쟁, 수년에 걸친 박하와 멜론의 풍작, 예상을 뒤엎은 뉴올리언스 경마의 우승자, 노스캐롤라이나 향우회 소속의 인디애나와 캔자스주 시민들이 베푼 화려한 연회 몇 차례 때문에 맨해튼에서 남부가 잠시 '유행'한 것이다. 손톱을 관리해 주는 미용사가 당신의 왼손 집게손가락을 보면 버지니아주 리치먼드에 두고 온 애인과 닮았다고 나지막하게 속삭일지도 모른다. 오, 확실한 일이다. 하지만 요즘에는 숙녀들 대다수가 일을 해야 한다. 아시다시피 전쟁 때문이다.

〈딕시〉가 연주될 때 검은 머리 청년이 남군 지휘관 모스비가 이끄는 게릴라 대원처럼 소리를 지르며 어딘가에서 튀어나오더니 테두리가 매끈한 모자를 미친 듯이 흔들어 댔다. 그는 연기가 자욱한 홀을 헤매다가 우리 자리의 빈 의자에 털썩 앉아 담배를 꺼내 들었다.

저녁이란 대립하는 감정이 녹아내리는 시간이다. 우리 중 하나가 종업원에게 술 세 병을 주문하자, 검은 머리 청년은 자신의 것도 같이 주문한 것을 알고 웃으며 고개를 끄덕였다. 나는 평소의 지론을 확인해 보고 싶었기 때문에 그에게 다짜고짜 질문을 던졌다.

"하나 여쭤 보고 싶은데요." 내가 말을 시작했다. "혹시 출신 지역이……."

그때 E. 러시모어 코글런이 주먹으로 탁자를 쾅 하고 내려치는 바람에 나는 하던 말을 멈추고 입을 다물었다.

"실례합니다만." 그가 말했다. "제가 가장 듣기 싫은 질문을 하시는군요. 어느 지역 출신이든 그게 무슨 상관입니까? 우체국에서나 쓰는 주소 따위로 사람을 판단한다는 게 옳은 일입니까? 켄터키 사람인데 위스키를 싫어하고, 버지니아 사람인데 포카혼타스의 후손이 아니고, 인디애나 사람인데 소설을 쓰지 않고, 멕시코 사람인데 솔기에 은화를 박은 벨벳 바지를 입지 않고, 영국 사람인데 유머 감각이 풍부하고, 북부 사람인데 낭비벽이 심하고, 남부 사람인데 냉혈한이고, 서부 사람인데 편협하기 그지없고, 뉴욕 사람인데 너무 바빠서 외팔이 식료품 점원이 봉투에 크랜베리 담는 걸 한 시간 동안 멈춰 서서 지켜볼 수 없는 경우를 수도 없이 보았소. 사람은 그냥 사람일 뿐, 어느 지역 출신이라는 딱지를 붙여서 궁지에 몰아넣지 맙시다."

"죄송합니다." 내가 말했다. "하지만 쓸데없는 호기심으로 물어본 건 아닙니다. 나도 남부라면 좀 압니다. 그래서 밴드가 〈딕시〉를 연주하면 구경하길 좋아하죠. 저는 그런 곡에 유별나게 열광하면서 지방색을 짙게 드러내며 박수를 치는 사람은 뉴저지주 시코커스 출신이거나 이 도시의 머리 힐 극장과 할렘강 사이 지구에 사는 게 틀림없다고 믿고 있습니다. 이 젊은 양반에게 출신지를 물어봐서 제 생각을 시험해 보려는 찰나에 당신이 더 심오한 이론을 들고 나와 방해한 거죠."

이번엔 검은 머리 청년이 나에게 말을 걸었는데, 내용을 보니 그 역시 자기 나름의 뚜렷한 주관이 있음이 분명했다.

"저는 한 송이 페리윙클이 되고 싶어요," 그가 신비스럽게 말했다. "높은 산마루에서 룰루랄라 노래할 거예요."

그의 말은 너무나 모호했고, 나는 코글런 씨를 향해 다시 몸을 돌렸다.

"저는 세계 일주를 열두 번이나 했습니다," 그가 말했다. 저는 그린란드의 우페르나비크에서 넥타이를 사기 위해 신시내티로 사람을 보내는 에스키모인을 압니다. 또한 우루과이에서 염소 치는 사람이 미시간주 배틀크리크시에서 주최하는 시리얼 상자 퍼즐 맞추기 대회에서 우승한 것도 보았지요. 이집트 카이로에서는 한 달을, 일본 요코하마에서는 1년 내내 방 하나를 빌려 머문 적도 있습니다. 중국 상해의 어느 찻집에는 제가 남겨 둔 슬리퍼가 저를 기다리고 있지요. 거기서는 리우데자네이루나 시애틀에서 어떻게 달걀을 요리하는지 말해 줄 필요도 없어요. 이 세계는 정말 작습니다. 북부니, 남부니, 산골짜기의 거대한 고택이니, 클리블랜드 시의 유클리드 가니, 로키산맥에 있는 파이크스 봉우리니, 버지니아 주의 페어팩스니, 훌리건 평원이니 자랑해 봤자 무슨 소용이 있습니까? 단지 우연히 그곳에서 태어났다는 이유로 망할 놈의 고향이라느니, 4만 제곱미터가 넘는 늪지대라느니 하는 바보짓을 멈춰야 이 세상은 좀 더 발전할 겁니다."

"당신이야말로 진정한 세계주의자로군요," 나는 존경스러운 마음을 담아 말했다. "하지만 동시에 애국심을 우습게 여기는 것처럼도 보이는군요."

"석기 시대에는," 코글런은 힘주어 주장했다. "우리는 모두 형제자매

였습니다. 중국인, 영국인, 남아프리카의 줄루족, 남미의 파타고니아 사람, 캔자스시티의 코 강변에 사는 사람 모두 말입니다. 언젠가 도시와 주, 지역과 국가에 대한 하찮은 자존심은 전부 사라지고 우리 모두 마땅히 지향해야 할 세계 시민이 되는 날이 올 것입니다."

"이국땅을 돌아다니면서," 나는 의견을 굽히지 않았다. "마음속에 특별히 떠오르는 장소는 없었나요? 굉장히 그립다거나……."

"단 한 곳도 없습니다." 코글런 씨가 경망스럽게 끼어들었다. "둥글고, 극지방이 약간 납작한 이 지구라는 행성의 모든 땅덩어리가 제 집입니다. 나는 해외에서 목적의식에 사로잡힌 미국 시민을 굉장히 많이 목격했습니다. 베니스의 달빛 아래 곤돌라를 타면서 자기네 도시의 배수로가 최고라며 으스대는 시카고 사람들을 봤습니다. 어떤 남부인은 영국 왕을 알현하는 자리에서 눈 하나 깜짝 않고 자기 어머니 쪽 대고모가 찰스턴의 퍼킨스 가문과 인척 관계라고 떠들어 대더군요. 내가 아는 뉴욕 사람 한 명은 아프가니스탄의 무장 강도에게 납치됐었는데, 지인들이 몸값을 줘서 교섭 단체와 함께 카불로 돌아온 적이 있었습니다. '아프가니스탄 사람들의 소행이 맞죠? 저희가 너무 늦은 것 같진 않은데, 그렇지 않나요?' 카불 현지인들이 통역관을 통해 이렇게 물었지요. 그러자 그가 '오, 잘 모르겠는데요.'라고 말하면서 6번가와 브로드웨이를 지나다니는 어느 택시 운전수에 대해 이야기하기 시작하더군요. 이런 사고방식은 저와 맞지 않습니다. 저는 직경이 1만 2천 킬로미터가 되지 않는 것에는 얽매이지 않는 몸입니다. 그냥 저를 지구 행성의 시민, E. 러시모어 코글런으로 봐주십시오."

나의 세계주의자는 큰 몸짓으로 작별 인사를 고하고 자리를 떴다. 소란스럽고 담배 연기가 자욱한 홀 저편에서 아는 사람을 본 모양이었다.

결국 나는 페리윙클이 되고 싶은 청년과 단둘이 남았다. 그는 산마루 정상에 뿌리를 내리고 아름다운 노래를 부르고 싶다는 말을 할 정신도 없이 술만 들이켜고 있었다.

나는 가만히 앉아서 나의 흠 잡을 데 없는 세계주의자를 떠올리며 어째서 키플링이 그를 빼먹고 시를 썼는지 의아해했다. 그는 내가 발견한 사람이었고, 나는 그를 믿었다. 뭐라고 그랬더라? "한 도시에서 나고 자란 사람은 만천하를 여행하더라도 엄마의 치맛자락에 매달리는 어린아이처럼 결국 자기 고향의 옷자락을 놓지 못한다."

E. 러시모어 코글런 씨는 달랐다. 전 세계가 그의……

내 사색은 카페 다른 쪽에서 발생한 엄청난 소음과 말싸움 때문에 거기에서 멈췄다. 나는 의자에 앉은 손님들의 머리 너머로 E. 러시모어 코글런이 낯선 사람과 크게 한판 다투는 걸 보았다. 그들은 탁자 사이에서 타이탄처럼 싸우고 있었다. 유리잔이 박살 났고, 사람들은 모자를 들고 일어서려다 바닥에 나뒹굴었고, 갈색 머리 여자는 비명을 질렀고, 금발 머리는 〈놀려 대기〉라는 노래를 부르기 시작했다.

종업원들이 그 유명한 '브이 자' 대형으로 달려들어 끝까지 버티려는 두 싸움꾼을 밖으로 끌어냈다. 나의 세계주의자는 그렇게 쫓겨나면서도 지구의 자존심과 명성을 잃지 않았다.

나는 프랑스인 종업원 매카시를 불러 두 사람이 무엇을 두고 싸웠는지 물었다.

"빨간 넥타이를 맨 남자가 말이죠," (그는 나의 세계주의자였다.) 그가 말했다. "상대방 남자가 자기 고향에 깔린 인도와 상수도 시설이 형편없다면서 욕하자 왈칵 성을 내면서 싸움이 난 거죠."

"하지만 말이야," 나는 당황해서 어쩔 줄 모르며 말했다. "저 남자는 세계 시민, 그러니까 세계주의자란 말이야. 그 사람은……."

"본인 입으로 말하길 메인주의 마타왐키그 출신이래요."

매카시는 계속 말했다.

"자기 고향을 욕하는 놈이 있으면 가만두지 않겠다던데요."

개심(改心)

With that act Ralph D. Spencer passed away
and Jimmy Valentine took his place.

간수 하나가 교도소 내 구두 공장에서 부지런히 구두 갑피(甲皮)를 바느질하고 있던 지미 밸런타인을 찾아와 그를 본부 사무실로 호송해 갔다. 교도소장은 그날 아침 주지사가 서명한 사면장을 지미에게 건넸다. 지미는 귀찮다는 듯이 서류를 받아 들었다. 그는 4년 형을 선고받고 거의 열 달 가까이 복역하는 중이었다. 길어 봤자 겨우 석 달일 거란 당초 예상보다 긴 시간이었다. 지미 밸런타인처럼 밖에서 끌어 줄 친구가 많은 사람이 교도소에 들어오면 머리를 짧게 깎는 일조차 쓸데없는 짓이다.

"밸런타인," 교도소장이 말했다. "내일 날이 밝으면 자넨 석방이야. 정신 차리고 인간 구실을 하기 바라네. 자네는 뼛속까지 나쁜 인간은 아니야. 금고털이는 그만하고, 지금부터 똑바로 살아."

"제가요?" 지미는 짐짓 놀라며 물었다. "저는 살면서 금고 근처에도 안 가봤습니다."

"오, 그렇겠지," 교도소장이 웃었다. "물론 아니라고 하겠지. 하지만 어디 보자. 그럼 어쩌다가 스프링필드 사건에 연루돼서 감방까지 왔지? 대단히 지체 높은 인사(人士)의 이름이라도 더럽힐까 봐 본인 알리바이를 일부러 입증하지 않은 건가, 아니면 자네에게 원한을 품고 어떤 늙은 배심원이 인정머리 없게 심술을 부린 건가? 자네처럼 선량한 희생자를 자처한다면 언제나 둘 중 하나에 해당하지."

"저요?" 지미는 여전히 모른다는 듯 순진한 척 말했다. "이것 보세요, 교도소장님. 저는 살면서 스프링필드에 가본 적이 없다니까요!"

"그를 다시 데려가, 크로닌!" 교도소장이 말했다. "나갈 때 입을 옷을 챙겨 줘. 아침 7시가 되면 대기실로 보내. 내 충고를 잘 생각해 보길 바라네, 밸런타인."

다음 날 아침 7시 15분, 지미는 교도소장의 사무실에 서 있었다. 그는 정부가 출소자에게 제공하는, 몸에 맞지 않는 기성복과 뻣뻣하고 삐걱거리는 구두를 걸치고 있었다.

사무실 직원이 그에게 기차표 한 장과 5달러짜리 지폐를 쥐여 주었다. 그가 모범적인 시민으로 거듭나 성공하기를 바라며 법이 지원하는 것이었다. 교도소장은 담배 한 대를 주면서 그와 악수했다. 명부에 "밸런타인, 죄수 번호 9762번, 주지사의 권한으로 사면."이라는 출소 사실이 기록된 후, 제임스 밸런타인은 태양 아래로 걸어 나왔다.

새들이 지저귀고, 초록빛 나뭇잎이 흔들리고, 꽃향기가 진동을 했지만 지미는 거들떠보지도 않고 곧장 식당으로 향했다. 그는 식당에 들어서자 우선 교도소장이 준 것보다 질 좋은 담배를 한 대 피운 뒤, 구운 닭고기와 백포도주를 음미하며 출소 후 처음 맞는 달콤한 자유를 만끽했다. 식사를 마친 그는 여유롭게 기차역으로 향했다. 역 입구에 앉아 있던 장님의 모자에 25센트짜리 동전을 던져 넣고는 기차에 올라탔다. 세 시간이 지난 뒤 그는 주 경계 근처의 작은 마을에 내렸다. 그는 마이크 돌런의 카페를 찾아가 계산대 안쪽에 홀로 서 있던 그와 악수를 했다.

"더 빨리 꺼내 주지 못해서 미안하네, 지미." 마이크가 말했다. "스프링필드에서 심하게 반발하지 뭐야. 주지사도 난색을 표하고 말이야. 기분은 괜찮아?"

"좋아." 지미가 말했다. "내 열쇠는 갖고 있지?"

그는 열쇠를 받아서 위층으로 올라갔고 뒤쪽 방문을 열었다. 모든 것이 떠날 때 그대로였다. 방바닥에는 유능한 형사 벤 프라이스가 지미를 체포하려고 몸싸움을 벌였을 때 그의 셔츠 깃에서 뜯겨 나간 단추가 그대로 뒹굴고 있었다.

지미는 벽에서 접이식 침대를 꺼내고 벽에 붙은 널빤지 한 장을 슬쩍 잡아당긴 다음, 먼지투성이인 여행용 가방을 끄집어냈다. 그는 가방을 열고 동부에서 제일가는 금고털이 도구를 흐뭇하게 바라보았다. 그 도구들은 특별히 담금질된 강철로 완벽하게 제작되었는데, 최신식 드릴, 착공기, 손잡이가 굽은 돌림송곳, 쇠지렛대, 죔쇠, 나사송곳, 지미가 직접 고안한 신종 도구 두세 개까지 모두 갖추고 있었다. 이런 물건을 전문적으로 제작하는 곳에서 9백 달러 넘게 주고 구입한 것이었다.

30분이 지난 후 지미는 계단을 내려와 카페로 다시 들어갔다. 그는 몸에 잘 맞는 세련된 옷으로 갈아입었고, 먼지를 깨끗이 털어 낸 여행 가방을 한 손에 들고 있었다.

"무슨 건수라도 있나?" 마이크 돌런이 부드럽게 물었다.

"내가?" 지미가 어리둥절한 말투로 말했다. "무슨 말인지 모르겠네. 나는 뉴욕 쇼트스냅 제분 제과 회사의 직원일세."

마이크는 이 말을 듣고 꽤나 안도했는지, 바로 지미에게 우유를 섞은 탄산수를 한 잔 대접했다. 지미는 독한 술에는 손도 대지 않았다.

죄수 번호 9762번, 밸런타인이 출소한 지 일주일 후, 인디애나주 리치먼드에서 흔적 하나 남기지 않은 금고털이 사건이 발생했는데, 도난당한 돈은 겨우 8백 달러였다. 사건이 발생하고 2주 후에는 로건즈포트에서 특허 기술로 개량한 도난 방지기를 단 금고가 치즈 잘리듯 쉽게 절단돼 무려 1천 5백 달러에 이르는 지폐를 도둑맞았다. 하지만 증권과 은화는 손댄 흔적도 없이 그대로 남아 있었다. 이 사건을 시작으로 경찰 당국의 관심이 커지기 시작했다. 얼마 후 이번에는 제퍼슨시티의 구식 은행 금고에서 은행권 5천 달러가 공중으로 사라지는 일이 벌어졌다. 경찰은 손실액이 늘어나자 유능한 형사 벤 프라이스에게 사건을 맡겼다. 사건 기록을 비교 검토한 결과, 절도 방식에서 유사점들이 눈에 띄었다. 벤 프라이스는 현장을 검증한 후 이렇게 말했다.

"이것은 멋쟁이 짐 밸런타인의 솜씨야. 그가 다시 일을 시작했군. 저 자물쇠 손잡이를 보게나. 비 오는 날에 무 뽑듯이 손쉽게 빼냈어. 지미의 죔쇠가 아니면 저런 일은 할 수 없어. 그리고 저 자물쇠 회전판에 얼마나 깔끔하게 구멍이 뚫렸는지도 보라고! 지미는 항상 구멍을 딱 하나만 뚫지. 그래, 밸런타인을 잡아야겠어. 이번에는 단기형이나 사면 같은 바보짓 없이 형량을 다 채워야 할 거야."

벤 프라이스는 지미의 수법을 훤히 꿰뚫고 있었다. 벤은 스프링필드 사건을 수사하며 그에 대해 낱낱이 알게 되었다. 밸런타인은 원정 범죄, 신속한 도주, 단독 범행뿐만 아니라 고위층과의 인맥을 이용해 법망을 쉽게 빠져나가는 것 등으로 악명을 떨친 범죄자였다. 그가 이 미꾸라지 같이 약삭빠른 금고털이를 추적한다는 소문이 돌자, 절도 방지 장치가 달린 금고의 주인들은 한시름 놓게 되었다.

어느 날 오후, 참나무가 무성한 아칸소주(州) 철로로부터 8킬로미터 정도 떨어진 곳에 위치한 작은 마을 엘모어에 지미 밸런타인이 여행용 가방을 들고 우편 마차에서 내렸다. 고향을 찾은 건장한 대학생 같은 외모의 지미는 널빤지가 깔린 길을 따라 호텔로 향했다.

마침 한 아가씨가 길을 건너더니 그를 지나쳐 길모퉁이의 '엘모어 은행' 건물로 들어갔다. 그녀의 눈을 쳐다보는 순간, 지미 밸런타인은 자신의 정체를 잊고 다른 사람이 되어 버렸다. 그녀는 눈을 아래로 내리깔며 얼굴을 살짝 붉혔다. 엘모어에는 지미처럼 잘생기고 멋진 차림의 청년이 드물었기 때문이다.

한 남자아이가 은행에 지분이 있기라도 한 듯 은행 계단을 서성였고 지미는 그 아이를 불러 세웠다. 그리고 중간중간 10센트씩 쥐여 주며 마을 요모조모를 물어보기 시작했다. 잠시 후 은행에서 나온 아가씨는 여행 가방을 든 청년을 전혀 못 본 척하며 사라졌다.

"저 아가씨가 혹시 폴리 심슨 양 아니니?" 지미가 능청스럽게 물었다.

"아니요," 남자아이가 말했다. "애너벨 애덤스 양이에요. 애덤스 양 아버지가 이 은행의 사장이에요. 아저씨는 엘모어에 무슨 일로 온 거예요? 그 시곗줄 금이 맞아요? 제가 불도그를 한 마리 사려고 하는데, 동전 몇 개만 더 주시면 안 될까요?"

지미는 플랜터스 호텔로 가서 랠프 D. 스펜서라는 이름으로 방을 빌렸다. 그는 안내대에 몸을 기댄 채 직원에게 앞으로의 계획을 밝혔다. 그는 사업할 장소를 물색하기 위해 엘모어에 들렀다고 말하고는 이 마을의 구두 업종 상황은 어떤지, 구두 사업을 구상 중인데 전망은 괜찮은지를 물어보았다.

직원은 지미의 옷차림과 몸가짐에 남다른 인상을 받았다. 그는 자신이 세련되지 못한 엘모어의 청년들에게 나름 모범이 된다고 생각했지만, 지미를 만난 지금은 자신이 부족하다고 느꼈다. 직원은 지미의 넥타이 매듭 모양을 유심히 살피면서 친절히 그에게 정보를 제공했다.

"그럼요, 구두 업종은 전망이 아주 좋습니다. 이곳엔 구두 전문점이 없어요. 포목 잡화상에서 구두를 같이 취급하죠. 모든 종류의 사업이 다 잘되는 편입니다. 스펜서 씨도 엘모어에 자리를 잡으시면 참 좋겠네요. 살기도 좋고, 인심도 넉넉한 마을이랍니다."

스펜서 씨는 며칠간 마을에 머물면서 상황을 알아볼 생각이었다. 직원이 벨보이를 부를 필요도 없이, 그는 무거운 여행 가방을 직접 들고 방으로 올라갔다.

사랑은 예고도 없이 불쑥 찾아와 사람을 정염에 휩싸이게 하고 결국 변화시킨다. 사랑의 불꽃에 활활 타고 남은 지미 밸런타인의 재에서 부활한 불사조, 랠프 스펜서는 엘모어에 남기로 결정했다. 그는 구두 가게를 차렸고, 사업 운영에 성공했다.

그는 사회생활도 능숙하게 해내서 많은 친구를 얻었다. 무엇보다 진심으로 원하던 애너벨 애덤스 양과 교제를 시작하면서 그는 그녀의 매력에 더욱더 빠져 버렸다.

한 해가 끝날 무렵, 랠프 스펜서 씨의 상황은 더할 나위 없었다. 마을 사람들은 그를 존경했고, 구두 가게는 번창했으며, 2주 후에 그는 애너벨 양과 결혼할 예정이었다. 전형적인 근면 성실형 시골 은행가인 애덤스 씨가 스펜서를 사위로 허락한 터였다. 애너벨은 그를 사랑하는 만큼 그가 자랑스러웠다. 그는 애덤스 씨는 물론 애너벨의 결혼한 언니네 가족과 이미 한 식구라도 된 것처럼 스스럼없이 어울렸다.

어느 날 지미는 방에 앉아 편지를 한 통 쓴 후에 옛 친구가 사는 세인트루이스의 안전한 주소지로 그 편지를 부쳤다.

오래된 벗에게.

다음 주 수요일 밤 9시에 리틀록에 있는 설리번의 가게로 와주길 바라네. 자네가 사소한 문제를 대신 처리해 줬으면 해. 가는 김에 자네에게 내 도구를 선물로 주겠네. 천 달러를 줘도 구하기 어려운 물건들이니, 틀림없이 기쁠 걸세. 여보게, 빌리. 난 이미 1년 전에 예전 일에서 완전히 손을 뗐네. 지금은 멋진 가게를 운영하고 있지. 정직하게 돈을 벌고, 2주 후면 세상에서 가장 아름다운 여자와 결혼식도 올릴 거야. 이게 내 유일한 삶일세. 제대로 된 인생 말이야. 이젠 백만 달러를 준대도 남의 돈이라면 1달러도 건드리지 않을 걸세. 결혼 후에는 가게를 정리하고 서부로 갈 생각이네. 그곳에서라면 내 과거를 들킬 일이 거의 없겠지. 정말이지, 빌리. 그녀는 천사야. 그녀는 나를 믿는다네. 그녀 때문에라도 다시는 부정한 짓은 하지 않을 걸세. 자네를 만나야 하니 설리번의 가게로 꼭 오길 바라네. 도구는 챙겨 가겠네.

자네의 오랜 벗, 지미가.

지미가 편지를 쓴 지 하루가 지난 월요일 밤, 벤 프라이스는 빌린 마차를 타고서 엘모어에 조용히 들어왔다. 원하는 정보를 얻기 위해 소리 없이 마을을 돌아다니던 그는 스펜서의 구두 가게 건너편 약국에서 랠프 스펜서의 모습을 확인했다.

"은행가의 딸과 결혼을 한단 말이지, 지미?" 벤은 나지막하게 혼잣말로 중얼거렸다. "과연 그렇게 될 수 있을까!"

다음 날 아침 지미는 애덤스 씨의 집에서 아침 식사를 했다. 그는 리틀록으로 가서 예복을 맞추고 애너벨에게 줄 멋진 선물도 살 계획이었다. 그가 엘모어에 정착한 후에 처음으로 마을을 떠나는 날이었다. 마지막으로 '작업'을 한 지도 1년이 넘었기 때문에, 그는 마을을 벗어나도 안전할 거라고 생각했다.

아침 식사를 마친 후 애덤스 씨, 애너벨, 지미, 그리고 애너벨의 결혼한 언니와 다섯 살, 아홉 살 먹은 두 딸, 이렇게 가족 전원이 함께 시내로 나갔다. 그들은 지미가 1년 넘게 묵고 있는 호텔로 갔고, 지미는 방으로 올라가 여행 가방을 가지고 내려왔다. 그리고 그들은 은행으로 향했다. 은행 앞에는 기차역까지 지미를 태워 줄 마부 돌프 깁슨과 함께 지미의 말과 마차가 대기 중이었다.

지미를 포함한 가족 모두가 조각을 새긴 높다란 떡갈나무 난간을 지나 은행 사무실로 들어갔다. 애덤스 씨의 예비 사위로서 지미는 어디서든 환영받았다. 직원들은 애너벨 양의 약혼자인 잘생기고 상냥한 청년과 인사를 나누게 되어 기뻐했다. 지미는 여행 가방을 내려놓았다. 생기발랄한 애너벨은 행복감에 들떠 지미의 모자를 쓰고 여행 가방을 들었다. "저, 멋쟁이 외판원처럼 보이지 않아요?" 애너벨이 물었다. "세상에! 가방이 왜 이렇게 무거운 거예요, 랠프? 금괴라도 가득 든 줄 알았어요."

"주석으로 도금한 구둣주걱이 한가득 들어 있소," 지미가 차분하게 말했다. "오늘 돌려줄 예정이오. 직접 들고 가면 속달 운송료를 아낄 수 있을 것 같아서 말이야. 나도 지독한 짠돌이가 되어 가나 보오."

엘모어 은행은 얼마 전에 신식 금고를 들여놓았다. 애덤스 씨는 그 금고를 어찌나 자랑스럽게 여겼던지, 가족 모두에게 꼼꼼히 뜯어보라고 고집을 부려 댔다. 금고의 크기는 작았지만, 최근에 특허를 받은 문이 달려 있었다. 손잡이 하나만 움직여도 강철로 된 빗장 세 개가 동시에 작동하면서 문이 닫히는 장치에다 시한장치(時限裝置)까지 설치돼 있었다. 애덤스 씨는 스펜서 씨에게 금고 작동법을 설명했고, 스펜서 씨는 정중하게 들으면서도 조작법에 별 관심을 보이지 않았다. 메이와 애거서, 두 아이는 반짝이는 금속, 이상하게 생긴 시계와 손잡이를 보고 대단히 재미있어했다.

사람들이 금고 구경에 정신이 팔려 있는 사이 벤 프라이스는 은행 안을 어슬렁거리면서 팔꿈치로 턱을 괸 채 난간 사이로 안을 흘깃거렸다. 그는 창구 직원에게 은행 용무를 보러 온 게 아니라 아는 사람을 기다리고 있다고 일러 두었다.

그때 갑자기 여자들의 외마디 비명이 들리더니 큰 소동이 벌어졌다. 아홉 살짜리 메이가 어른들 몰래 장난을 치다 애거서를 금고에 넣고 문을 닫아 버린 것이었다. 그것도 모자라 할아버지가 하던 대로 빗장을 잠그고 자물쇠 다이얼을 돌려 버린 뒤였다.

애덤스 씨가 뛰어가 손잡이를 수차례나 힘껏 잡아당겼다. "문이 열릴 리가 없지," 그가 신음하듯 말했다. "시한장치도, 자물쇠 번호도 맞춰 놓지 않았단 말이야."

애거서의 엄마는 또다시 숨넘어갈 듯 비명을 질렀다.

"쉿!" 애덤스 씨가 떨리는 손을 들며 말했다. "모두 조용히 좀 해. 애거서!" 그는 목청껏 손녀를 불렀다. "내 말 들리니?" 적막이 이어졌고, 깜깜한 금고에 갇혀 공포에 떨고 있는 어린아이의 새된 울음소리만이 희미하게 들렸다.

"내 소중한 아가!" 아이의 엄마가 울부짖었다. "두려움에 떨다가 죽을지도 몰라요! 문 좀 열어 봐요! 오, 부숴서라도 열어요! 남자들이 나서서 손 좀 써볼 수 없어요?"

"리틀록까지 가야 문을 열 수 있는 기술자가 있는데," 애덤스 씨가 떨리는 목소리로 말했다. "어떻게 이런 일이! 스펜서 군, 어쩌면 좋겠나? 어린애라서 오래는 버티지 못할 걸세. 공기도 얼마 안 남았을 테고, 무서워서 발작을 일으킬지도 몰라."

애거서의 엄마는 미친 사람처럼 금고 문을 두드렸다. 누군가 무턱대고 다이너마이트를 쓰자고 했다. 지미를 향해 돌아선 애너벨의 눈빛은 고통으로 가득 찼지만, 아직 자포자기하지는 않았다. 여자들은 자신이 사모하는 남자가 힘을 쓰면 못할 일이 없다고 믿게 마련이다.

"랠프, 당신이 어떻게 좀 할 순 없나요?"

그는 다정하면서도 기묘한 미소를 입가에 띠며 그녀를 쳐다보았다. 그의 눈빛이 번뜩였다.

"애너벨," 그가 말했다. "당신이 꽂고 있는 그 장미꽃을 나에게 줄 수 있겠소?"

그녀는 자신의 귀를 의심하며 가슴팍에 꽂아 둔 꽃봉오리를 떼어 내 그의 손바닥에 올려놓았다. 지미는 조끼 주머니에 장미를 넣더니, 외투를 벗어 던지고 셔츠 소매를 걷어 올렸다. 그 순간 랠프 스펜서는 온데간데없이 자취를 감추고 지미 밸런타인이 부활했다.

"모두 문에서 멀리 떨어지시오." 그가 짤막하게 지시했다.

그는 탁자 위에 여행 가방을 놓고 내용물을 펼쳤다. 그때부터 그는 주위에 사람이 있는 걸 완전히 잊은 듯 보였다. 그는 작업할 때면 항상 그랬듯 나지막하게 휘파람을 불면서, 반짝거리고 신기한 도구들을 신속하고 질서 정연하게 늘어놓았다. 사람들은 마법에 걸린 듯 미동도 않고 침묵을 지키며 그가 하는 일을 지켜볼 뿐이었다.

잠시 후 지미가 아끼는 드릴이 부드럽게 강철 문을 뚫기 시작했다. 그는 자신의 기록을 깨뜨리며 10분 만에 빗장을 젖히고 문을 열었다.

애거서는 기절하기 직전이었지만 다행히 엄마 품속으로 안전하게 돌아왔다.

지미 밸런타인은 외투를 입고, 난간을 지나 은행 정문으로 걸어갔다. 멀리서 누군가 익숙한 목소리로 "랠프!"라고 부르는 것 같았지만, 그는 멈추지 않고 계속 걸었다.

은행 문 앞에는 덩치가 큰 남자가 입구를 가로막고 서 있었다.

"잘 지냈나, 벤!" 지미가 아리송한 미소를 띠며 말했다. "마침내 여기까지 찾아왔구먼. 좋아, 같이 가시게나. 이젠 어떻게 되든 상관없네."

하지만 벤 프라이스의 반응이 좀 이상했다.

"뭔가 착각하신 것 같습니다, 스펜서 씨," 그가 말했다. "저는 댁이 누군지 모릅니다. 마차가 기다리는 것 같은데, 아닌가요?"

그러고 나서 벤 프라이스 형사는 뒤돌아서서 길을 걸어갔다.

비법의 술

"There's not anything," says she,
"but is better off for a little water."

일찍이 술집이 성직자들의 축복을 받아 왔고 신의 거룩한 백성들이 칵테일로 만찬을 시작한다는 사실만 봐도, 술집에 대해 말하는 것이 허물이 되지는 않을 것이다. 술을 싫어하는 사람이라면 듣지 않아도 좋다. 다만 언제나 슬롯머신이 딸린 바가 존재하고, 그곳에서는 차가운 금빛 구멍으로 10센트를 넣다 보면 결국 드라이 마티니로 배를 채우게 된다는 사실만 알아 두기를 바란다.

콘 랜트리는 케닐리 카페의 바에서 일했다. 손님들이 맞은편에서 거위처럼 외발로 서서 자진하여 주급을 갖다 바치는 동안, 바의 반대편에서는 깔끔하고, 차분하고, 예의 바르고, 세심하고, 믿음직하며, 책임감 있는 청년 콘이 흰 재킷을 입고 돈을 받았다.

술집은 (축복을 받았든지 저주에 걸렸든지) 큰길가가 아닌 평행 사변형 꼴의 변두리 구역에 자리하고 있었는데, 그곳에는 세탁소를 운영하는 사람들, 몰락한 네덜란드계 가족들, 그리고 이들과는 아무 관계도 없는 보헤미안들이 살았다.

케닐리와 그의 가족은 이 카페로 생계를 이어 나갔다. 케닐리의 딸 캐서린은 까만 아일랜드인의 눈동자를 가지고 있었지만, 그렇다 한들 여러분이 그녀의 눈동자 색깔에 관심을 가질 필요는 없다. 여러분은 옆에 있는 제럴딘이나 엘리자 앤을 잘 챙기기 바란다. 캐서린은 콘이 마음에 품고 있는 여자이니 말이다. 그녀가 뒤쪽 계단 발치에서 나긋한 목소리로 식사에 곁들일 맥주를 부탁하면, 그의 심장은 셰이커에 넣고 흔들어 대는 밀크 펀치처럼 위아래로 요동쳤다. 로맨스 규칙에는 정해진 질서가 있다. 손님이 위스키를 마시려고 수중에 남은 마지막 은화를 바텐더에게 내주면, 바텐더는 그 돈을 모아 사장의 딸과 결혼한다. 그리고 만사가 술술 풀리는 식이다.

하지만 콘은 예외였다. 여자 앞에만 서면 말문이 막히고 얼굴이 시뻘게지곤 했다. 그는 칵테일에 취해 시끄럽게 떠들어 대는 젊은이들을 눈빛으로 제압하고, 소란을 피우는 놈들은 레몬 압착기로 내려치고, 자신의 하얀 넥타이에 주름 하나 잡히지 않고도 시비꾼을 도랑으로 깔끔하게 내던지는 사나이였다. 하지만 여자 앞에만 가면 말수가 줄고 우물쭈물 더듬으면서, 부끄러움과 고통스러움의 산사태에 파묻혀 얼굴이 화끈거리기 일쑤였다. 이러니 캐서린 앞에서는 어땠겠는가. 달콤한 고백은 고사하고 말 한 마디 못 건네서 끙끙대며 우두커니 서 있다가, 여신과도 같은 그녀를 앞에 두고 쓸데없이 날씨 얘기만 하는 연애의 숙맥이었다.

케닐리의 카페에 라일리와 매쿼크라는 까무잡잡하게 탄 사내 두 명이 들어섰다. 그들은 케닐리와 심각하게 이런저런 이야기를 하더니 카페 뒤편에 있는 빈방을 차지하고서는 병, 사이펀[8], 주전자, 계량컵 따위로 그 방을 가득 채웠다. 술집에서 파는 술과 비품 종류가 모두 그곳에 있었지만, 그들은 술을 판매하지 않았다. 하루 종일 두 사람은 그곳에 앉아 땀을 뻘뻘 흘리며 이름 모를 별별 술을 한데 섞어 배합했다. 라일리는 지식을 총동원해 종이 수천 장에다 셈을 해가며 갤런을 온스로, 쿼트를 드램으로 환산하기 바빴다. 눈이 벌건 매퀘크는 기분이 언짢은지 허스키한 저음으로 욕지거리를 하면서 실패한 혼합주를 하수도에 들이부었다. 정체불명의 용액을 얻기 위해 쉬지 않고 힘겹게 일하는 모습이 마치 원소를 금으로 바꾸려고 애쓰는 연금술사처럼 보였다.

어느 날 저녁 근무 당번이 끝난 콘이 안쪽 방에 들어가 어슬렁거렸다. 그는 아무도 술을 마시러 오지 않는 바에서 일하는 이 이상야릇한 바텐더들에게 직업적인 호기심이 일었다. 그들은 허구한 날 케닐리 가게에서 술을 가져다가 성과도 없는 실험에 온 힘을 바치고 있지 않은가.

캐서린이 아일랜드의 그위바라만 위로 떠오르는 태양처럼 환한 웃음을 지으며 계단 아래로 내려왔다.

"안녕하세요, 랜트리 씨," 그녀가 말했다. "오늘은 무슨 소식 없나요?"

"비, 비가 올 것 같아요." 콘은 부끄러운 나머지 말을 더듬으며 벽 쪽으로 뒷걸음질 쳤다.

"좋은 소식이네요," 캐서린이 말했다. "물보다 좋은 건 없죠." 안쪽 방에서는 라일리와 매퀘크가 수염이 덥수룩한 마법사들처럼 수상한 혼합주를 만드느라 애쓰고 있었다. 라일리가 계산을 몇 번 거쳐 술병 50개에

---

8) siphon. 압력 차이를 이용해 액체를 높은 곳에서 낮은 곳으로 이동시키는 U자형의 장치이다.

서 신중하게 계량하여 따라 낸 술을 커다란 유리 용기에 들이붓고 흔들면, 매쿼크가 침울하게 욕설을 내뱉으며 그것들을 하수도에 내다 버리는 일이 반복되었다.

"앉아요." 라일리가 콘에게 말했다. "사연을 말해 줄 테니까."

"지난여름 팀과 나는 니카라과에 미국식 술집을 열면 돈벌이가 되겠다는 결론을 내렸소. 해안의 한 마을을 가보니 먹을거리는 키니네[9]밖에 없고, 마실 거라곤 럼주밖에 없더이다. 원주민, 외국인 할 거 없이 오한에 시달리다 잠이 들고 고열로 눈을 뜨는 동네였소. 이런 열대병에는 잘 섞은 술 한 잔이 제격이지.

그래서 우리는 뉴욕에서 질 좋은 술과 술집을 차리는 데에 필요한 비품, 유리잔 같은 것들을 챙겨서 산타 팔마로 향하는 영국 증기선을 탔소. 향해 중에 팀과 나는 날치도 보고, 선장, 선원들과 함께 카드 게임도 했지. 벌써부터 남회귀선을 정복한 술의 황제라도 된 것 같은 기분이었소.

술을 왕창 팔아 큰돈을 챙길 생각에 부풀어 있던 우리는 정박하기 몇 시간 전에 선장에게 불려 갔소. 우현 나침함에서 기다리고 있던 선장은 우리에게 몇 가지 사실을 알려 주었지.

'깜빡하고 말해 주지 않은 게 있소, 제군들,' 선장이 말했소. '니카라과는 지난달부터 병에 든 제품에 대해 가격에 따라 48퍼센트의 수입 관세를 매기고 있소. 대통령이 신시내티 발모제 병을 타바스코 소스로 착각하고 수입했던 실수를 만회하려는 방편인 게지. 하지만 통에 든 물건은 면세라오.'

'좀 더 일찍 언질을 해주지 그랬소.' 우리는 항변했지. 우리는 선장에게

---

9) quinine. 남미나 인도네시아 자바섬에서 재배되는 키나 나무껍질에서 추출되는 약물로, 말라리아의 특효약으로 알려져 있다.

서 160리터짜리 나무통 두 개를 사서 가지고 있던 병을 모두 열어 그 통에다 전부 들어부었지. 48퍼센트 관세를 내고 나면 우리는 망할 게 뻔했다오. 그래서 그 술을 내다 버리느니 1천 2백 달러짜리 칵테일을 만드는 길을 택한 거였소.

육지에 도착하자 우리는 한 통을 열었소. 칵테일은 최악이었지. 색깔은 싸구려 술집에서 파는 콩 수프와 비슷했고, 맛은 힘든 일을 겪고 고통스러울 때 고모가 커피 대신 마시라고 주는 음료 같았소. 우리는 원주민 한 명에게 칵테일 네 방울을 맛보도록 했는데, 그는 사흘 동안 코코넛 나무 아래에 드러누워 뒤꿈치로 모랫바닥을 두드려 댔소. 추천서에 원주민의 서명을 얻는 데에 실패하고 만 것이지.

하지만 다른 한 통은 달랐소! 이보시오, 바텐더 양반, 자네는 노란 띠를 두른 밀짚모자를 쓰고서 주머니에 8백 달러를 넣은 채 아리따운 아가씨와 함께 열기구를 타고 하늘로 올라가 본 적 있소? 두 번째 통의 칵테일을 서른 방울만 맛보면 그런 기분을 느낄 수 있을 거요. 손가락 두 마디만큼만 입에 들어가면 누구든 너무 좋아서 손에 얼굴을 파묻고 엉엉 울게 되고 말지요. 짐 제프리스도 때려눕힐 수 있을 것 같은 기분이 들기 때문이오. 그렇소, 바텐더 양반. 두 번째 통에 든 술은 전쟁과 돈, 화려한 인생의 알맹이만을 응축시킨 맛이었소. 유리처럼 맑으면서도 황금 빛깔을 띤 그 술은 태양을 머금은 듯 어둠 속에서도 빛났소. 이런 술을 다시 만나려면 앞으로 천 년은 더 기다려야 할 것이오.

어찌 됐건 우리는 이 술로 장사를 시작했소. 한 종류뿐이었지만 그것으로 충분했지. 전국 각지에서 높으신 양반들이 벌 떼처럼 몰려들었소. 만약 계속 그 술을 팔 수 있었다면 그 나라는 지구상에서 가장 위대한 나라가 되었을 거요. 아침에 문을 열면 장군에, 대령에, 전직 대통령과 혁

명가들까지 술을 마시기 위해 한 구역이나 줄지어 장사진을 이루었소. 처음엔 한 잔에 은화 50센트를 받았지. 마지막 40리터쯤이 남았을 때에는 한 모금에 5달러까지 받았는데도 금세 바닥나고 말았소. 환상적인 맛이었지요. 사람들은 이 술 한 잔에 무슨 일이든 해낼 수 있는 용기와 야망, 배짱이 샘솟았고, 깨끗한 돈과 검은 돈을 가리지 않고 마구잡이로 돈을 써댔소. 술통이 절반쯤 비워졌을 때 니카라과 정부는 나랏빚을 갚지 않겠다고 선언했고, 담배에 붙는 관세를 철폐했으며, 미국과 영국에 선전 포고를 할 상황까지 갔었소.

우리가 최고의 칵테일을 발견한 것은 우연이었지만, 운만 따라 준다면 그 술을 다시 한 번 만들어 낼 수 있을 거요. 이 일을 시작한 지도 벌써 10개월이 되었다오. 조금씩 시도하다 보니, 어느덧 술이란 술은 전부 혼합해 보았소. 그동안 팀과 내가 내다 버린 술만 해도 위스키, 브랜디, 코디얼, 맥주, 진, 포도주 모두 합쳐 술집 열 개를 가득 채울 양이라오. 이 눈부시게 아름다운 술을 세상에 내놓을 수가 없다니! 이건 막대한 금전적 손실이자 슬픔이라오. 미국 정부는 이 술을 열렬히 환영할 것이며 기꺼이 돈을 내고 술을 사 마실 거요."

그동안에도 매퀴크는 라일리가 연필로 계산해서 전달해 준 혼합법에 따라, 온갖 알코올을 계량해 한곳에 조금씩 부어 섞고 있었다. 그렇게 완성된 혼합주는 얼룩덜룩하고 불쾌하기 짝이 없는 초콜릿색을 띠었다. 매퀴크는 맛을 볼 때마다 그에 어울리는 욕설을 지껄이며 하수구에 그것들을 부어 버렸다.

"사실이라고 해도 정말 희한한 이야기군요," 콘이 말했다. "저는 저녁이나 먹으러 가야겠습니다."

"술이나 한잔하구려," 라일리가 말했다. "그 마법 같은 칵테일만 **빼곤**

모든 술이 다 있다오."

"저는 술을 못합니다." 콘이 말했다. "물보다 독한 건 입에도 못 댑니다. 좀 전에 계단에서 캐서린 양을 만났는데, 그녀가 한 말이 정답입니다. '물보다 좋은 건 없죠.'"

콘이 자리를 뜨자마자 라일리가 매쿼크의 등짝을 세게 내리치는 바람에 그는 거의 쓰러질 뻔했다.

"자네 방금 들었나?" 그가 소리쳤다. "우리는 얼간이야. 배에 있던 아폴리나리스 생수병 72개, 자네가 열었지? 그걸 어느 통에다 부었나? 어느 통인지 말해 봐, 이 멍청아!"

"내 생각엔," 매쿼크가 느릿느릿 말했다. "두 번째 통에다 넣었던 것 같아. 겉에 파란색 종이가 붙어 있던 통 말이야."

"이제 다 풀렸어," 라일리가 외쳤다. "우리가 놓친 게 바로 그거야. 마법을 부른 주범은 바로 물이었어. 나머지는 다 제대로 했던 거야. 바에 가서 얼른 아폴리나리스 두 병을 가져와. 그동안 혼합 비율을 계산하고 있을 테니 말이야."

한 시간쯤 후 콘은 인도 위를 터벅터벅 걸어 다시 케닐리의 카페로 향하고 있었다. 충직한 일꾼들은 쉬는 시간에도 신비한 힘에 이끌린 듯이 자신의 일터 주변을 배회하는 법이다.

순찰차 한 대가 카페 입구 앞에 서 있었다. 실력 좋은 경찰 세 명이 뒤쪽 계단 위에서 라일리와 매쿼크를 반강제로 끌고 내려오는 중이었다. 얼굴이며 눈두덩이 시퍼렇게 멍들고 피투성인 걸로 보아 두 사람은 신나게 싸운 게 분명했다. 하지만 몰골과는 달리 그들은 알 수 없는 환희에 사로잡혀 함성을 질러 댔고, 아직 불씨가 꺼지지 않은 듯 전투적 광기의 여운을 경찰에게 내뿜고 있었다.

"안쪽 방에서 둘이 싸움질을 벌였어," 케닐리가 콘에게 설명했다. "게다가 노래까지 부르더라니까! 그게 더 끔찍했지. 잡히는 대로 전부 박살을 내놨어. 그래도 나쁜 녀석들은 아니야. 파손된 집기는 놈들이 다 보상할 거라더군. 새로운 칵테일을 제조하다가 그 사달이 난 거지. 내일 아침이면 바로 풀려날 거야."

콘은 전장을 구경하러 안쪽 방으로 천천히 걸어 들어갔다. 그가 복도를 지날 때 마침 캐서린이 계단을 내려왔다.

"또 보네요, 랜트리 씨," 그녀가 말했다. "별다른 날씨 소식은 없나요?"

"여전히 비, 비가 쏟아질 것 같아요," 콘은 부드럽고 창백한 뺨을 붉힌 채 슬쩍 그녀 옆을 지나갔다.

라일리와 매퀴크는 악의 없이 화끈하게 전투를 벌인 모양이었다. 깨진 병과 유리잔이 어지럽게 흩어져 있었고, 방 안 가득 알코올 냄새가 진동했다. 술이 엎질러진 바닥은 얼룩덜룩했다.

탁자 위에는 눈금이 그려진 1리터짜리 유리컵이 놓여 있었다. 컵에는 액체가 두 스푼 정도 남아 있었는데, 햇빛을 가두어 황금을 머금은 듯 보이는 심해처럼 밝은 금빛 액체였다.

콘은 냄새를 맡고 맛을 보더니 그 액체를 단숨에 들이켰다.

그가 다시 돌아가려고 복도를 지나갈 때 계단을 오르려던 캐서린을 또 만났다.

"날씨 소식은 아직 없나요, 랜트리 씨?" 그녀가 놀리듯 웃으며 물었다.

콘은 그녀를 번쩍 들어 안고서 그대로 멈췄다.

"새로운 소식이 있죠," 그가 말했다. "우리가 곧 결혼한다는 겁니다."

"내려 주세요!" 그녀가 화를 내며 외쳤다. "내려 주지 않으면…… 오, 콘, 대체 어떻게 고백할 용기가 생긴 거죠?"

도시 물을 먹은 사람

The pursuit of my type
gave a pleasant savor of life
and interest to the air I breathed.

나에게는 궁금한 것이 두세 가지 있었다. 모르는 게 있으면 참지 못하는 나는, 그래서 질문하기 시작했다.

여자들이 여행 가방에 무엇을 넣고 다니는지 알아내는 데는 2주가 걸렸다. 그다음에는 매트리스가 왜 두 조각으로 나뉘어 있는지 물어보고 다녔다. 진지한 나의 질문이 수수께끼 같았는지 처음에는 사람들이 수상쩍은 눈초리를 보냈다. 한참을 물은 끝에 결국 이부자리를 담당하는 여성들의 짐을 덜기 위해 그것이 이중 구조 형태를 가지게 됐다는 사실을 알아냈다. 나의 엉뚱함은 거기서 그치지 않았다. 나는 그렇다면 매트리스가 왜 같은 크기로 나뉘어져 있지 않은지를 집요하게 캐묻고 다녔고,

그 결과 나는 사람들의 기피 대상이 되었다.

지식의 샘물을 향한 목마름은 세 번째 질문으로 이어졌고, 나는 '도시 물을 먹은 사람'의 정체가 궁금해졌다. 내 머릿속에 입력된 그들의 유형은 꽤나 모호했다. 비록 상상에서 출발한 것일지라도 무언가를 파악하려면 구체적인 이미지가 필요하다. 그러니까 내가 어떤 남자를 상상한다고 치면 강철에 새긴 조각처럼 선명하게 이미지를 떠올리게 된다. 그 남자는 두 눈이 옅은 푸른색이었고, 갈색 조끼와 반들반들한 검정 모직 외투를 걸치고 있다. 그는 항상 햇빛 아래 서서 무언가를 질겅거리며 엄지손가락으로는 주머니칼을 반쯤 접었다 펼치기를 반복한다. 자수성가한 사람을 떠올린다고 하면, 말할 것도 없이 큰 덩치에 창백한 얼굴을 하고 소매 아래에 푸른색 장식용 소맷부리를 드러낸 채 볼링장에서 한가하게 신발을 닦는 모습이 생각날 것이 분명하다. 옷 속 어딘가에는 터키석을 지니고 있을 테고 말이다.

하지만 도시 물을 먹은 사람을 묘사하려고만 하면, 내 상상력의 화폭은 텅 빈 백지가 된다. 나는 그가 (체셔 고양이[10]가 웃는 것처럼) 냉소를 짓거나 소맷부리가 달린 셔츠를 입고 다닌다고만 상상했다. 그게 전부였다. 결국 나는 신문 기자에게 물었다.

"글쎄," 그가 말했다. "'도시 물을 먹은 사람'이라면 '부랑자'와 '사교가'의 중간쯤인 것 같은데. 딱 잘라 뭐라 하긴 그렇고, 피시 여사의 연회 손님과 비공개 권투 시합의 관람객 사이쯤이지요. 신사들의 사교 모임인 로토스 클럽이나 제리 맥지오게한 도금 철공소 견습생들의 레프트 훅 차우더 협회, 둘 중 어디 한 곳에도 딱히 속하지 않죠. 정확히 어떻게 설명

---

10) Cheshire cat, 《이상한 나라의 앨리스》에 나오는 얼굴만 둥둥 떠다니는 고양이를 말한다.

해야 할지 모르겠군요. 건수가 있는 곳이면 어디서든 그를 볼 수 있을 겁니다. 분명 그런 유형이 존재해요. 매일 저녁 옷을 근사하게 빼입고, 세상 살아가는 요령에 훤하며, 동네의 모든 경찰이나 종업원과 허물없이 지내는 자들이죠. 절대 여자와는 같이 여행하는 법이 없어요. 보통은 혼자 하거나 남자와 동행하죠."

기자 친구가 떠나자, 홀로 남은 나는 정처 없이 방황했다. 그때 리알토 극장에 전구 3,126개가 켜졌다. 사람들이 지나갔고, 누구도 나를 붙들지 않았다. 음란한 눈빛들이 나를 훑었지만, 어느 누구도 내 손가락 하나 건드리지 않고 지나갔다. 저녁 식사를 하는 사람, 집으로 가는 사람, 가게 여직원, 좀도둑, 걸인, 배우, 노상강도, 백만장자, 외국인들이 서두르거나, 뛰어가거나, 어슬렁거리거나, 살금살금 걷거나, 으스대거나, 허둥지둥하며 내 앞을 스쳐 갔다. 하지만 난 누구에게도 관심이 없었다. 그들 모두 내가 아는 유형이었다. 나는 그들의 본질을 파악했고, 그들에 대한 궁금증은 충족되었다. 나는 도시 물을 먹은 사람을 찾고 싶었다. 그런 유형이 존재하는데도 그를 빠뜨리고 지나간다면 그건 잘못이다. 그건 안 될 일이다! 그러니 계속해 보자.

어느 도덕적인 여담 하나로 이야기를 이어 나가 보자. 일요일 자 신문을 읽는 가족을 관찰하는 일은 즐겁다. 그들은 각자 신문의 다른 칸을 들여다본다. 아빠는 활짝 열린 창문 앞에서 몸을 푹 숙이고 운동하는 아가씨 사진을 진지하게 훑어본다. 하지만 저런, 저런! 엄마는 'N_w Yo_k'의 빈칸에 들어갈 알파벳을 맞추느라 정신이 없다. 지난 일요일 밤에 어떤 젊은 남자가 위험 부담을 안고 주식에 투자했다고 말했기 때문에 나이 든 딸들은 경제 기사를 열심히 정독하는 중이다. 뉴욕 공립 학교에 다니는 열여덟 살 난 아들 윌리는 졸업식 날 열리는 바느질 대회에서 상을 탈 욕심으로, 헌 셔츠를 수선해 입는 방법을 소개한 주간 기사에 완전히 빠져 있다.

할머니는 두 시간 동안 부록 만화를 꼭 붙들고 있으며, 갓난아기 토티는 부동산 양도 기사가 실린 지면을 멋대로 흔들며 까불고 있다. 이 광경은 독자를 안심시키려고 들려준 것이다. 이 중 일부분은 생략하는 게 바람직할 정도로, 독한 술을 부르는 내용이기 때문이다.

나는 카페로 향했다. 손님 하나가 뜨거운 스카치를 휘젓던 숟가락을 내려놓자, 어떤 남자가 그것을 얼른 집어 갔다. 나는 그에게 '도시 물을 먹은 사람'이라는 말을 들으면 어떤 특징이 떠오르는지 물어보았다.

"글쎄요," 그가 조심스럽게 말했다. "밤새 노는 패거리와 어울리는 멋쟁이죠, 이해하시겠어요? 깎아지른 산등성이 사이에서 기차에 처박아도 끄떡없을 만큼 화끈한 친구죠, 감 잡았어요? 그게 제가 생각하는 '도시 물을 먹은 사람'이에요."

나는 그에게 감사의 인사를 건네고 자리를 떴다.

인도 위에서 구세군 아가씨 한 명이 내 조끼 주머니 앞에서 자선냄비를 천천히 흔들었다.

"하나 여쭤 볼 게 있습니다," 그녀에게 물었다. "평소 거리에서 '도시 물을 먹은 사람'이라고 이름 붙일 만한 사람들을 만나 본 적이 있나요?"

"어떤 사람들을 말하는지 알 것 같아요," 그녀가 상냥하게 미소 지으며 대답했다. "밤마다 같은 장소에서 그런 사람들을 봐요. 그들은 악마의 수호자예요. 그들만큼 충성스러운 병사들을 거느린다면, 그 부대의 지휘관은 굉장히 든든할 겁니다. 우리는 그 사이를 오고 가면서 사악한 그들의 주머니에서 몇 푼 안 되는 돈을 받아 신을 섬기는 데에 바치죠."

그녀는 자선냄비를 다시 흔들었고 나는 10센트짜리 동전을 냄비에 넣었다. 번쩍이는 호텔 앞에서 나는 택시에서 막 내리는 비평가 친구를 만났다. 그는 여유로워 보였고, 그래서 그에게 같은 질문을 던졌다. 그는 예상대로 정성껏 답변을 해주었다.

"뉴욕에 '도시 물을 먹은 사람'이라는 유형이 존재하는 건 맞네," 그가 답했다. "나에겐 꽤 익숙한 이름이지. 하지만 그런 유형의 정의를 내려 달라는 부탁은 처음 받네. 자네에게 실명을 정확히 찍어 알려 주기는 힘들 것 같아. 다만 생각나는 대로 설명하자면, 무엇이든 확인하고 알아내길 원하는 뉴욕 특유의 병에 걸린 구제 불능의 인간들이지. 매일 저녁 6시가 되면 그들의 삶이 시작되네. 그들은 예의범절과 옷차림을 규범에 맞춰 철저하게 따르면서도, 끼지 말아야 할 곳에서 오지랖 넓게 참견하기를 좋아하는 버릇이 있어서 사향고양이나 갈까마귀를 붙잡고도 충고할 사람들이네. 그들은 싸구려 지하 식당에서 고층 스카이라운지까지, 헤스터 가에서 할렘 가까지 보헤미안처럼 여기저기 방랑하지. 이 도시에서 그들이 나이프로 스파게티를 썰어 먹지 않는 곳을 찾기 어려울 거야. 자네가 찾는 '도시 물을 먹은 사람'은 그런 존재야. 항상 킁킁대며 새로운 것의 냄새를 좇지. 그들은 호기심 많고, 뻔뻔하고, 어디서나 볼 수 있어. 이륜마차나 금테 두른 담배, 식사 시간의 음악에 대해 불평불만을 하는 행동 같은 건 그들의 전유물이야. 그 수가 많지는 않지만, 그들의 움직임은 어디서든 목격되지.

자네가 이런 주제를 꺼내 줘서 기쁘네. 이 밤도깨비 같은 자들이 뉴욕에 얼마나 영향을 미치는지는 진작 알고 있었지만, 한 번도 진지하게 살펴본 적은 없네. 지금에 와서야 진작에 이들을 분류했어야 했다는 생각이 들어. 그들이 지나간 자리에 술집과 의류 모델이 생기고, 그자들 때문에 오케스트라가 헨델을 내팽개치고 〈모드의 집으로 가요〉 같은 음악 따위를 연주하는 거 아니겠나. 우리 같은 사람이 일주일에 한 번 세상 구경을 하러 나올 때, 그들은 매일 밤거리를 순회하지. 경찰이 담배 가게를 급습할 때도 우리는 전직 대통령을 떠올리며 가짜 이름을 대고 온 우주를 뒤져 쥐어짜 낸 거짓 주소를 경사에게 전달하는데, 그들은 경찰에게 눈짓 한 번 하면 손가락 하나 다치지 않고 유유히 그곳을 빠져나오지."

비평가 친구가 참신한 표현을 찾느라고 잠시 숨을 돌리는 사이 내가 그 틈을 비집고 들었다.

"자네가 그들의 유형을 잘 짚어 주었네," 나는 기뻐서 소리쳤다. "도시인을 유형별로 걸어 놓은 전시회의 초상화처럼 생생했네. 그렇지만 난 실제로 대면하고 싶네. '도시 물을 먹은 사람'을 두 눈으로 직접 보고 분석하고 싶어. 어디로 가면 그들을 찾을 수 있겠나? 어떻게 하면 알아볼 수 있을까?"

그는 내 말을 듣는 척도 하지 않고 말을 이어 나갔다. 택시 운전수가 요금을 받으려고 기다리는 중이었다.

"그들은 참견의 결정체이자, 고무처럼 질긴 타고난 고집쟁이지. 순수하고, 조금의 빈틈도 보이지 않고, 호기심과 탐구심으로 가득 찬 어쩔 수 없는 영혼이야. 대단한 이야깃거리로 콧구멍에 새바람을 넣어야 숨을 쉴 수 있는 사람이지. 임무가 끝나면 새로운 질문거리를 찾아 다시 먼 길을 떠나지. 인내심이 엄청나게 강해서……."

"미안한데 말이야," 내가 불쑥 끼어들었다. "말만 하지 말고 직접 보여 줄 순 없나? 나는 본 적 없는 새로운 유형이란 말일세. 꼭 연구해야만 하는 대상이네. 그들을 찾을 때까지 난 온 마을을 이 잡듯이 뒤질 걸세. 이곳 브로드웨이에 살고 있는 게 틀림없어."

"지금 저녁을 먹으려던 참이니 일단 들어오게," 그가 말했다. "만약 '도시 물을 먹은 사람'이 보이면 자네에게 알려 주겠네. 이곳의 웬만한 단골 손님들은 다 알고 있거든."

"아직 저녁 생각이 없네." 나는 그에게 말했다. "이만 실례하지. 나는 배터리 공원에서부터 코니아일랜드까지 뉴욕을 샅샅이 뒤져서라도 오늘 밤 '도시 물을 먹은 사람'을 찾고야 말 걸세."

나는 호텔을 나와 브로드웨이로 걸어갔다. '도시 물을 먹은 사람'을 찾는 일은 내 인생의 기분 좋은 자극제이자, 하루하루를 흥미롭게 살아가게 하는 힘이었다. 이토록 다양한 사람이 살아가는 복잡하고도 거대한 도시에 산다는 사실이 좋았다. 나는 약간 으스대며 한가로이 길을 걸었다. 위대한 고담 시민으로, 장엄하고 유쾌한 뉴욕의 일부분을 공유하고 그 영광스러운 특권을 누린다는 생각에 가슴이 부풀었다.

나는 차도를 건너기 위해 방향을 틀었다. 그때 벌이 윙윙거리는 소리 비슷한 게 들렸고, 곧 산투스두몽이 모는 비행기에 올라 장시간 유쾌한 비행을 하는 기분이 들었다.

눈을 뜨자 가솔린 냄새가 나는 것 같았다. 나는 큰 소리로 물었다. "아직도 차가 지나가지 않았나요?"

병원 간호사가 열이 전혀 없는 내 이마에 별로 부드럽지 않은 손을 올렸다. 젊은 의사가 다가오더니, 싱긋 웃으며 조간신문을 건넸다.

"무슨 일이 있었는지 궁금하시죠?" 그가 기분 좋은 목소리로 물었다. 나는 기사를 읽어 내려갔다. 기사는 전날 밤 내 귓가에서 윙윙거리는 소리가 사라진 순간부터 시작되었다. 그리고 다음과 같은 문장으로 끝을 맺었다.

"……벨뷰 병원 측이 밝히기로, 부상자의 상태는 심각하지 않은 것으로 드러났다. 부상자는 전형적인 '도시 물을 먹은 사람'으로 짐작된다."

뉴욕인의 탄생

"He was runnin' down me town," said Raggles.

"What town?" asked the nurse.

"Noo York," said Raggles.

다른 무엇보다도, 래글스는 시인이었다. 사람들은 그를 방랑자라고 불렀지만, 이는 철학자이자 예술가이며 여행가이자 자연주의자이며 발견자이기도 한 그의 정체성을 간결하게 표현한 것일 뿐이다. 그러나 무엇보다 그는 시인이었다. 그는 살면서 시를 단 한 줄도 쓰지 않았다. 그렇지만 그의 인생이 시였다. 그의 기나긴 인생 여정을 글로 표현한다면 다섯 행의 풍자시가 탄생했겠지만 말이다. 그럼에도 다시 한 번 강조하건대, 래글스는 시인이었다.

그가 종이와 잉크를 쥐고 애썼더라면 그는 도시에 바치는 소네트를 짓는 데에 특출한 재주를 보였을 것이다. 그는 여자들이 거울에 비친 자신의 모습을 샅샅이 뜯어보는 것처럼, 아이들이 뜯어진 인형 속에 들어 있는 톱밥과 아교풀을 유심히 살펴보는 것처럼, 야생 동물에 관해 글을 쓰는 사람들이 동물원 우리를 관찰하는 것처럼 도시를 연구했다. 래글스에게 도시는 단순히 벽돌과 회반죽 더미나 수많은 사람들이 거주하는 공간이 아니라, 독특하고 뚜렷한 성질의 영혼이 깃든 존재이자 고유한 향과 느낌, 그리고 본질을 한데 모은 개별적 생명의 집합체였다. 그는 시적인 열정으로 동서남북 3천 킬로미터도 넘는 거리를 떠돌아다니며 그 모든 도시를 가슴 깊이 끌어안았다. 그는 세월의 흐름도 잊은 채 흙먼지 날리는 길을 걸어 다니거나 달리는 화물차 위에서 기세 좋게 여행을 즐겼다. 그러다가도 도시의 심장까지 다가가 비밀스러운 고백을 다 듣고 나면 미련 없이 다른 도시로 발걸음을 옮겼다. 래글스의 변덕을 누가 말리겠는가! 하지만 이는 까다로운 그의 취향에 맞는 도시를 아직 못 만났기 때문일 것이다.

옛 시인들은 도시를 여성으로 묘사했다. 시인 래글스도 마찬가지였다. 그의 마음속에는 자신이 구애했던 각 도시의 특징적인 모습이 뚜렷하고 생생하게 남아 있었다.

시카고는 화려한 깃털 장식을 두르고 파촐리 향수를 뿌린 패팅턴 여사의 경쾌한 모습을 강하게 연상시켰다. 또한 그곳은 장밋빛 미래에 대한 원대하고도 아름다운 노래로 휴식을 방해하기도 했다. 하지만 래글스는 추위에 벌벌 떨며 잠에서 깨어났고, 기분을 우울하게 만드는 감자 샐러드와 생선 요리를 먹고 나니 완벽한 대상을 찾았다는 불멸의 감동이 스르륵 사라지고 말았다.

이것이 시카고에 대한 인상이었다. 아마도 묘사에 모호하고 부정확한 부분이 있을 것이다. 하지만 그것은 래글스의 잘못이다. 시카고에 대한 인상을 시로 써서 잡지에 남겼어야 했는데 그러지 않았으니 말이다.

피츠버그를 생각하면 독스태터 악극단이 기차역에서 러시아어로 상연하는 〈오셀로〉가 가만히 떠올랐다. 피츠버그는 우아하고 마음씨 좋은 귀부인이었다. 하지만 비단 드레스를 걸치고 하얀 염소 가죽 신발을 신고 상기된 얼굴로 설거지하는, 가정적이고 따뜻한 면모도 지니고 있었다. 그리고는 래글스를 활활 타오르는 벽난로 앞에 앉혀 놓고 족발 구이와 감자튀김을 곁들여 샴페인을 마시도록 권하는 여자였다.

뉴올리언스는 높은 발코니에 서서 그를 잠자코 내려다보기만 했다. 그 때문에 별처럼 반짝이며 우수에 젖은 그녀의 눈빛과 부채를 펄럭이는 모습 외에는 다른 그 무엇도 볼 수 없었다. 딱 한 번 그녀를 마주한 적이 있었다. 어느 동틀 무렵 그녀는 양동이에서 물을 퍼 붉은 벽돌이 깔린 인도를 씻어 내리고 있었다. 그녀는 웃으며 노래를 흥얼거리다가 래글스의 신발에 얼음장같이 차가운 물을 끼얹고 말았다. 뉴올리언스의 추억은 여기까지였다!

보스턴은 시적인 래글스에게 엉뚱하고 별나게 각인되었다. 래글스에게 그 도시는 차갑고 새하얀 천 조각이었다. 이 천 조각은 식은 찻잔을 비운 래글스의 이마에 단단히 묶여서, 그가 불확실하지만 엄청난 정신적 노력을 기울이는 데에 자극제가 되었다. 결국 그는 생계를 위해 쌓인 눈을 치우는 일을 하게 되었고, 땀에 젖은 천 조각은 매듭이 너무 꽉 조여 있어서 이마에서 벗겨 낼 수도 없었다.

이 무슨 당황스럽고 어이없는 이야기인가 할 것이다. 하지만 이것이 모두 시인의 환상이라는 걸 안다면 반감은 잦아들고 감사한 마음이 일 것이다. 이 이야기를 시로 감상했다고 생각해 보라!

어느 날 래글스는 거대한 도시 맨해튼의 심장부를 파고들었다. 그녀는 이제까지 만나 본 도시 중 최고였다. 그는 그녀의 선율이 담긴 악보를 탐구하고 맛보고 살펴보고 풀어 보고 꼬리표를 단 다음, 자신의 비밀스러운 속살을 보여 준 다른 도시와 나란히 놓고 싶었다. 그럼 래글스의 통역관 노릇은 이쯤에서 멈추고, 그의 인생살이를 직접 기록해 보자.

어느 날 아침 래글스는 나룻배에서 내려 세계인임을 뽐내듯 심드렁하게 맨해튼의 중심부에 입성했다. 그는 '출신을 알 수 없는 사나이' 역할을 충실히 해내기 위해 신경 써서 옷을 입었다. 어떤 나라도, 인종도, 계급도, 파벌도, 조합도, 정당도, 심지어 볼링 협회도 그를 독차지할 수 없었다. 키는 다르지만 가슴 치수가 같은 시민들에게 하나씩 따로따로 얻어 입은 그의 옷은, 대륙 저편의 재단사가 여행 가방, 멜빵, 실크 손수건, 진주로 된 단추 장식까지 덤으로 챙겨 기차편으로 보내 오는 맞춤복보다도 몸에 꼭 맞았다. 시인이 응당 그래야 하듯 주머니는 비어 있었지만, 천문학자가 어지러운 은하계 속에서 새로운 행성을 발견할 때 또는 잉크를 발견한 남자가 단숨에 만년필로 글을 써 내려갈 때의 열정을 품고 래글스는 거대한 도시 한복판으로 걸어 들어갔다.

느지막한 오후 무렵, 아수라장을 빠져나온 그의 얼굴에는 형언하기 힘든 공포가 서려 있었다. 그는 당황했고, 혼란스러워했으며, 좌절 속에서 두려워하고 있었다. 다른 도시들을 돌아다닐 때는 두꺼운 입문서를 읽는 것도 같고, 조급하게 시골 아가씨의 마음을 헤아리려 드는 것도 같고, 정답을 보낼 때 구독료를 함께 내야 하는 단어 맞추기 게임을 푸는 것도 같고, 굴 칵테일을 들이켜는 것도 같았다. 하지만 이곳은 달랐다. 맨해튼은 차갑고, 번쩍이고, 고요한 도시였다. 연인에게 사주고는 싶지만 리본을 팔아 받은 월급으로는 감히 넘볼 수 없는 진열대 속 4캐럿 다이아몬드처럼 아득하고 멀게만 느껴졌다.

다른 도시들과의 첫 만남은 달랐다. 소박하게 친절을 베풀기도 했고, 서툴지만 인간적인 자비를 베풀기도 했고, 정겹게 욕을 하기도 했고, 시끌벅적하게 호기심을 보이기도 했고, 흔하게는 그저 한없이 좋거나 무관심하기도 했다. 이곳 맨해튼은 도무지 갈피를 잡을 수 없었다. 높은 벽이 자신과 이 도시 사이를 가로막고 있는 것 같았다. 무정한 강물처럼 도시는 자신을 지나쳐 거리로 흘러갔다. 단 한 사람도 그에게 눈길을 주지 않았고, 말을 걸지 않았다. 거무튀튀한 손으로 어깨를 툭 하고 치던 피츠버그, 험악하지만 친근하게 고함을 질러 대던 시카고, 단안경 너머로 맥없이 측은하게 자신을 바라보던 보스턴, 심지어 아무런 악감정도 없으면서 느닷없이 발길질을 하던 루이스빌과 세인트루이스까지 갑자기 지나온 도시들에 대한 그리움이 솟구쳤다.

이제껏 도시마다 구혼에 성공해 왔던 래글스는 브로드웨이 한복판에서 시골 촌뜨기처럼 수줍게 서 있었다. 처음으로 그는 철저히 무시당했다는 모욕감에 가슴이 찢어졌다. 눈부시고 변화무쌍하며 얼음같이 차가운 이 도시를 공식에 대입해 보려 했지만 완전히 실패했다. 맨해튼은 시인인 래글스에게 어떤 개성 있는 비유법도, 다른 도시와 비교할 만한 요소도, 그 매끈한 얼굴에 묻은 티끌도, 도시의 모양과 구조를 살펴보기 위해 붙잡을 손잡이도 허락하지 않았다. 다른 도시들에서는 우호적으로든 무례하게든 다 용인받은 것이었다. 집집마다 작은 총구멍만 내놓은 채 끝없는 성벽을 쌓아올렸고, 시민들은 표정만 밝았지 피도 눈물도 없는 유령처럼 사악하고 이기적인 무리에 섞여 거리를 몰려다니고 있었다.

래글스의 영혼을 가장 무겁게 짓누르는 동시에 시인으로서 환상을 가로막는 것은 바로 절대적인 이기주의였다. 물감에 젖은 장난감처럼, 사람들은 영혼 깊숙한 곳까지 이기주의에 흠뻑 물들어 있었다. 만나는 사람마다 끔찍하고 무례하며 건방진 괴물처럼 보였다. 자비라고는 눈곱만큼도 찾아볼 수 없었다. 그들은 돌덩이에 겉치장을 한, 걸어 다니는 우상이었다. 그들은 스스로를 숭배했고, 어차피 받아도 알아채지 못하겠지만 그럼에도 동료 우상들로부터 동경을 갈망하고 있었다. 냉담하고 잔인하며 무자비하고 무감각한 모습으로 똑같이 빚어진 이들은 기적적인 힘에 의해 몸을 움직일 수 있게 된 조각상처럼 거리를 활보하고 다녔다. 하지만 영혼과 감정은 거대한 대리석 속에 갇혀 깨어나지 못한 게 분명했다.

점차 래글스는 몇 가지 유형을 파악하기 시작했다. 한 부류는 구레나룻이 눈처럼 하얗고 짧으며, 발그스름한 얼굴에는 주름 하나 없고 눈동자가 푸르고 매서운, 귀공자 차림의 노신사였다. 부유하고 성숙하나 쌀쌀맞고 냉랭한 이 도시가 사람으로 환생한 것 같았다. 또 다른 부류는 강철에 새겨 놓은 조각처럼 윤곽이 또렷하고 키가 큰 미녀였다. 여신처럼 우아하고 침착하며, 옛날 공주처럼 차려입은 데다가, 빙하 위에 햇빛이 반사된 것만 같은 싸늘하고 푸른 눈빛을 지닌 여자였다. 또 다른 부류는 꼭두각시들이 사는 이 마을의 부산물 같은 존재로, 냉혹하면서도 무서울 정도로 과묵한 이 친구들은 추수가 끝난 밀밭처럼 턱이 넓고, 얼굴색이 세례를 받은 갓난아이 같았으며, 프로 권투 선수 같은 주먹을 쥔 채 큰 덩치로 우쭐거리면서 거리를 활보했다. 이런 유형의 인간들은 담배 가게 입간판에 몸을 기댄 채 오만불손한 태도로 세상을 노려보고는 했다.

시인은 예민한 존재이다. 래글스는 곧 이 불가사의한 상황을 받아들였고, 절망감에 움츠러들었다. 맨해튼의 차갑고 수수께끼 같고 빈정대기 좋아하고, 이해할 수 없고, 부자연스럽고, 무자비한 표현들을 대면한 그는 당황한 나머지 의기소침해졌다. 이 도시에 심장이 있기라도 한 걸까? 차라리 장작더미 신세나, 오만상을 한 여편네들이 뒷문에다 대고 퍼붓는 잔소리, 무료로 점심을 제공하는 시골풍 바에서 일하는 바텐더의 상냥한 심술, 시골 경찰관의 정감 있는 폭력이 더 나았다. 심장이 얼어붙은 이 도시에 머무느니 오히려 저속하고 시끄럽고 거친 다른 도시에서 발에 채이고 체포당하면서 무사태평하게 지내는 편이 훨씬 좋았다.

래글스는 용기를 내어 거리의 시민들에게 적선을 구했다. 그들은 래글스의 존재를 인식하지 못한다는 걸 증명이라도 하듯 눈 한 번 깜빡이지 않고 무관심하게 그를 스쳐 지나갔다. 그는 화려하지만 피도 눈물도 없는 이곳 맨해튼은 영혼이 없는 도시라고 혼잣말로 중얼거렸다. 주민들은 죄다 줄에 묶여 조종당하는 꼭두각시로 보였다. 이 거대한 황야에 혼자 버려진 것만 같았다.

래글스는 길을 건너기 시작했다. 그때 무엇인가가 와서 그를 들이받았다. 꿍음과 함께 무언가가 폭발하고 쉭쉭 소리를 내며 그를 때리더니, 그의 몸이 공중으로 5미터쯤 떠올랐다가 로켓 발사체처럼 바닥으로 곤두박질쳐졌다. 부딪히는 순간 세상의 모든 도시가 깨어진 꿈처럼 산산조각 나는 듯했다.

래글스는 눈을 떴다. 제일 먼저 익숙한 향기가 코를 자극했다. 천국에서 가장 일찍 봄을 알리는 꽃향기였다. 그러더니 꽃잎이 떨어지듯 부드러운 손이 그의 이마를 짚었다. 옛날 공주 옷을 입은 여인 한 명이 푸른 눈동자에 인간적인 연민을 담아 촉촉하고 부드러운 눈길로 그를 바라보며 몸을 숙였다. 머리 아래에는 비단과 모피가 깔려 있었다. 래글스의 모자를 한 손에 든 채, 평소보다 더 붉은 얼굴로 운전자의 부주의를 목청껏 신랄하게 꾸짖던 사람은 바로 부유하고 원숙한 맨해튼의 화신(化身)인 노신사였다. 근처 카페에서는 광대한 턱에 아기 같은 얼굴색을 띤 도시의 '부산물'이 마시면 기분이 좋아질 것 같은 주홍빛 액체를 유리잔에 담아 들고 왔다.

"이것 좀 마셔요." 부산물이 래글스의 입술에 잔을 갖다 대며 말했다.

수백 명이 순식간에 몰려들었고, 하나같이 걱정 어린 얼굴을 하고 있었다. 멋지게 차려입은 건장한 경찰관 두 명이 북적이는 착한 사마리아인 무리를 뚫고 들어왔다. 검정 숄을 두른 노부인 한 명이 큰 소리로 장뇌(樟腦)를 써야 한다고 외쳤다. 신문팔이 소년은 진흙 위에 떨구어진 그의 팔꿈치 아래에다 신문 한 부를 받쳐 넣었다. 쾌활해 보이는 젊은이 한 명이 공책을 들고 와 이름을 물었다.

사이렌 소리가 울리더니, 구급차가 구경꾼들 사이로 길을 뚫었고, 침착해 보이는 외과 의사가 사건 현장 한가운데로 들어왔다.

"좀 어떠세요?" 의사가 몸을 숙이고 물었다. 실크와 공단 옷을 걸친 공주님이 향기롭고 얇은 천으로 래글스의 이마에 흐르는 피 한두 방울을 닦아 주었다.

"저요?" 래글스는 천사 같은 미소를 띠며 말했다. "아주 좋아요."

그는 이 새로운 도시의 심장을 드디어 발견한 것이다.

그는 사흘간 치료를 마치고 회복실로 옮겨졌다. 간병인이 다투는 소리를 들은 때는 그로부터 한 시간이 지난 후였다. 조사 끝에 래글스가 회복실 환자 하나를 먼저 공격해 상해를 입힌 것으로 밝혀졌다. 맨해튼의 단기 체류자로, 화물 열차가 충돌하는 사고로 입원 중인 환자였다.

"대체 왜 그러신 겁니까?" 수간호사가 질문했다.

"그놈이 내 도시를 욕하지 뭡니까." 래글스가 말했다.

"어느 도시를 말하는 건가요?" 간호사가 물었다.

"뉴욕입죠." 래글스가 말했다.

하그레이브스의 멋진 연기

For Colonel Calhoun was made up
as nearly resembling Major Talbot
as one pea does another.

　모빌 출신의 펜들턴 탤벗 소령과 그의 딸 리디아 탤벗 양은 워싱턴으로 이사를 왔다. 그들은 조용한 대로에서 50미터쯤 떨어진 하숙집으로 거처를 정했다. 높다랗고 흰 기둥이 현관 지붕을 받치고 있는 구식 벽돌집이었다. 마당에는 우람한 개아카시아와 느릅나무가 그늘을 드리웠고, 제철을 맞은 개오동나무는 풀밭 위로 흰색과 분홍색의 꽃비를 흩뿌렸다. 울타리와 양쪽 길가에는 회양목 덤불이 줄지어 자라 있었다. 이런 남부의 양식과 건물 외관이 탤벗 부녀의 눈에는 아주 만족스러웠다.

　그들은 쾌적하고 조용한 이 하숙집에서 탤벗 소령이 사용할 서재가 딸린 방을 계약했다. 소령은 이곳에서 현재 집필 중인 책 《앨라배마의 군

병력, 재판관, 변호사에 대한 일화와 회고록》의 마지막 장을 추가로 저술할 생각이었다.

탤벗 소령은 옛 남부의 전통을 고집하는 남부인이었다. 그의 눈에 현재의 것은 조금도 흥미롭거나 우수해 보이지 않았다. 그의 마음은 남북전쟁이 발발하기 전 탤벗 가문이 노예를 부려 수백만 제곱미터에 이르는 훌륭한 목화 농장을 관리했던 시절에 머물러 있었다. 그의 가족들이 머물던 대저택은 후한 환대를 베푸는 것으로 유명해, 남부의 귀족들이 수시로 들락거리던 곳이었다. 그 시절은 끝났지만 그는 옛 남부에 대한 자부심과 양심적인 도의심, 고리타분하고 딱딱한 예법, 누구나 지적하고 넘어갈 그 옷차림을 끝까지 고집했다.

그의 옷은 지난 50년 동안 만들어진 적이 없었다. 키가 훤칠했음에도 그가 '절'이라고 부르는, 옛날 방식으로 무릎을 꿇는 우아한 자세를 취할 때면 프록코트 자락이 바닥에 끌렸다. 남부 의회 의원 차림의 외투와 챙 넓은 모자에 익숙한 워싱턴에서조차 그의 복장은 특이했다. 하숙생 중 하나는 그 옷을 '파더 허버드[11]'라고 불렀는데, 확실히 허리선이 높고 옷자락이 넉넉했다.

하지만 소령은 이 희한한 옷차림과 더불어 주름 잡히고 올이 풀린 넓은 셔츠 앞섶과 한쪽으로 삐뚤게 맨 작고 검은 나비넥타이를 고수했다. 바드먼 부인의 하숙집 사람들은 그의 이런 복장을 좋아했다. 가끔 젊은 매장 직원들은 '그를 잘 구워삶아서' 그가 끔찍이 아끼는 주제인 사랑하는 남부의 전통과 역사에 대해 말하게 했다. 그러면 그는 《일화와 회고록》의 일부를 마음껏 인용해 이야기보따리를 술술 풀어놓았다. 하지만

---

11) Father Hubbard. 옷자락이 길고 품이 넉넉한 여성용 외투를 'Mother Hubbard'라고 부르는 것에서 따왔다.

그들은 그가 이런 계획을 눈치채지 못하게 각별히 조심했는데, 그도 그럴 것이 예순여덟 먹은 노인이라고는 하지만 그가 날카로운 회색 눈동자로 가만히 노려보면 가장 배짱이 두둑하다는 사람조차 안절부절못했기 때문이다.

리디아 양은 서른다섯의 통통한 노처녀로, 머리를 땋아 느슨하게 말아 올린 모습이 실제보다 더 나이 들어 보였다. 그녀 역시 보수적이었지만, 소령처럼 전쟁 이전 남부의 영광을 온몸으로 드러내며 다니진 않았다. 절약 정신이 몸에 밴지라, 집안의 돈을 관리하고 청구서를 들고 온 수금원들을 만나는 건 그녀의 몫이었다. 소령은 하숙비와 세탁비 청구서를 하찮은 골칫거리쯤으로 치부했다. 그는 하루가 멀다 하고 끈질기게 날아드는 청구서를 차곡차곡 쌓아 놓았다가 경제적으로 사정이 좋아지면 한꺼번에 납부하는 건 왜 안 되는지 의문스러웠다. 이를테면《일화와 회고록》이 출간되어 원고료를 지급받았을 때 말이다. 리디아 양은 차분히 바느질을 계속하며 말했다. "돈이 남아 있으면 하던 대로 돈을 내도록 해요. 나중에 한꺼번에 낼 수밖에 없는 때가 오겠지요."

바드먼 부인네 하숙생은 대개 백화점 직원이거나 회사원이었기 때문에 낮에는 집을 비웠다. 하지만 딱 한 명, 아침부터 밤까지 온종일 집 안을 어슬렁거리는 사람이 하나 있었으니, 유명 소극장의 단원인 헨리 홉킨스 하그레이브스라는 젊은이였다. 하숙집 사람 모두가 그를 그렇게 불렀다. 희가극(喜歌劇)의 인기가 지난 몇 년간 상당히 높아진 데다 하그레이브스가 워낙 겸손하고 예의 바른 청년이어서, 바드먼 부인은 별말 없이 그를 하숙생으로 받아 주었다.

극장에서 하그레이브스는 각지 사투리를 잘 구사하는 희극 배우로 이름을 알렸다. 레퍼토리도 다양해서 독일 사람, 아일랜드 사람, 스웨덴 사람과 흑인까지 능수능란하게 흉내 냈다. 그러나 야심이 큰 하그레이브스는 훗날 꼭 정통 희극 배우로 성공할 거라는 원대한 포부를 종종 밝히고는 했다.

이 젊은이는 탤벗 소령에게 매우 호감을 갖는 것 같았다. 소령이 남부 시절의 회고록이나 가장 생생한 일화들을 반복해서 들려줄 때마다 하그레이브스는 언제나 청중 속에 끼어서 가장 열심히 들었다.

처음 얼마간 소령은, 그의 표현을 그대로 옮기자면 '광대'가 근처에서 얼쩡거리는 게 내키지 않았다. 하지만 이내 붙임성 좋고 예의도 바른 데다, 자신이 들려주는 이야기를 분명히 이해하는 이 젊은이에게 마음을 활짝 열었다.

얼마 지나지 않아 두 사람은 오래된 친구처럼 친해졌다. 소령은 그에게 집필 중인 원고를 읽어 주기 위해 매일 오후 시간을 따로 비워 놓았다. 그가 일화를 들려줄 때면 하그레이브스는 적절한 대목에서 웃음을 터트리는 걸 절대 잊지 않았다. 이에 감동을 받은 소령은 어느 날 리디아 양에게 이 젊은 하그레이브스라는 친구가 구제도를 놀라울 만큼 이해하고 있으며, 게다가 그것을 존경하는 점이 만족스럽다고 분명히 말하기까지 했다. 옛날이야기에 관한 한, 탤벗 소령이 들려주려고 마음만 먹으면, 하그레이브스는 언제나 넋을 놓고 들었다.

과거에 대해 이야기하는 걸 좋아하는 노인이 대부분 그렇듯, 소령 역시 사소한 것까지 모두 설명하느라 시간을 끄는 일이 다반사였다. 목화 농장 주인으로 살던 화려하고 근사했던 지난 시절을 묘사하는 대목에서는, 말을 부리던 흑인 노예의 이름이라든가 잡다한 사건들이 벌어진 정확한 날짜, 특정 해에 수확한 목화 더미의 숫자를 기억해 낼 때까지 계속 그 부분만 붙들고 있었다. 하지만 하그레이브스는 절대 짜증을 내거나 흥미를 잃지 않았다. 오히려 그는 그 시절의 생활과 관련해서 갖가지 질문을 던졌고 소령은 항상 즉각적으로 답변해 주었다.

여우 사냥, 주머니쥐 요리가 나오는 저녁 식사, 사교 파티, 흑인 마을에서 열린 잔치, 주변 80킬로미터 내에 사는 손님을 불러다 농장 저택에서 벌인 연회, 이웃 귀족과의 잦은 불화, 결국에는 사우스캐롤라이나 주 출신의 스웨이트 가문 청년과 결혼한, 키티 차머스를 두고 래스본 캘버트슨과 결투했던 일, 모빌만(灣)에서 지인들과 엄청나게 많은 돈을 걸고 벌인 요트 경기, 나이 많은 노예들의 별난 신앙과 경솔함 그리고 충성심, 이런 주제로 이야기를 한번 시작하면 소령과 하그레이브스는 몇 시간이고 거기에 빠져 헤어 나오질 못했다.

때로는 밤늦게 공연을 마치고 집으로 돌아온 이 청년이 위층의 자기 방으로 올라갈라치면, 소령은 서재 문을 열고 나와 그에게 들어오라고 장난스럽게 손짓했다. 방에 들어서면 술병과 설탕 그릇, 과일, 신선한 초록빛 박하 묶음 하나가 탁자 위에 놓여 있었다.

"이런 생각이 들지 뭔가," 소령은 항상 이렇게 형식에 맞춰 운을 띄웠다. "일터에서 맡은 바 소임을 다하느라 힘들고 고달픈 그대야말로, 시인이 '피곤에 지친 자연의 달콤한 회복제'라고 노래한 바로 그것, 남부산 박하 술을 제대로 이해할 수 있는 자가 아닌가 하고 말이야."

하그레이브스는 소령이 박하 술을 만드는 모습을 아주 흥미롭게 관찰했다. 그는 제조를 시작하자 예술가로 돌변했고, 술을 만드는 과정은 언제나 변함이 없었다. 그는 섬세한 솜씨로 박하를 잘게 다지고, 한 치의 오차도 없이 재료의 양을 측정한 다음, 그 위에 선홍색 과일을 정성스레 얹어 진녹색 가장자리와 대비되어 빨갛게 빛나도록 만들었다! 그리고 엄선한 귀리 밀짚 빨대를 찰랑이는 액체 깊숙이 찔러 넣은 후, 완성된 박하 술을 사람들에게 대접하는 그 넉넉한 인심과 품위 있는 모습이라니!

워싱턴에서 넉 달 가까이 지낸 어느 날 아침, 리디아 양은 돈이 거의 바닥났음을 알았다. 《일화와 회고록》의 집필이 끝났음에도 출판업자들이 앨라배마의 주옥같은 감성과 유머를 선뜻 책으로 내려 하지 않았다. 모빌에 세를 놓은 작은 집 한 채가 있었지만, 두 달 동안 월세도 받지 못했다. 사흘 후면 이달 치 하숙비를 내는 날이었다. 리디아 양은 아버지와 상의했다.

"돈이 떨어졌다고?" 그는 놀란 표정으로 말했다. "쥐꼬리만 한 돈을 내라고 그렇게나 자주 채근하다니 짜증 나는 일이구나. 정말 내가…….""

소령은 주머니를 뒤적거렸다. 고작 2달러 지폐가 전부였다. 그는 지폐를 다시 조끼 주머니에 넣었다.

"내가 손을 쓰마, 리디아," 그가 말했다. "우산이나 좀 갖다 주렴. 지금 당장 시내로 가야겠다. 우리 지역구 의원인 풀검 장군이 조만간 내 책이 나올 수 있게 책임지고 힘쓰겠다고 여러 날 전에 약속했다. 지금 장군이 머무는 호텔로 가서 일이 어떻게 돌아가고 있는지 확인해야겠구나."

리디아 양은 슬퍼 보였지만 희미하게 미소를 지으며, 아버지를 배웅했다. 소령은 '파더 허버드'의 단추를 채우고, 언제나 그러듯이 문 앞에서 잠시 멈췄다가 정중히 인사하고 집을 나섰다.

그날 저녁 해가 지고 나서야 소령은 돌아왔다. 풀검 의원이 출판업자를 만나 소령의 원고를 건네준 것 같았다. 원고를 다 읽은 출판업자가 일화를 절반가량으로 가지치기하고, 책 전반에 짙게 배어 있는 지역감정과 계급적 편견을 덜어 낸다면 출판을 고려하겠다고 말한 모양이었다.

소령은 극도로 화가 치밀었지만 리디아가 나타나자 몸가짐을 바로하고 평정심을 되찾았다.

"돈이 필요해요." 리디아가 미간을 찌푸리며 말했다. "2달러라도 주세요. 오늘 밤에 랠프 삼촌에게 조금이라도 부쳐 달라고 전보를 칠게요."

소령은 조끼 윗주머니에서 작은 봉투를 꺼내 탁자 위에 올려놓았다.

"잘한 짓인지는 모르겠다만," 그가 부드럽게 말했다. "얼마 되지도 않는 돈이고 해서, 오늘 밤에 상연하는 연극 표를 샀다. 전쟁을 다룬 신작 연극이란다, 리디아. 워싱턴에서는 초연이라니 너도 보면 좋아할 것 같더구나. 남부를 아주 제대로 묘사했다는 얘기도 들었다. 사실대로 말하자면, 이 연극이 너무 보고 싶지 뭐냐."

리디아 양은 아무 말도 하지 않고 절망스럽다는 듯이 두 손을 들어 올렸다.

결국 그날 저녁 두 사람은 극장에 갔다. 이미 표를 샀으니 그냥 연극을 보는 게 낫겠다 싶었다. 리디아 양은 자리를 잡고 앉아 경쾌한 전주곡을 들으며, 연극을 볼 때만큼은 모든 근심과 걱정을 나중으로 미뤄야겠다고 생각했다. 소령은 얼룩 한 점 없이 깨끗한 리넨 셔츠에 단추를 단단히 여민 부분만 보이는 그 훌륭한 외투를 입고 백발을 매끈하게 빗어 넘겼는데, 그 모습이 기품 있고 멋있어 보였다. 커튼이 올라가며 〈매그놀리아 꽃〉의 서막이 열렸다. 무대 위에 펼쳐진 남부 농장의 전형적인 풍경에 탤벗 소령은 흥미를 보였다.

"오, 이것 보세요!" 리디아 양이 그의 팔을 툭 하고 치면서 들고 있던 공연 안내서를 가리켰다.

소령은 안경을 쓰고 그녀가 손가락으로 짚은 출연진 명단을 읽었다.

웹스터 캘훈 대령 역 — 헨리 홉킨스 하그레이브스.

"우리가 아는 그 하그레이브스 씨예요." 리디아 양이 말했다. "그가 말하던 '정통 연극'에 처음 출연하게 됐나 봐요. 정말 잘된 일이에요."

두 번째 막이 오르고서야 웹스터 캘훈 대령은 무대에 등장했다. 캘훈 대령이 모습을 드러내자, 탤벗 소령은 주변 사람들이 들을 정도로 크게 콧방귀를 뀌더니 몸이 얼어붙은 사람처럼 무대 위 인물을 노려보았다. 리디아 양은 앓는 듯이 끙끙거리며 손안에 든 공연 안내서를 구겨 버렸다. 캘훈 대령은 탤벗 소령과 쌍둥이라 할 정도로 똑같은 모습을 하고 있었다. 그 가늘고 긴, 끝이 말려 올라간 백발 머리, 당당하게 솟은 매부리코, 주름이 지고 올이 풀린 넓은 셔츠 앞섶, 한쪽으로 삐뚤게 맨 나비넥타이까지 거의 복제한 수준이었다. 그리고 그 흉내 내기의 화룡점정은 어디에도 견줄 데가 없는 소령의 외투와 똑같은 옷을 걸친 부분이었다. 치켜세운 옷깃과 위로 올라간 허리선, 넉넉한 아래 자락, 앞쪽이 뒤보다 30센티미터쯤 긴 길이까지 다른 어떤 패턴에서도 구경할 수 없는, 독특하게 만들어진 바로 그 옷이었다. 그때부터 소령과 리디아 양은 무언가에 홀린 사람처럼 앉아서, 나중에 소령이 표현한 바에 따르면, 거만한 탤벗의 꼭두각시가 '타락한 무대 위에서 모욕의 진흙 구덩이 가운데를 이리저리 끌려다니는' 모습을 지켜보았다.

하그레이브스는 자신에게 온 기회를 잘 이용하고 있었다. 그는 소령의 독특한 화법, 말씨, 억양, 거만한 예의범절 등을 완벽하게 파악한 후 공연에 어울리게끔 과장해서 표현했다. 소령이 가장 멋진 인사법이라고 믿어 의심치 않는 그 기막힌 인사를 그가 흉내 냈을 때, 갑자기 청중들이 진심 어린 박수갈채를 보냈다.

리디아 양은 꼼짝도 않고 앉아 있을 뿐, 감히 아버지를 바라볼 엄두를 내지 못했다. 그의 연기가 못마땅하기는 했지만, 그녀는 이따금 터져 나오는 웃음을 숨기려고 아버지 바로 옆에 내려놓은 손을 자신의 뺨에 갖다 대고는 했다.

하그레이브스의 대담한 흉내 내기는 3막에서 최고조에 달했다. 캘훈 대령이 자신의 '서재'에서 이웃 농장주 여럿을 대접하는 장면이었다.

무대 중앙에 놓인 탁자 옆에서 대령이 파티 손님들을 위해 솜씨 좋게 박하 술을 만드는 부분이었는데 그는 주위에 모여든 친구들을 향해 장황하고도 타의 추종을 불허하는, 〈매그놀리아 꽃〉의 그 유명한 독백을 하기 시작했다.

탤벗 소령은 잠자코 앉아 있었지만 얼굴은 분노로 하얗게 질려 있었다. 자신이 최고로 꼽는 이야기가 되풀이되고, 평소에 주장하던 지론과 습관이 거창하게 부풀려지고, 《일화와 회고록》을 출간하겠다는 꿈은 비정상적으로 왜곡되고 있었다. 자신이 가장 좋아하는 일화인 래스본 캘버트슨과의 결투 이야기도 빠지지 않고 들어가 있었다. 실제 자신의 이야기보다 더 열정적이고 자기중심적이며, 감칠맛 나게 각색한 독백이었다.

그는 박하 술을 제조하는 기술에 대해 독특하고 맛깔 나는 강연을 짧게 하며 몸소 시연을 보이는 것으로 그 장면을 마무리했다. 이번에도 탤벗 소령의 정교하고 현란한 제조법이 완벽하게 재연되었다. 향기 나는 풀을 조심스레 다루는 법부터, "여러분, 곡물 낱알에 천 분의 1만큼이라도 압력을 더 주었다간, 하늘이 내려 주신 이 식물에서 향기 대신 쓴맛을 얻게 됩니다."라고 말하며 귀리 짚으로 만든 빨대를 신중하게 고르는 법까지 모두 들어가 있었다.

이 장면이 끝나자 관객들은 일어서서 우레와 같은 박수갈채를 보냈다. 그가 캘훈 대령을 너무도 빈틈없이 정확하게 묘사한 탓에, 다른 주인공들은 관객의 기억 저편으로 사라졌다. 앙코르가 연거푸 반복된 후에야, 하그레이브스는 커튼 앞에 서서 관객을 향해 인사했다. 연기가 성공적이었음을 깨닫자 약간은 소년같은 그의 얼굴이 밝아지며 발갛게 달아올랐다.

마침내 리디아 양이 고개를 돌려 소령을 쳐다보았다. 소령의 얄팍한 콧구멍이 생선 아가미처럼 벌름댔다. 그는 떨리는 두 손으로 의자 손잡이를 짚고 일어서려 했다.

"돌아가자, 리디아," 그가 목이 멘 듯 말했다. "정말이지 불쾌하고 모욕적이구나."

그가 일어나려는 찰나, 그녀가 그를 도로 의자에 앉혔다.

"그냥 계속 봐요," 그녀가 단호하게 말했다. "실제 외투가 지금 눈에 띄면 저 가짜 옷을 홍보하는 꼴이 되지 않을까요?" 그렇게 그들은 끝까지 앉아 있었다.

저녁에도, 다음 날 아침에도 식사 자리에 나오지 않은 걸 보니, 하그레이브스는 전날의 성공을 밤늦게까지 즐기다 돌아온 모양이었다.

오후 3시쯤 하그레이브스가 탤벗 소령의 서재 문을 두드렸다. 소령이 문을 열어 주었고, 그는 조간신문을 손에 들고 걸어 들어왔다. 성공에 도취한 나머지 소령의 태도가 평소와 다르다는 사실을 눈치채지 못하고 있었다.

"소령님, 어젯밤엔 굉장했습니다." 그는 의기양양하게 설명하기 시작했다. "좋은 기회를 잡았는데, 크게 한 방을 친 것 같습니다. 《포스트》에 난 기사예요.

옛날 남부 출신의 대령이라는 인물에 대한 이해력과 묘사는 현재 상연되는 작품 중에서 단연 으뜸이다. 대령의 터무니없이 과장된 말투며 별난 옷차림, 예스러운 표현, 가문에 대한 케케묵은 자부심, 인정 넘치는 마음씨, 명예에 대한 결벽증, 매력적인 순박함 등 모든 묘사가 훌륭하다. 특히 캘훈 대령이 입은 외투는 천재성의 발현 그 자체였다. 하그레이브스는 관객들의 마음을 사로잡았다.

첫 공연에 온 관객들의 반응 치고 어떻습니까, 소령님?"

"영광스럽게도 말이야," 소령의 쌀쌀맞은 목소리가 어딘가 불길하게 느껴졌다. "어젯밤에 자네의 그 인상적인 공연을 관람하고 말았네."

하그레이브스는 어리둥절한 표정이었다.

"거기에 오셨다고요? 소령님이 설마 오실 거라고는…… 저는 소령님이 연극에 관심이 있으신 줄 몰랐습니다. 오, 있잖습니까, 탤벗 소령님," 그가 솔직하게 큰 소리로 털어놓았다. "기분 나쁘게 받아들이지 마십시오. 소령님에게 많은 영감을 얻었고, 덕분에 극 중 역할을 훌륭하게 해내는 데에 큰 도움을 받았습니다. 하지만 그 역할은 인물 유형의 하나일 뿐, 아시다시피 한 개인을 그린 것이 아닙니다. 관객들의 반응이 잘 보여 주지 않습니까. 이 연극을 보러 오는 관객의 절반이 남부 출신입니다. 그들도 그걸 알고 보는 거죠."

"하그레이브스 군," 소령이 선 채로 계속 말했다. "자네는 나에게 견딜 수 없는 모욕감을 주었네. 나라는 인물을 희화화했고, 나의 믿음을 처참히 짓밟았으며, 내가 베푼 호의를 악용했네. 자네가 신사가 마땅히 지켜야 하는 고유한 의무에 대한 개념이 이토록 희박한 사람인 줄 알았더라면, 내 비록 늙은 몸이나 자네에게 결투를 신청했을 걸세. 내 방에서 나가 주게나."

하그레이브스는 살짝 당황한 것 같았다. 그는 이 노신사가 뱉은 말의 속뜻을 정확히 이해하기 힘들었다.

"불쾌하셨다면 진심으로 사죄드립니다," 그가 뉘우치듯이 말했다. "이곳 북부 사람들은 소령님 같은 분과는 세상을 보는 관점이 다릅니다. 제가 아는 사람 중에는 자신이 무대 위에서 그려지고 사람들이 자신을 알아봐 줄 수만 있다면 극장표의 절반을 사겠다는 사람도 있습니다."

"그들은 앨라배마 출신이 아니지 않은가." 소령이 거만하게 말했다.

"그럴지도 모르죠. 소령님, 이래 봬도 제가 기억력이 좋은 편입니다. 소령님이 쓰신 책에서 몇 줄을 제가 인용해 볼까요. 밀레지빌에서 열린 만찬 때였던 듯한데, 건배사에 대한 답으로 이렇게 말씀하시면서 이 말을 글로 남길 생각까지 하고 계셨죠.

북부 사람들은 자신의 감정이 상업적 이익으로 바뀔 수 있는 때를 제외하면 감정이나 온정을 전혀 드러내지 않는다. 그들은 자신이나 사랑하는 사람들의 명예가 실추되더라도, 그 결과로 금전적인 손실을 입지 않는다면 분개하지 않고 비난을 참아 낼 사람들이다. 그들은 자선을 베풀 때는 후하지만, 트럼펫을 불어 자신의 선행을 널리 알리고 놋쇠에 기록으로 남겨야 직성이 풀린다.

소령님은 이런 설명이 지난밤 보신 캘훈 대령에 대한 묘사보다 더 공정하다고 생각하십니까?"

"그 묘사는 말이지," 소령이 눈살을 찌푸리며 말했다. "근거 없는 소리는 아니네. 대중 앞에서 말하다 보면 약간의 과장, 그러니까 융통성은 허용되는 거 아닌가."

"대중 앞에서 연기할 때도 마찬가지겠죠." 하그레이브스가 받아쳤다.

"내 말의 요지는 그게 아니네," 소령이 굽히지 않고 맞받아쳤다. "이건 한 사람을 희화화한 일이야. 단언컨대 나는 이 사건을 그냥 넘어가지 않을 걸세."

"탤벗 소령님," 하그레이브스가 애교 섞인 미소를 지으며 말했다. "부디 저를 좀 이해해 주십시오. 절대 소령님을 모욕할 의도는 꿈에도 없었다는 걸 알아주셨으면 합니다. 제 직업상, 모든 사람의 인생이 곧 저의 인생이기도 합니다. 제가 원하고 할 수만 있다면 모든 걸 흡수하고 무대 위에서 되살려 내는 것이 제 일입니다. 그러니 마음 푸시고, 이 문제는 이쯤에서 매듭지었으면 합니다. 제가 소령님을 뵈러 온 건 다른 이유 때문입니다. 지난 수개월 동안 소령님과 저는 꽤 좋은 친구이지 않았습니까, 그래서 다시 한 번 소령님의 노여움을 살 위험을 무릅쓰고 말씀드리겠습니다. 현재 소령님이 돈에 쪼들리는 상황인 거 압니다. 어떻게 알아냈는지는 묻지 마십시오. 하숙집이라는 곳에서 이런 문제를 숨기기란 힘들지요. 제가 소령님의 곤란한 상황을 해결해 드리고 싶습니다. 저도 수없이 겪어 온 일입니다. 이번에 월급을 꽤 많이 받아서 모아 둔 돈이 좀 있습니다. 소령님을 돕는 일이라면, 몇백 달러나 그 이상이라도 괜찮으니 사정이 좋아지실 때까지……."

"그만하게!" 소령은 팔을 뻗으며 명령하듯 말했다. "마침내 내 책의 내용이 틀리지 않았다는 게 증명되었구먼. 자네는 내 명예에 난 상처를 돈이라는 연고로 낫게 할 수 있다고 믿고 있어. 하늘이 무너져도 난 오다가다 얼굴만 알고 지낸 사람에게 돈을 빌리지 않네. 우리가 지금껏 이야기한 문제를 두고 금전적으로 해결하겠다는 모욕적인 제안을 받아들일 바에는 차라리 굶어 죽고 말겠네. 다시 한 번 간곡히 부탁하지만 내 방에서 나가 주게나."

하그레이브스는 아무 말 없이 방을 나갔고, 바로 그날 하숙집을 떠났다. 저녁 식사 자리에서 바드먼 부인이 전해 준 바에 따르면, 그는 일주일 동안 〈매그놀리아 꽃〉을 상연할 극장과 가까운 시내 하숙집으로 거처를 옮겼다고 했다.

탤벗 소령과 리디아 양의 상황은 심각한 지경에 이르렀다. 소령의 답답한 성격 때문에 워싱턴에서는 돈을 꿀 만한 사람이 없었다. 리디아 양이 랠프 삼촌에게 편지를 부쳤지만, 가뜩이나 형편이 좋지 않은 삼촌이 선뜻 도움을 줄지 의문이었다. 압박감에 어찌할 바를 모르던 소령은 하는 수 없이 바드먼 부인에게 "임대료가 연체된 데다가 친척이 송금을 여태껏 미루고 있다."라고 변명을 늘어놓아야만 했다.

도움의 손길은 예상하지 못한 곳에서 왔다.

어느 늦은 오후, 현관에서 하녀가 올라와 나이 많은 흑인 하나가 탤벗 소령을 만나 뵙기를 청한다고 알렸다. 소령은 그를 들여도 좋다고 허락했다. 곧이어 나이 지긋한 흑인이 문간에 들어서서 한 손에 모자를 들고 한쪽 발을 어색하게 움직이며 굽실거리듯 넙죽 인사를 했다. 헐렁한 검정색 양복을 그럴싸하게 차려입은 모습이었다. 큼직하고 허름한 신발은 금속처럼 매끈하게 윤이 나서 반짝거리는 난로를 보는 듯했고, 텁수룩한 머리카락은 회색을 넘어 거의 흰색에 가까웠다. 이 초로의 흑인이 몇 살인지 짐작하기는 어려웠다. 탤벗 소령과 비슷한 연배인 것 같았다.

"저를 못 알아보시는 게 분명하구먼요, 펜들턴 나리." 이게 그가 처음으로 뱉은 말이었다.

친근한 옛날식 호칭을 듣자 소령은 일어나 앞으로 나왔다. 옛날 남부의 농장에서 일하던 흑인 중 하나가 틀림없었다. 하지만 그들은 뿔뿔이 흩어진 지 오래인지라, 얼굴이나 목소리가 떠오르지 않았다.

"기억이 잘 나지 않네," 그가 상냥하게 말했다. "자네가 기억할 수 있게 도와준다면 모를까."

"신디의 모즈 생각 안 나십니까요, 펜들턴 나리? 전쟁이 끝나고 곧바로 이사를 나갔던 놈인뎁쇼."

"잠깐만 기다려 보게," 소령이 손가락 끝으로 이마를 문지르며 말했다. 그는 그리운 시절과 관련된 일이라면 무엇이든 회상하는 것을 좋아했다.

"신디의 모즈라," 그가 되뇌었다. "자네 말 사육장에서 일하지 않았나, 망아지도 길들이고. 그래, 이제 생각나네. 남부가 북부에 항복하고, 새로 이름을 얻었지…… 가만있어 보게……. 그래, 미첼이었어, 그리고 서부로 갔지…… 맞아, 네브래스카였네."

"맞습니다요, 맞습니다요," 노인은 기뻐서 활짝 웃었다. "바로 그 사람입니다요, 그 사람. 네브래스카. 그게 접니다요. 모즈 미첼. 엉클 모즈 미첼, 이제 다들 저를 그렇게 부릅죠. 예전 주인님, 그러니까 나리의 부친께서 제가 먼 길을 떠날 때 노새 새끼 한 쌍을 주셨습죠. 노새 새끼 기억안 나십니까요, 펜들턴 나리?"

"노새는 떠오르지 않네," 소령이 말했다. "자네도 알겠지만 나는 전쟁이 일어났던 해에 결혼해서 폴린스비의 오래된 저택에서 살지 않았나. 어쨌거나 자리에 앉게나. 엉클 모즈. 만나서 반갑네. 그동안 살림살이는 좋아졌겠지."

엉클 모즈는 의자에 앉은 다음 모자를 의자 아래 마룻바닥에 사뿐히 내려놓았다.

"그렇습니다요. 근래 들어 꽤나 유명 인사가 되었습죠. 제가 처음 네브래스카에 도착했을 때 동네 사람들이 노새 새끼를 보겠다고 사방에서 몰려들었지요. 네브래스카에선 노새를 구경하기 힘들었으니까요. 저는 그 노새 새끼들을 3백 달러에 팔았습죠. 네, 3백이었습니다요.

그 돈으로 저는 대장간을 차렸고, 돈을 좀 모아 땅을 샀지요. 저와 제 안사람은 아이도 여럿 낳았고, 죽은 두 놈만 빼면 모두 잘 자라 주었습니다요. 몇 년 전에는 제가 가진 땅을 따라 철길이 들어서더니 근방에 마을이 생기지 뭡니까요, 펜들턴 나리. 엉클 모즈는 이제 현금, 집, 땅을 모두 합쳐 재산이 천 달러나 되는 부자가 되었습니다요."

"반가운 소식이네." 소령이 진심으로 말했다. "참으로 기쁜 소식이야."

"나리의 그 조그맣던 아기는…… 나리가 리디아 양이라고 이름을 지었지요……. 이제 어른이 돼서 아무도 못 알아보겠구먼요, 펜들턴 나리."

소령은 문으로 다가가 리디아를 불렀다. "리디아, 이리 좀 오렴."

자기 방에서 나와 서재로 들어선 리디아 양은 장성한 모습이었으나, 얼굴에는 약간 수심이 어려 있었다.

"보십시오! 제가 나리께 뭐라고 했습니까요? 그 귀엽던 아기가 이렇게 의젓한 어른이 될 거라고 저는 진즉에 알았습죠. 이 엉클 모즈가 기억이 안 나십니까, 아가씨?"

"이쪽은 신디 아줌마의 남편 모즈 씨다, 리디아." 소령이 설명해 주었다. "네가 두 살일 때 서니메드 농장을 떠나 서부로 갔단다."

"글쎄요." 리디아 양이 말했다. "엉클 모즈, 두 살에 본 아저씨를 기억하는 건 무리예요. 말씀대로 저는 지금 '의젓한 어른'이 되었고 좋았던 시절은 오래전이네요. 기억은 나지 않지만 만나서 반갑습니다."

리디아는 진심으로 반가웠다. 소령 역시 그랬다. 손으로 만질 수 있는 살아 있는 존재가 찾아와 그들이 행복했던 과거와 연결 고리를 이어 준 것이다. 세 사람은 앉아서 옛이야기를 하기 시작했고, 소령과 엉클 모즈는 상대방의 이야기를 바로잡아 주기도, 잊었던 일을 상기시켜 주기도 하며 농장에서 살던 시절의 일화들을 되짚었다.

소령은 그에게 무슨 일로 집에서 먼 이곳까지 왔는지 물었다.

"이 엉클 모즈가 이 도시에서 열리는 침례교 총회에 대표로 참석하게 되었습죠." 그가 설명했다. "설교를 한 적은 없지만, 교회에 장로로 상주하는 데다 경비를 스스로 부담할 수 있다고 하니 저를 대표로 보냈죠."

"우리가 워싱턴에 머물고 있다는 사실은 어떻게 알았나요?" 리디아 양이 물었다.

"제가 머무는 호텔에 모빌 출신의 흑인 하나가 일하고 있습죠. 그가 어느 날 아침에 펜들턴 나리께서 이 집에서 나와 식사를 하러 가는 모습을 보았다고 말해 주었습죠."

"제가 여기 온 이유는 말입죠," 엉클 모즈가 주머니에 손을 넣으며 말을 이었다. "고향 사람들을 만나는 김에 겸사겸사해서…… 펜들턴 나리께 진 빚을 갚기 위해서입니다요."

"나에게 빚을 졌다고?" 소령이 놀라서 물었다.

"그렇습니다요. 3백 달러입지요." 그는 지폐 꾸러미를 소령에게 건넸다. "제가 농장을 떠날 때 옛 주인님께서 이렇게 말씀하셨지요. '저 노새 새끼 한 쌍을 데리고 가게나, 모즈. 그러다 신세가 좀 나아지면 그때 갚도록 하게.' 그게 그분의 마지막 당부셨습니다요. 전쟁으로 주인님도 가난해지셨는데도 말입죠. 옛 주인님이 오래전에 고인이 되셨으니, 펜들턴 나리께 빚을 갚는 게 마땅합니다요. 여기 3백 달러입니다요. 이 엉클 모즈는 이제 이 돈을 갚고도 남을 만큼 사정이 좋아졌습니다요. 철도 회사에 땅을 팔 때, 노새 값을 갚으려고 돈을 따로 떼어 놓았습죠. 맞는지 세어 보세요, 펜들턴 나리. 제가 노새 새끼를 팔고 받은 돈입니다요."

탤벗 소령의 눈에 눈물이 고였다. 그는 엉클 모즈의 손을 잡고, 나머지 한 손으로 그의 어깨를 붙들었다.

"이보게, 나의 오래된 충복(忠僕)이여," 그가 떨리는 목소리로 말했다. "이 팬들턴 나리는 지난주에 수중에 남은 돈을 모두 다 썼다는 말을 괘념치 않고 하는 바이네. 우리는 남부의 옛 체제에 대한 충성과 헌신의 징표이자 부채의 반환이라는 의미로 이 돈을 받아들이겠네. 리디아, 이 돈을 받아라. 나보다는 네가 더 돈 관리를 잘하니 말이다."

"받으세요, 아가씨," 엉클 모즈가 말했다. "이건 나리의 것입니다. 탤벗 가문의 돈입니다요."

엉클 모즈가 떠나고, 리디아 양은 실컷 울었다. 그것은 기쁨의 눈물이었다. 소령은 구석으로 고개를 돌리고 도제(陶製) 담뱃대로 담배를 세차게 피워 댔다.

그날 이후 탤벗 소령은 평온과 안녕을 되찾았다. 리디아 양의 얼굴에도 수심이 가시었다. 새 프록코트를 걸친 소령은 남부 황금시대의 인물을 형상화한 밀랍 인형 같았다. 《일화와 회고록》을 읽어 본 다른 출판업자가 원고를 약간 손보고 너무 두드러진 장면에 힘을 좀 빼면 잘 팔리는 좋은 책이 될 수 있을 거라고 일러 주었다. 모든 일이 순조롭게 풀렸고, 고생 끝에 찾아온 이 은혜로운 순간보다 앞으로가 더 달콤해질 거라는 희망이 조금씩 보였다.

행운이 찾아온 지 일주일 정도 지난 어느 날, 하녀가 리디아 양에게 온 편지를 방으로 갖다 주었다. 소인을 보니 뉴욕에서 온 편지였다. 뉴욕에 아는 사람이 없는 리디아 양은 궁금증에 살짝 떨리는 마음으로 탁자 옆에 앉아 가위로 봉투를 열었다. 내용은 이러했다.

친애하는 리디아 양에게

제가 행운을 얻었다는 소식을 들으면 아가씨가 기뻐해 주실 거라 생각합니다. 저는 뉴욕의 전속 극단 한 군데로부터 〈매그놀리아 꽃〉의 캘훈 대령을 연기하는 조건으로 주당 2백 달러의 급료를 받게 되었습니다.

더불어 알려 드릴 일이 하나 더 있습니다. 이 일은 탤벗 소령님께는 말하지 않는 게 좋을 듯합니다. 저는 캘훈 대령 역할을 연구하는 데에 지대한 도움을 주시고 그로 인해 심기가 불편해지신 것에 대해 소령님께 보답하고 싶은 마음이 굴뚝같았습니다. 하지만 소령님은 제 마음을 거절하셨지요. 어쨌건 결국에는 보답을 했습니다. 별 탈 없이 3백 달러를 전달해 드렸으니까요.

진심을 담아,
헨리 홉킨스 하그레이브스 올림.

추신. 제가 연출한 엉클 모즈 역할은 어떠셨나요?

마침 복도를 지나가던 탤벗 소령이 리디아 양의 방문이 열린 것을 보고 들렀다.

"오늘 아침에 편지 온 게 없느냐, 리디아?" 리디아 양은 드레스의 주름 밑으로 편지를 집어넣었다.

"《모빌 크로니클》 신문이 왔어요," 그녀가 망설이지 않고 대답했다. "아버지 서재 책상 위에 올려놓았어요."

해설편

말년의 오 헨리

오 헨리는 19세기 중반 미국 문예 부흥기에 너새니얼 호손(Nathaniel Hawthorne, 1804~1864), 에드거 앨런 포(Edgar Allan Poe, 1809~1849)가 수립한 단편 소설 전통을 계승·발전시켰으며, 약 300편의 작품을 남겨 오늘날 미국 단편 소설계의 거장으로 자리매김했다.

밑바닥에서 싹튼 휴머니즘의 문학
– 소외된 인간을 향한 오 헨리의 선물, 《오 헨리 단편선》 –

I. 오 헨리의 생애

오 헨리를 사랑하는 많은 사람들은 그의 작품을 두고 흔히 '눈물을 글썽이며 웃게 되는(Smile with tears)' 소설이라고 말한다. 그의 작품에 반복적으로 등장하는, 예상치 못한 반전의 결말을 두고 하는 말이다. 그런데 이 표현은 휴머니즘과 유머를 품고 있는 오 헨리의 작품 세계를 정확하게 드러내는 말이기도 하다. 가슴 따뜻한 감동과 재기 넘치는 풍자가 그의 작품 전반을 관통하여 흐르고, 그것들이 자아내는 '눈물'과 '웃음'은 오 헨리 작품의 핵심적 정서이자 작가 자신의 드라마 같은 인생 역정이 낳은 생생한 결과물이다.

오 헨리는 누구보다 불행한 어린 시절을 보낸 작가이다. 그의 본명은 윌리엄 시드니 포터(William Sydney Porter)로, 1862년 미국 노스캐롤라이나 주(州) 그린즈버러에서 태어났다. 그러나 그가 세 살 때 어머니가 폐병으로 죽고, 꽤 평판 좋은 의사였던 아버지마저 알코올 중독으로 폐인이 되었다. 결국 어린 오 헨리는 숙모 라이너 포터의 손에 자라게 되는데, 우연히 그의 문학적 재능을 알아차린 숙모가 그에게 디킨스, 콜린즈, 뒤마 등의 작품을 읽히며 그에게 문학에 대한 흥미를 불러일으켜 주었다. 오 헨리가 문학에 눈뜬 건 바로 이 시기부터였다.

《양배추와 임금님》
1904년에 출간한 오 헨리의 첫 단편집이다.

그는 어려운 집안 형편 때문에 상급 학교 진학을 포기했고, 열다섯 살이 되던 해부터 사회생활을 시작한다. 약제사 견습생부터 카우보이, 우편배달부, 토지 관리인, 은행 출납계 직원, 주간지 편집장, 기자 등 그가 거쳐 간 여러 직업과 거기에서 만난 인간 군상, 당시 겪은 다양한 일들은 추후 그가 작품을 쓰는 데에 상당한 자양분이 되었다.

1896년 그는 일생일대의 사건을 겪게 된다. 예전에 직원으로 일했던 오스틴 은행으로부터 공금 횡령 혐의로 고소를 당한 것이다. 그는 법정으로 가던 도중에 도주하여 신문 기자로 일하면서 잠시 은둔 생활을 하지만, 1년 뒤 아내가 폐결핵으로 죽어 간다는 소식을 듣자 체포될 각오를 하고 다시 돌아온다. 결국 오 헨리는 3년 3개월 동안 감옥에서 살게 된다. 이때 틈틈이 단편 소설을 쓰기 시작한 그는 마침내 1899년에 '오 헨리'라는 필명으로 《매클루어》지(誌)에 〈휘파람 딕의 크리스마스와 스토킹〉이라는 첫 단편 소설을 발표한다. 스스로 감옥 생활에 대해 '인간을 영혼도 감정도 없는 동물로 여기는 삶'이라고 묘사했다시피, 수감 생활은 분명 그의 개인사에서 불행한 사건이었다. 하지만 아이러니하게도 바로 이 사건이 휴머니즘을 바탕으로 한 그의 주옥같은 작품들을 탄생시킨 결정적인 계기가 되었다.

1901년 감옥에서 풀려난 오 헨리는 이듬해 뉴욕으로 이주하여 본격적으로 작품을 쓰기 시작한다. 그의 의욕적인 작품 활동은 《뉴욕 월드》 일요판에 매주 한 편의 작품을 싣는 일을 계기로 절정에 달하는데, 그는 일주일에 한 편씩 글을 쓰는 생활을 4년 내내 지속했으며 이때에 가장 많은 작품을 써냈다. 그리고 그는 이 시기를 지나면서 높은 인기와 명성을 누리며 유명 작가 대열에 합류하게 된다. 1904년에 첫 단편집 《양배추와 임금님》을 시작으로 《4백만》, 《손질된 등불》, 《서부의 마음》, 《도시의 목소리》, 《점잖은 사기꾼》, 《운명의 길》, 《선택권》 등 유수의 단편집을 출간했으며, 10년의 세월 동안 단편 소설을 300편 가까이 집필했다. 장편은 단 한 편도 쓰지 않고, 오로지 단편 소설에만 집중해 미국 문학계에 새로운 지평을 연 오 헨리는 1910년 뉴욕에서 간경변으로 생을 마감했다.

Ⅱ. 오 헨리의 작품 세계

1

오 헨리를 20세기가 낳은 가장 위대한 단편 소설 작가로 인정하는 이들이 최고로 꼽는 오 헨리의 미덕은 그의 작품이 지향하는 '휴머니즘적 세계관'이다. 이는 남녀노소 할 것 없이 그의 작품을 즐겨 읽고, 특히 한국을 비롯한 전 세계 학생들의 필독서 목록에 그의 작품이 빠지지 않는 이유이기도 하다.

오 헨리의 작품에는 유독 가난과 실패, 좌절을 꼬리표처럼 달고 다니는 밑바닥 인생이 자주 등장한다. 그의 펜은 저임금에 시달리는 월급쟁이, 도둑, 부랑자, 실패한 예술가 등 경쟁에서 소외된 비루한 인물들을 음지에서 끌어내 대도시의 화려한 불빛과 차가운 아스팔트 한가운데로 불러 세운다. 그리고 진지한 태도로 목도한 그 가슴 찡하고 너저분한 하루살이를 재치와 유머로 따뜻하게 감싸 안는다. 마치 이 세상에 소중하지 않은 사람은 하나도 없다는 듯이 그들의 사연에 귀 기울이는 것이다.

이런 휴머니즘적 서술은 작품 속 주인공들이 과거의 오 헨리 자신이거나, 그가 가까이 살면서 마주친 이웃들이기 때문에 가능한 것이다. 그 자신이 생활고 때문에 궁핍한 생활을 견뎌야 했고, 도망자 신세로 사랑하는 아내를 떠나보냈으며, 힘겨운 감옥살이를 이겨 내며 체득한 인생을 통해 얻은 필력인 것이다. 그가 "단편 소설을 쓸 때 가장 중요한 것은 살면서 만난 사람들을 주인공으로 삼는 일이다. 삶이 허구보다 더 기구하지 않은가. 내 모든 작품은 내 인생 여정을 통해 겪은 실제 경험을 바탕으로 쓰였다."라고 말한 부분에서도 이러한 점이 잘 드러난다. 작가 윌리엄 사로얀(William Saroyan, 1908~1981)이 미국인이 오 헨리를 사랑하는 이유에 대해 "오 헨리는 평범한 사람이었다. 하지만 그는 평범하면서 동시에 특별한 사람이었다. 모든 사람이 특별하지 않은가."라고 설명한 것도 같은 맥락이다. 뉴욕에 입성한 후 그는 거리를 방황하며 평범한 사람들의 그다지 특별할 것 없는 일상을 즐겨 관찰했으며, 감옥의 밑바닥 인생을 견딘 자신의 삶을 사람들의 인생과 동일시할 수밖에 없었다. 그렇기 때문에 그는 스스로를 예술가라기보다는 '저널리스트'라고 지칭하길 선호했다.

그런데 오 헨리가 저널리스트의 시선으로 사회의 낮은 곳을 즐겨 묘사한 이유가 단지 우연한 인생 경험에서만 비롯되지는 않았다. 그 경험의 밑바탕에는 당시 미국 사회의 풍경이 깔려 있다. 남북전쟁 이후 미국은 급격한 산업화와 공업화를 거치며 경제 대국으로 성장하는 발판을 마련하게 된다. 경제 체제가 농업에서 공업 중심의 제조 산업으로 변화하면서 사람들이 도시로 몰려와 대도시가 발달하고 노동과 자본 집약적 산업을 기반으로 나라 전체적으로 엄청난 경제적 부흥을 이루지만, 산업화는 그에 못지않은 사회적 역기능을 낳았다. 〈크리스마스 선물〉, 〈추수 감사절의 두 신사〉, 〈20년 후〉, 〈가구 딸린 셋방〉, 〈손질된 등불〉 등에 나오는 가난하고 소외된 주인공들은 모두 근대 자본주의가 낳은 부산물인 셈이다. 이에 대해 오 헨리의 전기 작가인 알폰소 스미스(Alphonso Smith, 1864~1924)는 "워싱턴 어빙(Washington Irving, 1783~1859)이 단편 소설을 '전설화'했고, 에드거 앨런 포가 그것을 '표준화'했으며, 너새니얼 호손이 그것을 '우화화'했고, 브렛 하트(Bret Harte, 1836~1902)가 그것을 '지역화'했다면, 오 헨리는 그것을 '인간화'했다."고 말했다[1]. 오 헨리는 상류층의 삶에 귀를 기울이기보다는 하루 벌어 하루 사는 하층민의 삶을 묘사하는 데에 심혈을 기울이며, 미국 단편 소설 역사에 최초로 휴머니즘의 숨결을 온전히 불어넣은 작가인 것이다.

2

오 헨리의 작품에서 두드러지는 또 다른 특징은 휴머니즘에서 자연스레 귀결되는 윤리적이고 교훈적인 주제 의식이라고 할 수 있다. 수백 편에 달하는 그의 단편 소설 중 교훈적인 주제를 벗어난 작품을 찾기란 쉽지 않다. 게다가 묘사나 서사를 통해서 주제를 은연중에 드러내기보다

---

1) 강대진 외, 《서양의 고전을 읽는다 3》, 휴머니스트, 2006. 290~291쪽에서 재인용.

직접적으로 작품에 개입해 주제를 강조하는 방법은 그가 얼마나 도덕적 교훈을 중시했는지를 보여 준다.

사실 이런 특성은 오 헨리가 살았던 19세기 빅토리아 시대 문학의 전통을 이어받은 것이기도 하다. 당시 영국을 중심으로 한 서구 사회에서는 사실주의를 바탕으로 도덕적인 문제점을 제시하고 해결하는 문학이 성행했다. 급변하는 산업 사회에서 새로운 문제에 직면한 당시 독자의 요구가 반영된 결과였다. 오 헨리의 작품 역시 그런 빅토리아 문학의 특성에서 크게 벗어나지 못하고 있음을 알 수 있다.

하지만 당시의 여타 작가와는 달리 휴머니즘으로 무장한 오 헨리는 작품 속에서 어떤 미덕보다도 '사랑'과 '희생'을 가장 숭고하고 고귀한 가치로 다루었다. 서로에게 가장 멋진 크리스마스 선물을 선사하기 위해 자신이 가장 아끼는 보물을 희생한 〈크리스마스 선물〉의 짐과 델라, 아끼는 사람을 위해 일생일대의 걸작을 남기고 자신의 목숨을 바친 〈마지막 잎새〉의 버만, 약혼녀의 조카를 살리기 위해 은행 강도라는 숨기고 싶은 과거를 드러내고야 마는 〈개심(改心)〉의 지미 밸런타인, 사랑하는 여인을 찾지 못하자 끝내 그녀와 같은 방법으로 목숨을 끊는 〈가구 딸린 셋방〉의 주인공 등 작품 속 인물 대부분이 결론적으로 구현하고 있는 가치는 사랑과 희생이다.

다시 말해 사랑과 희생은 자본주의가 빚어낸 물질 만능주의와 빈부 격차가 만들어 낸 냉혹한 현실에서 등장인물들이 삶을 버틸 수 있는 유일한 목적인 것이다. 19세기 말에서 20세기 초 미국이라는 사회적 배경, 즉 전례 없는 물질적 가치가 사회 전반을 파고드는 환경 속에서 인간적 가치들은 더욱 절실해지고 빛을 발한다. 그렇기 때문에 오 헨리는 등장인물을 자본주의에서 낙오한 실패자로 설정한 후 그 궁핍과 결여의 순간을 가장 최고의 가치인 사랑과 희생으로 메우는 것이다. 이런 환경 설정과 결말에서 드러나는 주제 의식의 명확한 대조를 통해 오 헨리는 그 어떤 상황에서도 궁극적으로 추구해야 할 가치가 무엇인지 직접적으로 드러내려고 한다. 사실 이런 도덕적 가치를 설파하기 위해 유머와 눈물, 감동이 한데 어우러진 멋진 서사 구조를 만들었다고 보는 것이 합당할 듯하다. 이는 그가 한 작품에서 "훌륭한 이야기는 겉에 설탕을 입힌 쓴 알약과도 같다."고 말한 것에서도 드러난다. 흔히 '당의설(糖衣說)'이라고 부르는 이 문학 이론은 몸에 좋은 약의 씁쓸함을 숨기기 위해 겉에 달콤한 설탕을 입히는 것처럼, 가슴 뭉클하고 감미로운 서사를 통해 교훈적인 메시지를 효과적으로 전달하는 방식을 일컫는다. 건조하고 직설적으로 교훈을 강조했을 경우 독자가 거부감을 느낄 수 있으므로 삼키기 좋은 달콤한 이야기로 겉을 포장하는 것이다.

쓰디쓴 교훈을 달콤한 포장으로 덮은 이러한 기법을 우리는 오 헨리의 수많은 단편 소설에서 발견할 수 있다. 자본주의 사회가 놓치고 있는 중요한 가치들을 오 헨리만큼 부드럽게 요리하는 작가를 찾기는 힘들 것이다. 하지만 지나치게 교훈적인 내용을 강조한다는 점은 오 헨리 작품의 단점으로 꼽히기도 한다.

3

방대하고 화려한 어휘력, 말장난, 유머 등 오 헨리의 작품에는 그만의 고유하면서도 다양한 문학적 특징이 눈에 띈다. 하지만 그의 작품에서 가장 유명한 문학적 기법을 꼽으라면, 주저 없이 '트위스트 엔딩(twist ending)'이라고 말할 수 있다. 트위스트 엔딩이란 독자가 줄거리를 따라가며 쌓은 결말에 대한 기대나 예상이 갑자기 뒤집어지며 극적 반전이 일어나는 것을 일컫는다. 비극을 희극으로 혹은 그 반대로 반전시키기도 하고, 역설적 상황을 부각시키기도 하는 등, '웃기면서도 동시에 슬픈' 결말을 만들어 독자의 페이소스[2]를 한껏 끌어올리는 결과를 가져오는 장치이다. 주로 주인공에게 노출된 정보는 독자에게도 그대로 보이기 때문에, 주인공의 예상과 실제 사건의 결말이 엄청난 괴리가 있을 때 독자가 주인공이 겪는 충격을 비슷하게 느끼는 구조가 많다.

기대치와 결말 사이의 낙차는 단순히 극적 재미를 배가시키는 역할을 할 뿐만 아니라, 효과적으로 주제를 강조하는 역할을 하기도 한다. 〈마지막 잎새〉, 〈크리스마스 선물〉, 〈하그레이브스의 멋진 연기〉, 〈추수 감사절의 두 신사〉, 〈구두쇠 연인〉, 〈20년 후〉 등 거의 모든 작품에서 그의 전매특허와도 같은 극적 반전을 볼 수 있고, 주제 의식은 대부분 트위스트 엔딩을 거치며 비로소 구체화되고 완성된다.

트위스트 엔딩의 전형을 보여 주는 〈크리스마스 선물〉을 예로 들어 보자. 델라가 자신의 보물로 여기는 폭포수 같은 머리카락을 팔아 짐을 위한 시곗줄을 마련하는 모습만으로도 사랑과 희생을 강조하는 오 헨리의 의도는 충분히 드러난다. 하지만 작품의 결말에서 짐 역시 자신의 가보인 시계를 팔아 버렸고, 두 사람의 선물이 서로에게 아무런 쓸모가 없다는 것이 밝혀지는 순간, 사랑하는 사람을 위해 가장 소중한 것을 버린 희생의 가치는 한층 깊어진다.

---

2) Pathos. '고민, 동정과 연민의 감정, 애상, 비애, 정념' 등을 뜻하는 그리스어 '파토스'의 영어식 발음이다. 문학에서는 독자에게 연민, 동정, 슬픔의 감정을 느끼게 하는 것을 일컬으며, 흔히 비극적 주인공의 처절하고 고통스러운 운명에 대한 동정적인 의미로 사용된다.

| 1920년대 뉴욕 브로드웨이 전경

〈추수 감사절의 두 신사〉는 부랑자 스터피 피트가 추수 감사절을 미국의 전통으로 삼기 위한 초석을 쌓는다는 사명하에 과식을 하다가 결국 탈이 난다는 내용으로, 얼핏 보면 우스꽝스럽고 풍자적인 일화인 듯하다. 하지만 작품이 끝나려는 찰나에 반전이 일어난다. 스터피에게 매년 추수 감사절마다 식사를 제공하던 노신사가 배고픔에 쓰러져 병원에 실려 온 것이다. 본인은 굶을지언정 소외된 이들을 대접하는 관습을 차마 포기할 수 없었던 노신사의 희생은, 이런 사실을 모르고 노신사의 전통을 지켜 주기 위해 고통스러운 과식을 감행한 스터피의 희생과 맞물리면서 아이러니와 오묘한 감동을 선사한다.

〈하그레이브스의 멋진 연기〉의 트위스트 엔딩 역시 주제를 더욱 부각시킨다. 남부 출신의 고지식한 탤벗 소령은 자신을 흉내 내는 하그레이브스의 연기를 본 후 막역한 친구였던 그를 멀리한다. 심지어 자신의 쪼들리는 경제 상황을 해결해 주겠다는 하그레이브스의 청도 거절한다. 그러는 사이 탤벗 소령의 경제 상황은 최악으로 치닫게 되는데, 그때 마침 '엉클 모즈'가 나타나 수십 년 전 탤벗 소령의 아버지께 진 빚을 갚겠다며 소령의 경제적 어려움을 해결해 준다. 이상의 이야기만으로도 이 작품은 충분히 신의의 중요성과 가치를 강조한다. 그리고 작품은 이렇게 마무리되는 것처럼 보인다. 하지만 마지막 부분에 이르러 엉클 모즈가 하그레이브스였다는 사실이 밝혀지면서, 신의와 우정의 메시지는 한층 더 짙어진다.

물론 모든 반전이 극에 깊이를 더해 주는 것은 아니다. 지나친 반전은 개연성을 떨어뜨려 이야기의 설득력을 약하게 만든다. 하지만 오 헨리의 트위스트 엔딩이 자연스러운 이유는 그가 솜씨 좋은 건축가처럼 철저하고 세심하게 작품 전반을 설계하고 있기 때문이다. 언어의 연금술사라고 불릴 만큼 뛰어난 어휘력과 묘사를 통해 그는 초반부터 주인공은 물론 독자들도 결론을 예상하지 못하게 눈속임을 한다. 그리고 결말이 드러나는 순간 그 모든 장치들이 복선이자 결말을 받아들이게 만들기 위한 사전 작업이었음을 깨닫게 한다. 결국 트위스트 엔딩의 힘은 반전 자체에 있는 것이 아니라, 오 헨리의 뛰어난 플롯 구성과 묘사에서 비롯한다고 볼 수 있다.

4

오 헨리의 작품에는 당시 소설에서 보기 드문 포스트모더니즘[3]적 경향이 드러난다. 그의 작품 곳곳에서는 전지적 시점을 통해 작가 목소리가 이야기에 개입하는 부분을 심심찮게 발견할 수 있다. 작품의 바깥에 위치한 작가가 현란한 말솜씨와 능수능란한 플롯 전개로 이야기를 끌고 나가다 갑자기 작품 속으로 끼어드는 것인데, 독자들은 그 순간 이야기에 몰입하지 못하고 현실로 튕겨 나오게 된다. 대표적인 예인 〈크리스마스 선물〉의 마지막 문단을 살펴보자.

> 여기에 나는 싸구려 아파트에 사는 바보스러운 젊은 부부 한 쌍의 평범한 이야기를 두서없이 늘어놓았다. 그들은 어리석게도 서로를 위하는 마음 때문에 자신이 가장 아끼는 보물을 잃어버렸다. 하지만 오늘을 사는 현명한

---

3) Postmodernism. 모더니즘을 '넘어선다(post-)'는 의미로, 현실에 통일성과 질서를 부여하려고 노력했던 모더니즘과는 달리 탈(脫)중심과 다양성을 추구한 예술 경향이다. 문학 작품에서는 원작을 패러디하거나, 작가가 작품 속 인물이나 독자와 대화를 나누거나, 또는 기승전결의 일반적인 구성을 따르지 않는 현상 등으로 나타난다.

사람들에게 마지막으로 정말 하고 싶은 말은 선물을 주는 모든 사람들, 아니 선물을 주고받는 모든 사람들 가운데 그들이 가장 현자라는 것이다. 세상에 이들보다 더 현명한 사람은 없다. 그들이 바로 동방박사들이다.

델라와 짐이 서로를 위해 자신의 보물을 희생한 사실이 드러나면서 끝나는 듯하던 순간 갑자기 작가의 목소리가 등장한다. 그리고 이들의 희생을 동방박사의 선물보다 더욱 아름다운 선물로 정의하며 희생의 고결한 가치를 강조한다. 이런 작품 밖 목소리의 등장은 한편으로 작품의 주제를 강조하려는 의도로 보이지만, 동시에 작품 외부의 실재를 끌어들임으로써 이것이 극화(劇化)된 작품임을 상기시키는 역할을 하기도 한다. 〈손질된 등불〉과 〈백작과 결혼식 손님〉 역시 마찬가지다.

이쯤에서 6개월 후로 시간을 옮겨 두 사람을 여러분에게 인사시키고 싶다. 참견하기 좋아하는 독자 여러분께 제 친구인 두 숙녀 낸시 양과 루 양을 소개하겠다. 두 아가씨와 악수를 하면서 조심스럽게 두 사람의 복장을 눈여겨보기 바란다. 조심스럽게 보는 걸 잊지 말아야 한다. 특별석에 앉아 말 전시회를 구경하는 아가씨들을 보듯 빤히 쳐다보았다가는 난데없이 화를 낼 테니까 말이다.
　　　　　　　　　　　　　　　　　　　　　　　　– 〈손질된 등불〉

아가씨라면 부디 이 조합에 주목하라. 온통 검은색을 걸치되 크레이프, 다시 말해 얇은 프랑스제 비단 재질이어야 한다. 검은 드레스와 상념에 잠긴 슬픈 얼굴, 검은 베일 아래에 드리운 빛나는 머리카락(당연히 금발이어야 한다.)은 필수다. 그리고 죽음의 문턱 앞에서 꽃다운 인생이 끝나기만을 기다릴지언정 공원을 산책하면 기분이 나아질 것 같은 표정을 지으며 때마침 문 앞에 나타나는 것이다. 오, 이러면 남자들은 매번 넘어온다. 상복을 두고 이렇게 말하면 불쾌할지도 모르겠다. 나도 참 어지간히 냉소적인 인간이다.
　　　　　　　　　　　　　　　　　　　　　– 〈백작과 결혼식 손님〉

이렇듯 많은 작품에서 '나'로 표현된 작가의 목소리가 등장하는가 하면, '여러분'이라는 호칭을 사용하며 독자를 작품 속으로 끌어들이려고도 한다. 픽션[4]의 완벽한 세계를 둘러싸고 있는 높고 견고한 경계를 허물어뜨리는 것이다. 일종의 거리 두기인 이런 시도는 독자가 순간적으로 작품의 세계에 빠져드는

| 오 헨리 박물관
오 헨리 박물관은 미국 텍사스주에 있으며, 한때 오 헨리가 가족과 함께 살던 곳이다.

것을 방해한다. 그리고 이것이 우리가 살아 숨 쉬는 완전한 실재 세계가 아니라 단지 하나의 작품일 뿐이라는 사실을 환기시킨다. 이런 장치는 독자를 작품 자체에 주목시키며 메타픽션[5]적인 성격을 띤다.

이는 19세기 말 사실주의를 추구하던 작품의 경향에서는 찾아보기 힘든 기법으로, 오 헨리의 작품이 교훈과 의도 전달을 위해 서사로의 몰입을 지향하던 동시대 혹은 고전주의적 소설들과 구분되는 지점이다. 작품을 깔끔하게 봉합하지 않고 창작 과정을 드러내는 것에 관대한 최근의 포스트모더니즘 작가들에게서 이런 경향이 더욱 많이 발견된다는 점은 시대를 앞선 오 헨리의 문학적 자의식이 현대 소설에 남긴 흔적이라고 할 수 있다.

---

4) Fiction. 상상에 의한 창작을 말하며 '허구(虛構)'라고도 한다. '형성하는 것'이라는 의미의 라틴어 '픽티오(fictio)'가 어원이며, 사실에 관해 직접 기록하거나 묘사하는 것과는 달리 가공의 인물이나 이야기를 구상하는 것을 말한다.

5) Metafiction. 20세기 소설에서 나타난 주요 특징 중 하나로, 기존의 소설 양식을 '넘어선다(meta-)'는 의미를 지닌다. 소설 속에 허구의 장치를 의도적으로 그리는 것, 즉 소설 속에 소설 제작의 과정 자체를 노출시킴으로써 그것이 허구임을 의도적으로 독자에게 알리는 소설 양식을 말한다.

〈20년 후〉는 오 헨리 특유의 뛰어나고 밀도 있는 묘사와 교훈적인 주제 의식, 트위스트 엔딩 등의 특징이 잘 버무려진 대표작이다. 주인공 밥은 오래전 헤어진 친구 지미와의 약속을 지키기 위해 20년 만에 약속 장소를 찾는다. 밥은 그를 기다리던 가운데 순찰 중인 경찰과 마주하게 되고, 그 경찰에게 소중한 약속에 얽힌 사연을 비롯해 지난 20년 동안의 생활을 짧게 늘어놓는다. 경찰이 자리를 떠난 후 밥은 드디어 지미와 20년 만에 해후하게 된다. 하지만 사실 그는 지미가 아닌 사복 경찰이었고, 시카고 경찰에 쫓기는 몸이었던 밥은 결국 체포되고 만다. 연행되기 전 밥은 친구 행세를 한 사복 경찰에게 쪽지 하나를 받는데, 그 쪽지를 통해 사실 처음에 만난 경찰이 바로 지미였음을 알게 된다. 지미는 밥이 수배범이라는 사실을 알았으나 차마 자신의 손으로 친구를 잡을 수 없었고 사복 경찰에게 대신 체포를 부탁한 것이다.

〈20년 후〉에는 두 명의 주요 인물이 등장한다. 20년 전에는 절친한 친구였으나 이제는 정반대의 길을 걷고 있는 두 인물, 밥과 지미 웰스다. 20년 전 약속을 지키기 위해 무모하게도 수천 킬로미터를 달려온 밥과, 그런 밥과의 약속을 잊지 않은 지미 웰스는 우정이란 가치의 중요성을 몸소 보여 주는 인물이다. 하지만 그 외의 측면에서 본다면 두 사람은 반대의 지점에 서 있다. 산전수전을 다 겪으며 험난하게 살아온 밥과 정도(正道)를 묵묵히 지켜 온 지미는 우정이라는 교집합이 있지만 정직과 신념이란 가치 앞에서는 전혀 다른 세계에 속한 사람들이다. 〈20년 후〉에서 오 헨리는 두 주인공에게 우정 대(對) 정직과 신념이라는 중요하지만 서로 충돌할 수 있는 도덕적 가치를 부여한 후 그것들을 놓고 심리적 줄

다리기를 하게 만든다. 그리고 작품의 결말과는 별개로 책을 덮은 독자를 '나라면 어떤 선택을 했을까', '대립되는 가치 중 하나를 선택하라면 무엇을 우위에 놓는 게 좋을까'라는 고민으로 이끈다. 물론 이 줄다리기가 작품 초반부터 벌어지는 것은 아니다. 처음에는 분명하지 않던 작품의 윤곽이 점차 드러나면서부터 독자의 관심은 두 주인공이 20년의 우정을 지킬 수 있을 것인가로 쏠리게 된다.

> "20년 전 오늘." 남자가 말했다. "전 이곳 '빅 조 브래디'에서 제가 가장 아끼는 친구이자 세상에 둘도 없이 멋진 녀석, 지미 웰스와 식사를 했습니다. 우리는 이곳 뉴욕에서 형제처럼 자랐죠."

이렇게 시작되는 밥의 사연은 그가 20년 전 헤어진 친구 지미와의 우정을 얼마나 소중히 여기는지에 초점이 맞춰져 있다. 밥은 지미를 만나기 위해 먼 거리를 달려온 것이 전혀 아깝지 않으며, 지미 역시 자신이 아는 가장 진실하고 믿음직한 친구이므로 꼭 약속을 지킬 것이라는 강한 믿음을 보여 준다. 지미에 대한 밥의 철석같은 신뢰와 우정이 강조될수록, 독자는 그토록 믿을 만한 녀석인 지미가 제시간에 나타날지 가슴 졸이며 기대하게 된다. 그러면서 자연스럽게 감동적인 결말에 대한 희망도 품게 된다. 이때 오 헨리는 우정과 대립되는 가치를 최대한 나중에 등장시킨다. 결말에 대한 독자의 기대감을 더욱 고조시키기 위함이다. 지미 웰스를 평범한 경찰관으로 묘사하는 데에 공을 들이는 이유가 바로 이것 때문이다. 두 인물을 각각 프로타고니스트[6]와 안타고니스트가 아니라,

---

6) Protagonist. 소설이나 연극, 영화 등에 등장하여 사건을 주도하는 중심인물 가운데 일반적으로 독자가 공감을 느끼는 인물을 말한다. 우리말로는 '주동 인물'이라고 하며, '반동 인물'이라는 의미의 안타고니스트(antagonist)와 대립과 갈등의 관계를 이룬다.

두 명의 프로타고니스트로 보이도록 만드는 것이다. 다음은 이 작품의 시작이자, 지미 웰스의 첫 등장을 묘사한 부분이다.

순찰을 도는 경찰이 대로를 늠름하게 걸어가고 있었다. 구경할 행인도 거의 없는 것으로 보아, 그의 걸음걸이는 몸에 배어 있는 당당함에서 나온 것일 뿐 남을 의식한 행동 같지는 않았다. 아직 밤 10시가 되지도 않았는데, 매서운 바람에 비까지 추적추적 내려서인지 거리에는 인적이 드물었다.
그는 정교하고 현란한 움직임으로 곤봉을 빙글빙글 돌리면서 집집마다 문단속을 하는 와중에도 조용한 도로 쪽으로 시선을 던지며 경계를 늦추지 않았다. 건장한 체구와 의기양양한 걸음걸이 덕에 영락없이 평화의 수호자처럼 보였다.

작품의 시작과 함께 등장한 경찰은 평소와 다름없이 순찰 근무를 하러 나온 것으로 묘사된다. 몸에 배어 있는 당당함에 남을 의식하지 않는 자연스러운 걸음걸이로 보아, 그가 여느 때와 같이 담당 구역을 둘러보고 있다는 걸 알 수 있다. 그러는 와중에도 도로 쪽으로 시선을 던지며 경계를 늦추지 않는 본분에 충실한 모습은 그가 밥에게 접근하는 과정에 대한 합리적인 동기를 제공한다. 마을의 수호자로서 낯선 남자를 검문하는 일은 그에게 더없이 자연스러운 임무라는 것이다. 오 헨리는 이렇게 두 친구의 만남을 동네 경찰과 외지인의 평범한 마주침으로 만들어 경찰이 20년 전의 약속을 지키려고 나타난 지미일 것이라고는 전혀 의심하지 못하게 만든다. 긴장감이 우정에 집중되지 못하고 우정 대 정직의 갈등으로 옮겨 간다면 폭발적인 반전의 결말을 만들지 못하기 때문이다.
그렇게 약속 시간이 지나 지미로 추정되는 인물이 등장하면서 행복한 결말로 작품이 끝나려던 찰나, 뜻밖의 반전이 생긴다. 사실 눈앞에 서 있는 지미는 밥을 체포하러 온 사복 경찰이며, 진짜 지미는 순찰 중이던 좀 전의 그 경찰이었던 것이다. 독자들은 그제야 이 모든 이야기가 20년이란 세월 앞에서 두 친구가 우정을 지켜 낼 수 있을 것인가의 문제가 아닌, 정직과 소명 의식과 같은 신념이 우정과 대립할 경우 어떤 가치를 택해야 하는가의 문제를 다루고 있었음을 깨닫게 된다. 오 헨리는 그의 전매특허인 트위스트 엔딩을 통해 후반부까지 끌고 가던 우정에 대한 믿음을 정직으로 반전시키며, 이를 통해 독자는 짧은 시간이나마 지미가 느꼈을 갈등과 고뇌에 이입된다.

놀라운 사실은 갑작스럽고 예측 불가능한 결말을 독자가 전혀 어색해하지 않고 자연스럽게 받아들인다는 점이다. 이는 오 헨리가 정교하고 세련된 설계 작업을 거쳐 미리 깔아 놓은 복선 덕분이다. 일례로 앞서 서술한 지미의 첫 등장에 대한 묘사는 단순히 그의 정체를 숨기기 위한 장치를 넘어서, 지미의 신념과 입장을 대변하는 기능을 하고 있다. 작품 초반에는 독자의 생각을 묶어 두기 위해 기능하지만, 트위스트 엔딩에서는 결국 우정보다 신념을 택할 수밖에 없었던 지미의 확고한 정체성을 미리 예고한 장치가 된 셈이다. 밥의 말처럼 뉴욕이 지구의 유일한 도시라고 생각하고, 무식하게 노력만 하는 샌님인 지미가 뉴욕을 지키는 정의의 수호자로서 살아온 세월과 경찰직에 대한 헌신은 우정을 저버린 그의 선택에 대한 동기이자 변명이 된다.

하지만 밥에 대해서는 지미와 정반대로 묘사한다.

어느 구역의 중간쯤 걸어왔을 때 경찰은 갑자기 발걸음을 늦추었다. 한 남자가 불붙이지 않은 담배를 입에 물고 컴컴한 철물점 출입구에 기대어 서 있었다. 경찰이 곁으로 다가가자 남자는 황급히 입을 열었다.
"별일 아닙니다, 경관님." 남자는 안심하라는 듯이 말했다. (중략)
입구에 서 있던 남자는 성냥을 그어 담배에 불을 붙였다. 성냥 불빛에 비친 그의 얼굴은 창백하고 각이 져 보였다. 눈매는 날카로웠고, 오른쪽 눈썹 언저리에는 작고 흰 상처가 나 있었다. 큰 다이아몬드가 박힌 넥타이핀은 특이한 모습이었다.

컴컴한 철물점 출입구 앞에서 불붙이지 않은 담배를 입에 물고 서 있는 밥의 첫 등장은 범죄 영화 속 악인의 모습을 연상시킨다. 여기에 각진 얼굴과 날카로운 눈매, 얼굴에 난 상처와 같은 외양 묘사가 이어지며 독자는 밥의 수상쩍은 정체를 더욱 의심하게 된다. 또한 몸에 지니고 다니는 다이아몬드 넥타이핀과 뚜껑에 다이아몬드가 박힌 회중시계, 서부에서의 무용담을 통해 그가 지난 세월 부당하고 비윤리적인 방법으로 부를 축적했음을 짐작할 수 있다. 직접적인 설명은 없지만, 밥에 대한 이런 묘사는 그가 꽤나 비도덕적인 인물일 가능성이 높음을 은연중에 드러낸다. 밥에 대한 이와 같은 이미지 굳히기 작업은 지미의 최종 선택이 친구를 체포한 매정한 배신이거나 난데없는 반전이 아니라, 범죄자를 고발한 양심적인 행동에서 비롯되었다는 것에 힘을 실어 준다. 초반에 묘사된 지미의 반듯하고 모범적인 경찰 이미지가 같이 환기되면서, 직업적 윤리성을 중시하는 지미라면 충분히 그럴 수 있다고 조용히 독자를 설득하는 것이다.

오 헨리는 이렇게 교묘한 설계 과정을 통해 최종적으로 교훈적 메시지를 던진다. 정교한 성격 설정과 사전 작업을 거쳐 탄생한 놀라운 트위스트 엔딩을 통해 흥미진진한 이야기를 들려주고, 그 달콤한 사탕이 다 녹은 순간 숨겨 두었던 교훈을 자연스레 내미는 것이다. 20년 전의 허무맹랑한 약속을 지키기 위해 당신은 수천 킬로미터를 달려올 수 있는가? 나를 만나러 먼 길을 달려온 친구와의 의리를 당신은 무슨 일이 있어도 지키겠는가? 우정과 정의가 양립한다면 당신은 정의를 위해 친구를 포기할 용기가 있는가? 책장을 덮은 독자에게 이러한 질문을 던지는 〈20년 후〉는 비록 스스로 저널리스트라 불리길 원했지만 예술가로 부르기에 모자람이 없는 오 헨리의 작가적 면모를 마음껏 느끼게 하는 작품이다.

- 박설영

토론·논술 문제편

1. 다음 설명에 해당하는 작품 제목을 〈보기〉에서 찾아 써 봅시다.

| 보기 |

구두쇠 연인	개심(改心)	카페 안의 세계주의자
도시 물을 먹은 사람	물레방아가 있는 교회	
백작과 결혼식 손님	하그레이브스의 멋진 연기	

⑴ 새로운 삶을 살려고 마음먹었지만 중요한 순간에 전직 은행 강도라는 신분이 탄로 나는 남자의 이야기이다.

....

⑵ 호기심이 많은 남자는 그토록 궁금해하던 어떤 부류의 사람들에 대해 알아보려 애쓰지만, 결국 자신도 그 부류에 속한다는 사실을 깨닫는다.

....

⑶ 과거의 아픔을 간직한 채 방앗간을 개조해 교회로 만든 남자는 그곳에서 요양하던 소녀가 자신의 잃어버린 딸임을 알게 된다.

....

⑷ 늘 검은 옷을 입는 여자가 결혼을 하기 위해 백작인 약혼자와 사별한 슬픈 과거사가 있다고 꾸며 내고, 착한 남자는 그녀의 거짓말을 재치 있게 감싸 준다.

....

⑸ 존경할 만하다고 여겼던 남자의 실체가 사소한 소동 속에서 적나라하게 드러난다.

....

(6) 허영에 찬 백화점 여직원이 꿈에 그리던 청혼을 받지만, 정작 남자의 정체를 알아차리지 못하고 그의 청혼을 거절한다.

....

(7) 옛 남부의 전통을 고집하는 남자와 그를 통해 연기력을 인정받은 희극 배우의 이야기이다.

....

경찰관과 찬송가

2 소피가 자선 단체의 도움을 받는 일을 거부하는 이유를 써 봅시다.

> 지난 몇 해 동안 그는 대접이 후한 블랙웰 섬의 교도소에서 겨울을 보냈다. 부유한 뉴욕 시민들이 매년 겨울이 오면 팜비치나 리비에라 해안으로 여행을 떠나는 것처럼, 소피도 항상 그맘때면 추위를 피해 섬으로 떠날 소박한 계획을 세우고는 했다. 이제 바로 그때가 온 것이다. 간밤에 그는 고풍스러운 분수대 근처 벤치에서 일요 신문 세 장을 외투 안쪽과 발목 근처, 무릎 위에 두고 잠을 청했지만 신문지로 추위를 막기에는 역부족이었다. 자연스레 소피의 머릿속에는 섬으로 가고 싶다는 욕망이 어렴풋이 떠올랐다. 그는 자선 사업이라는 이름으로 도시 부랑자를 돕는 일을 반기지 않았다.

....

....

....

....

....

3_ 사라가 타자기로 메뉴판을 치면서 눈물을 흘린 이유를 써 봅시다.

> 사라의 손가락은 여름 계곡 위를 뛰어노는 꼬마 요정처럼 춤을 추었다. 그녀는 정확한 눈썰미로 길이를 맞춰 가며 코스에 따라 순서대로 각 항목을 제자리에 쳐 내려갔다.
>
> 디저트 바로 위에는 채소로 만든 요리 항목이 있었다. 당근과 콩, 아스파라거스를 얹은 토스트, 다년생 토마토와 옥수수를 넣은 콩 요리, 리마 콩 요리, 양배추 그리고…….
>
> 어느새 사라는 메뉴판을 앞에 두고 눈물을 흘리고 있었다. 마음속에서 어떤 성스러운 절망이 복받쳐 올라 그녀의 눈에 눈물을 고이게 한 것이다. 그녀는 조그만 타자기 위로 머리를 숙였고 그녀가 흐느낄 때마다 자판도 덩달아 덜컹거렸다.

4_ 월터가 사라의 집을 어떻게 찾을 수 있었는지 써 봅시다.

5_ 제시문을 읽고, 버만 씨가 지난밤에 한 행동을 유추해 봅시다.

> "건물 관리인이 그저께 아침에 방에 들렀다가 폐렴으로 쓰러진 그를 발견했어.
> 입고 있던 옷가지며 신발이 축축하게 젖었고 얼음장처럼 차가웠대. 사납게 비바람
> 이 몰아치던 밤에 어딜 돌아다닌 건지 도무지 짚이는 게 없었다는 거야. 방을 둘러
> 보니 전등엔 여전히 불이 켜져 있었고, 사다리는 어딜 끌고 나갔었는지 멋대로 놓여
> 있는 데다가 붓은 여기저기 던져져 있고, 팔레트 위엔 녹색과 노란색 물감이 섞여
> 있었다는 거야."

....

....

....

6_ 다음은 메이지와 카터에 대한 설명입니다. 맞으면 ○표, 틀리면 ×표를 해 봅시다.

(1) 메이지는 '비기스트' 백화점에서 신사용 장갑을 파는 아가씨이다.　　(　　)

(2) 카터는 화가이자 백만장자이고 여행가이자 시인이다.　　(　　)

(3) 메이지는 카터가 백만장자라는 사실을 몰랐다.　　(　　)

(4) 카터는 장갑을 잃어버려서 백화점에서 장갑을 사려고 했다.　　(　　)

(5) 카터는 메이지에게 신혼여행을 코니아일랜드로 가자고 제안했다.　　(　　)

(6) 결국 결혼에 성공한 메이지와 카터는 행복한 신혼여행을 즐기게 되었다.

(　　)

7_ 제시문을 읽고, 밑줄 친 '나머지 기적'의 내용을 적어 봅시다.

> 오르간의 깊은 음이 만들어 내는 충격으로 쏟아진 밀가루가 발코니 바닥의 갈라
> 진 틈새를 통해 물줄기처럼 아래층으로 흘러내렸고, 에이브럼 목사는 머리끝부터
> 발끝까지 흰 밀가루 범벅이 되고 말았다. 때마침 이 옛 방앗간 주인은 복도로 걸어
> 나가 두 손을 흔들며 방앗간 노래를 부르기 시작했다.
>
> 물레방아 돌고 도니 / 곡식 가루 수북이 쌓이고
> 밀가루 쓴 방앗간 주인 / 흥에 겨워 노래 부르네
>
> 바로 그때 <u>나머지 기적</u>이 일어났다. 신도석에 앉아 앞으로 몸을 기대고 있던 체스
> 터 양의 얼굴이 밀가루만큼이나 창백하게 변하더니, 대낮에 헛것을 본 사람처럼 눈
> 을 크게 뜨고 에이브럼 목사를 뚫어지게 바라보았다.

8_ 제시문을 읽고, 지미 밸런타인이 교도소에 가게 된 죄목이 무엇인지 적어 봅시다.

> 간수 하나가 교도소 내 구두 공장에서 부지런히 구두 갑피(甲皮)를 바느질하고 있
> 던 지미 밸런타인을 찾아와 그를 본부 사무실로 호송해 갔다. 교도소장은 그날 아침
> 주지사가 서명한 사면장을 지미에게 건넸다. 지미는 귀찮다는 듯이 서류를 받아 들
> 었다. 그는 4년 형을 선고받고 거의 열 달 가까이 복역하는 중이었다. 길어 봤자 겨
> 우 석 달일 거란 당초 예상보다 긴 시간이었다.

9_ 라일리와 매쿼크가 계속해서 여러 개의 술을 섞은 이유를 적어 봅시다.

....

....

10_ 작품의 내용을 참고하여 빈칸에 알맞은 말을 넣어 봅시다.

> 환상적인 술의 비법은 (㉠)이었/였고, 콘 랜트리는 (㉡) 이후 캐서린에
> 게 고백할 수 있었다.

㉠ : .... ㉡ : ....

11_ 제시문을 읽고, 하그레이브스가 어떤 방법으로 탤벗 소령에게 3백 달러를 전달했는
지 적어 봅시다.

> 더불어 알려 드릴 일이 하나 더 있습니다. 이 일은 탤벗 소령님께는 말하지 않는
> 게 좋을 듯합니다. 저는 캘훈 대령 역할을 연구하는 데에 지대한 도움을 주시고 그
> 로 인해 심기가 불편해지신 것에 대해 소령님께 보답하고 싶은 마음이 굴뚝같았습
> 니다. 하지만 소령님은 제 마음을 거절하셨지요. 어쨌건 결국에는 보답을 했습니
> 다. 별 탈 없이 3백 달러를 전달해 드렸으니까요.
>
> 진심을 담아,
헨리 홉킨스 하그레이브스 올림.

....

....

....

Step 1 남녀가 사랑하고 결혼하는 데 필요한 조건을 생각해 보고, 진정한 사랑의 의미에 대해 이야기해 봅시다.

가 델라는 흰 손가락으로 빠르게 끈을 풀고 포장지를 뜯었다. 순간 기쁨의 탄성이 터져 나왔다. 하지만 안타깝게도 황홀함은 곧이어 주체할 수 없는 눈물과 울부짖음으로 바뀌었다. 이 집의 바깥주인은 온 힘을 다해 그녀를 위로해야만 했다.

포장지 안에는 머리 옆과 뒤에 꽂는 머리핀 한 쌍이 들어 있었다. 델라가 브로드웨이의 어느 가게 진열장 앞에서 오랫동안 흠모의 눈빛으로 바라보았던 아름다운 핀이었다. 진짜 거북딱지로 만든 핀 가장자리에는 보석이 박혀 있었고, 잘라 버린 델라의 아름다운 머리카락에 꽂으면 잘 어울릴 만한 색조를 띠고 있었다. 워낙 값비싼 물건이었기 때문에, 그녀는 마음속으로만 간절히 원했을 뿐 그 머리핀이 자신의 것이 되리라는 희망을 품어 본 적이 없었다. 그런데 바로 그 머리핀을 이제 그녀가 갖게 된 것이다. 하지만 그토록 꿈꾸던 장신구를 꽂을 폭포수 같던 머리카락은 사라지고 없었다.

그녀는 한참 동안 선물을 품에 안고 있다가, 눈물을 글썽이며 고개를 들었다. 그리고 웃으며 말했다. "제 머리카락은 정말 빨리 자라요, 짐."

그러고는 불에 덴 새끼 고양이처럼 벌떡 일어나 외쳤다. "아, 아!"

짐은 델라가 준비한 멋진 선물을 아직 보지 못했다. 그녀는 손바닥을 펼쳐 짐에게 시곗줄을 보여 주었다. 백금의 밋밋한 표면이 그녀의 환하고 열렬한 마음을 받아 반짝이는 것 같았다.

"근사하지 않아요, 짐? 제가 시내를 전부 뒤져서 찾은 거예요. 이제 하루에 백 번쯤은 시간을 확인하고 싶을걸요. 시계를 이리 주세요. 이 시곗줄이 당신 시계와 얼마나 잘 어울리는지 보고 싶어요."

그는 시계를 꺼내는 대신 소파 위에 털썩 주저앉았다. 그리고 뒤통수에 두 손을 갖다 대고 미소를 지었다.

"델라," 그가 말했다. "크리스마스 선물은 당분간 넣어 두는 게 좋을 것 같아. 당장 사용하기에는 너무 훌륭한 물건이야. 나 역시 머리핀 살 돈을 마련하느라 시계를 팔아 버렸어. 자, 이제 저녁 식사를 해야지."

– 오 헨리, 박설영 옮김, 〈크리스마스 선물〉

나 "난 그냥 주당 8달러에 만족하면서 문간방에서 살래. 나는 근사한 물건과 멋쟁이 손님에 둘러싸여 일하고 싶어. 게다가 얼마나 꿈같은 기회가 많다고! 장갑 매장에서 일하는 동료 여직원은 얼마 전에 피츠버그에서 온 철강 제조업자라던가, 제철공이라던가, 하여튼 백만장자랑 결혼했어. 나도 언젠가 그런 멋쟁이 신사를 잡고 말 거야. 외모나 치장을 내세우는 것보다 거물들이 들락거리는 곳에서 기회를 잡는 게 나아. 너야말로 세탁소에서 무슨 일이 벌어지기라도 하겠니?" (중략)

백화점의 교육 과정은 다채롭다. 상류층 신사의 부인으로 낙점되고 싶은 그녀의 야심을 충족시켜 주는 대학은 아마 백화점밖에 없을 것이다. (중략)

"뭐가 불만이야, 낸시. 그 신사분에게 쌀쌀맞게 굴다니. 내가 보기엔 완전 부자던데 말이야."

"그 남자?" 낸시가 매혹적이지만 쌀쌀맞은, 한마디로 반 앨스타인 피셔 부인과 닮은 냉소를 지으며 말했다. "내가 찾는 사람이 아니야. 그 남자가 건물 밖에 주차하는 걸 봤는데, 자동차는 겨우 12마력에다 아일랜드 출신 운전수를 부리고 있지 뭐야! 그 남자가 어떤 손수건을 사는지 너도 봤지, 실크야! 게다가 그 사람 손가락에 문제가 있는 것 같았어. 진짜가 아니면 아무 소용 없어."

　　　　　　　　　　　　　　　　　　　　　　– 오 헨리, 박설영 옮김, 〈손질된 등불〉

다 D 결혼 정보 회사 회원 가입 기준 점수표

• 남자

항목	점수 배분(%)
직업	30
학벌	25
집안 배경	20
재산	20
외모	5

직업	점수
판사, 검사, 벤처회사 사장급	30
변호사, 의사	25
변리사, 회계사 등 전문직	30
대기업 재직	15
교사, 공무원	10

• 여자

항목	점수 배분(%)
외모	40
집안 배경	20
직업	20
학벌	10
재산	10

외모	점수
키 165cm 이상, 미인형, 몸무게 50kg 미만	30
키 163cm 이상, 미인형, 몸무게 50kg 미만	25
키 160cm 이상, 미인형, 몸무게 50kg 미만	30
키 155cm 이상, 미인형, 몸무게 50kg 미만	15
키 155cm 이상, 호감 가는 인상, 마른형	10

1. 제시문을 읽고, **가**의 델라와 짐 그리고 **나**의 낸시가 생각하는 사랑의 의미를 이야기해 봅시다.

• 델라와 짐 :

....

....

....

• 낸시 :

....

....

....

2. 사랑과 결혼에 있어 가장 중요하다고 생각하는 순서대로 〈보기〉의 항목을 나열해 봅시다. 그리고 그 이유도 함께 말해 봅시다.

┤ 보기 ├
| ㉠ 직업 | ㉡ 외모 | ㉢ 집안 배경 | ㉣ 사랑 | ㉤ 학벌 | ㉥ 재산 |

• 내가 정한 순서 :

....

• 순서를 정한 이유 :

....

....

....

Step 2 오 헨리의 〈마지막 잎새〉를 영화화하려고 합니다. 제시문 **나**를 참고하여, 여러분이 감독이라 가정하고 기자의 인터뷰에 답해 봅시다.

가 다음 날 의사가 방문해 수에게 말했다. "존시 양은 위험한 고비를 넘겼습니다. 수고 많았어요. 이제 잘 먹이고 잘 돌보면 문제없을 겁니다."

그날 오후 존시는 누워서 전혀 쓸모없어 보이는 짙푸른 양모 스카프를 기분 좋게 짜고 있었다. 수는 존시를 베개째로 와락 껴안았다.

"해줄 말이 있어, 꼬마 아가씨," 그녀가 말했다. "버만 씨가 오늘 병원에서 폐렴으로 돌아가셨어. 겨우 이틀 앓았을 뿐인데 말이지. 건물 관리인이 그저께 아침에 방에 들렀다가 폐렴으로 쓰러진 그를 발견했어. 입고 있던 옷가지며 신발이 축축하게 젖었고 얼음장처럼 차가웠대. 사납게 비바람이 몰아치던 밤에 어딜 돌아다닌 건지 도무지 짚이는 게 없었다는 거야. 방을 둘러보니 전등엔 여전히 불이 켜져 있었고, 사다리는 어딜 끌고 나갔었는지 멋대로 놓여 있는 데다가 붓은 여기저기 던져져 있고, 팔레트 위엔 녹색과 노란색 물감이 섞여 있었다는 거야. 그때 창밖으로 고개를 돌렸는데, 세상에, 담벼락에 붙어 있는 마지막 잎새가 눈에 들어온 거야. 왜 그 잎사귀가 바람결에 조금도 흔들리거나 움직이지 않는지 이상하지 않니? 오, 존시. 그건 버만 씨가 그린 걸작이었던 거야. 마지막 담쟁이 잎이 떨어지던 그날 밤 그가 담벼락에 그림을 그려 놓은 거였어."

　　　　　　　　　　　　　　　　　　　　　　　　　　　－ 오 헨리, 박설영 옮김, 〈마지막 잎새〉

나 S# 25. 방 밖

동네 사람들이 웅성거리며, 2층을 쳐다보고 있다. 수가 문을 열고 나온다.

남자 2층의 늙은 화가가 죽었어요.

여자 간밤에 취한 것을 보았는데…….

남자 개처럼 땅 위에 엎드려 있었대요.

여자 눈 쌓인 길거리에 오랜 시간 있었으니 심장이 뚝 끊어질 만도 하죠.

남자 화가들은 전부 미쳤나 봐요, 원. 한밤중에 내 집에 불을 빌리러 왔지 뭐요. 하지만, 좋은 사람이었는데…….

수는 슬픈 얼굴로 말없이 방문을 열고 들어간다.

S# 26. 방 안

수는 슬픈 얼굴을 가다듬고 동생 존시가 눈치채지 못하도록 조심한다. 존시는 거울을 보고 머리를 손질하다가 들어오는 수에게 묻는다.

존시 언니, 버만 할아버지가 어떻게 되었어?

수 (밥그릇을 치우면서 존시의 시선을 외면하고) 간밤에 돌아가셨대.

존시 아이, 불쌍해라!

수 정말 불쌍해. 참 좋은 분이셨지. 가끔씩 그림 그리다가 화가 나면 물건을 마구 던지고, 유리컵을 깨뜨리고, 방 안을 왔다 갔다 서성거리며 소란을 피웠지만 지금은 그 소리마저 그립구나.

존시 그렇지만 그림은 서툴렀어. 알 수 없는 그림만 그렸잖아.

수 (창 옆으로 가만히 걸어가서 창밖을 내다보며) 그렇지 않아. 그분은 훌륭한 예술가셨어. 너도 그 이유를 알게 될 날이 있을 거야. 네가 조금 더 크면 이야기해 줄게.

(중략)

S# 28. 다시 방 안

생각에 잠긴 채, 수가 창밖을 내다보고 서 있다. 수가 시선을 돌린다. 창밖 건너편 집 벽의 담쟁이에 잎 하나가 그대로 붙어 있다. 밖에 바람이 분다. 그래도 그 잎은 까딱하지도 않고 그대로 담 벽에 붙어 있다. 버만이 밤새 그린 잎이다. 일생일대의 명작을 남기고 그는 존시 대신 죽은 것이다.

— 이진섭 각색, 〈마지막 잎새〉

인터뷰

기자 이번 작품으로 오 헨리의 〈마지막 잎새〉를 선택한 이유는 무엇입니까?

감독

기자 등장인물을 어떻게 그려 내실지 궁금합니다. 수와 버만 역할의 배우를 캐스팅하실 때 어떤 모습에 중점을 두실지 자세히 묘사해 주시겠습니까?

감독
....

....

....

기자 원작의 결말은 버만 씨의 죽음으로 끝납니다. 감독님은 영화의 결말을 원작대로 하지 않을 것이라고 들었는데요, 달라진 내용을 말씀해 주시겠습니까?

감독
....

....

....

기자 이번 영화에서 감독님이 특별히 신경 써서 찍으실 장면은 무엇입니까?

감독
....

....

....

기자 마지막으로 감독님의 영화를 기다리는 관객에게 한 말씀 부탁드립니다.

감독
....

....

....

가 한 여자가 불치병으로 죽어 가고 있다. 이 여자의 남편은 최근 어떤 제약사가 아내의 병을 낫게 할 신약을 발명했다는 소식을 듣게 되었다. 남편은 수소문 끝에 그 제약사를 찾아갔지만, 신약으로 한몫 단단히 챙길 심산이었던 제약사는 남편에게 원가의 10배나 되는 4천 달러를 약값으로 요구했다. 남편은 돈을 구하러 백방으로 돌아다녔으나 필요한 만큼의 돈을 구하지는 못했다. 남편은 제약사에게 약값을 조금 깎아 달라고 애원했지만 그는 이 제안을 거절했다. 지금은 가능한 만큼만 돈을 내고 부족한 돈은 나중에 갚겠다는 제안 역시 거절했다. 남편은 결국 약방으로 몰래 들어가 약을 도둑질했다. 다음 날 신문에는 신약을 훔친 남편의 기사가 실렸다. 남편의 행동은 과연 옳은가 아니면 그른가? 그리고 그 이유는 무엇인가?

위 사례는 미국의 심리학자 콜버그가 개인의 도덕 발달 단계를 설명하기 위해 제시한 '하인즈 딜레마(Heinz Dilemma)'로, 딜레마란 선택해야 할 두 가지 상황 중 그 어느 쪽을 선택해도 바람직하지 못한 결과가 나오게 되는 곤란한 상황을 말한다.

나 "20년 전 오늘," 남자가 말했다. "전 이곳 '빅 조 브래디'에서 제가 가장 아끼는 친구이자 세상에 둘도 없이 멋진 녀석, 지미 웰스와 식사를 했습니다. 우리는 이곳 뉴욕에서 형제처럼 자랐죠. 저는 열여덟이었고 지미는 스물이었어요. 다음 날 아침 저는 큰돈을 벌기 위해 서부로 떠날 예정이었습니다. 지미는 좀처럼 뉴욕을 떠나려고 하지 않았어요. 그 친구는 뉴욕이 지구의 유일한 도시라고 생각했으니까요. 그날 밤 우리는 약속했습니다. 우리가 어떤 상황에 처하든 얼마나 멀리서 살고 있든 간에, 정확히 20년 후 같은 날 같은 시간에 이곳에서 다시 만나자고. 20년이 지난 후면 각자 운명을 개척해서 단단히 한몫 챙겼을 거라고 생각했죠."

다 "하지만 선량한 사람이 악인으로 변할 수 있는 시간이지," 키 큰 남자가 말했다. "당신은 10분 전부터 구속된 상태야. '실키' 밥. 당신이 뉴욕에 들를 가능성이 있다고 판단한 시카고 본부에서 자네와 할 이야기가 있으니 우리에게 도와 달라는 연락을 해왔거든. 순순히 따라오는 게 좋겠지? 그게 현명한 판단이야. 경찰서로 이송하기 전에 자네에게 전해 달라고 부탁받은 쪽지가 여기 있네. 지금 창문 불빛에 비춰 봐도 좋아. 이곳을 순찰하던 웰스 경관이 준 것이네."

서부에서 온 남자는 경찰이 전해 준 쪽지를 펼쳤다. 쪽지를 읽기 시작할 때만 해도 미동도 없던 그의 손이 다 읽을 무렵에는 조금씩 떨려 왔다. 내용은 길지 않았다.

밥, 나는 제시간에 약속 장소에 갔었네. 자네가 담뱃불을 붙일 때, 시카고에서 찾고 있는 수배범이 자네라는 걸 알았지. 하지만 내 손으로 직접 자네를 체포할 수 없었어. 그래서 자리를 피하고 사복 경찰에게 그 일을 대신하라고 한 걸세.　　　　지미로부터.

– 오 헨리, 박설영 옮김, 〈20년 후〉

1 제시문을 참고하여, 지미의 딜레마가 무엇인지 적어 봅시다.

....

....

....

2 여러분이 지미였다면 어떤 선택을 했을지 이유와 함께 말해 보고, 그 선택에 따라 작품의 결말과 주제가 어떻게 달라질지 생각해 봅시다.

> ㉠ 밥을 체포한다.　　　　　　㉡ 밥을 체포하지 않는다.
> ㉢ 제3의 선택을 한다.

• 선택과 이유 : ....

....

....

• 선택에 따른 결말의 변화 : ....

....

....

Step 4 흔히 신은 인간을, 인간은 도시를 만들었다는 말을 합니다. 도시에서 삶을 영위해 가는 래글스의 고뇌를 통해 현대 도시인의 삶을 반추해 봅시다.

가 현대 사회를 흔히 정보화 사회라고 부른다. 그리고 정보화 사회를 상징하는 말로 익명성과 다중인격성을 꼽는다. 그러나 엄밀히 말해 익명성은 정보화의 산물이 아니다. 산업 사회야말로 익명성을 잉태하면서 시작되었다. 대도시의 삶은 전통적 인간관계를 파괴한 위에서 만들어졌기 때문이다. 몇 년을 아파트 같은 동, 아니 바로 옆이나 건너편 집에 사는 사람조차 누구인지 모르며 지낸다. 같은 직장에 다니면서도 자기 부서를 넘어서면 대부분 성도 이름도 모르는 사람이다. 익명성은 근대화와 함께 대도시가 형성됨에 따라 이 사회를 특징짓는 중요한 요소가 되었고, 지난 20세기 내내 무럭무럭 성장했다.

－ 박홍순, 《미술로 보는 세상》

나-1 이제껏 도시마다 구혼에 성공해 왔던 래글스는 브로드웨이 한복판에서 시골 촌뜨기처럼 수줍게 서 있었다. 처음으로 그는 철저히 무시당했다는 모욕감에 가슴이 찢어졌다. 눈부시고, 변화무쌍하며, 얼음같이 차가운 이 도시를 공식에 대입해 보려 했지만 완전히 실패했다. 맨해튼은 시인인 래글스에게 어떤 개성 있는 비유법도, 다른 도시와 비교할 만한 요소도, 그 매끈한 얼굴에 묻은 티끌도, 도시의 모양과 구조를 살펴보기 위해 붙잡을 손잡이도 허락하지 않았다. 다른 도시들에서는 우호적으로든 무례하게든 다 용인받은 것이었다. 집집마다 작은 총구멍만 내놓은 채 끝없는 성벽을 쌓아올렸고, 시민들은 표정만 밝았지 피도 눈물도 없는 유령처럼 사악하고 이기적인 무리에 섞여 거리를 몰려다니고 있었다. (중략)

래글스는 용기를 내어 거리의 시민들에게 적선을 구했다. 그들은 래글스의 존재를 인식하지 못한다는 걸 증명이라도 하듯 눈 한 번 깜빡이지 않고 무관심하게 그를 스쳐 지나갔다. 그는 화려하지만 피도 눈물도 없는 이곳 맨해튼은 영혼이 없는 도시라고 혼잣말로 중얼거렸다. 주민들은 죄다 줄에 묶여 조종당하는 꼭두각시로 보였다. 이 거대한 황야에 혼자 버려진 것만 같았다.

나-2 래글스는 눈을 떴다. 제일 먼저 익숙한 향기가 코를 자극했다. 천국에서 가장 일찍 봄을 알리는 꽃향기였다. 그러더니 꽃잎이 떨어지듯 부드러운 손이 그의 이마를 짚었다. 옛날 공주 옷을 입은 여인 한 명이 푸른 눈동자에 인간적인 연민을 담아 촉촉하고 부드러운 눈길로 그를 바라보며 몸을 숙였다. 머리 아래에는 비단과 모피가 깔려 있었다. 래글스의 모자를 한 손에 든 채, 평소보다 더 붉은 얼굴로 운전자의 부주의를 목청껏 신랄하게 꾸짖던 사람은 바로 부유하고 원숙한 맨해튼의 화신(化身)인 노신사였다. 근처 카페에서는 광대한 턱에 아기 같은 얼굴색을 띤 도시의 '부산물'이 마시면 기분이 좋아질 것 같은 주홍빛 액체를 유리잔에 담아 들고 왔다.

"이것 좀 마셔요." 부산물이 래글스의 입술에 잔을 갖다 대며 말했다.

수백 명이 순식간에 몰려들었고, 하나같이 걱정 어린 얼굴을 하고 있었다. 멋지게 차려입은 건장한 경찰관 두 명이 북적이는 착한 사마리아인 무리를 뚫고 들어왔다. (중략)

"좀 어떠세요?" 의사가 몸을 숙이고 물었다. 실크와 공단 옷을 걸친 공주님이 향기롭고 얇은 천으로 래글스의 이마에 흐르는 피 한두 방울을 닦아 주었다.

"저요?" 래글스는 천사 같은 미소를 띠며 말했다. "아주 좋아요."

그는 이 새로운 도시의 심장을 드디어 발견한 것이다.

그는 사흘간 치료를 마치고 회복실로 옮겨졌다. 간병인이 다투는 소리를 들은 때는 그로부터 한 시간이 지난 후였다. 조사 끝에 래글스가 회복실 환자 하나를 먼저 공격해 상해를 입힌 것으로 밝혀졌다. (중략)

"대체 왜 그러신 겁니까?" 수간호사가 질문했다.

"그놈이 내 도시를 욕하지 뭡니까." 래글스가 말했다.

"어느 도시를 말하는 건가요?" 간호사가 물었다.

"뉴욕입죠." 래글스가 말했다.
　　　　　　　　　　　　　　　　　　　　　　　　　　　　－ 오 헨리, 박설영 옮김, 〈뉴욕인의 탄생〉

다 종로에는 사과나무를 심어 보자 / 그 길에서 꿈을 꾸며 걸어가리라
　　을지로에는 감나무를 심어 보자 / 감이 익을 무렵 사랑도 익어 가리라

　　아아아아 우리의 서울 우리의 서울
　　거리마다 푸른 꿈이 넘쳐흐르는 / 아름다운 서울을 사랑하리라

　　빌딩마다 온갖 새들을 오게 하자 / 지저귀는 노래소리 들어 보리라
　　거리거리엔 예쁜 꽃을 피게 하자 / 꽃이 피어나듯 사랑도 피어나리라
　　　　　　　　　　　　　　　　　　　　　　　　－ 박건호 작사, 이범희 작곡, 이용 노래, 〈서울〉

라 화려한 도시를 그리며 찾아왔네 / 그곳은 춥고도 험한 곳
여기저기 헤매다 초라한 문턱에서 / 뜨거운 눈물을 먹는다

머나먼 길을 찾아 여기에 꿈을 찾아 여기에 / 괴롭고도 험한 이 길을 왔는데
이 세상 어디가 숲인지 어디가 늪인지 / 그 누구도 말을 않네

사람들은 저마다 고향을 찾아가네 / 나는 지금 홀로 남아서
빌딩 속을 헤매이다 초라한 골목에서 / 뜨거운 눈물을 먹는다

저기 저 별은 나의 마음을 알까 나의 꿈을 알까 / 괴로울 땐 슬픈 노래를 부른다
슬퍼질 땐 차라리 나 홀로 눈을 감고 싶어 / 고향의 향기 들으면서

– 조용필 작사·작곡·노래, 〈꿈〉

1 제시문 **가**를 바탕으로 제시문 **나**–1, **나**–2에 나타난 상이한 양상을 평가해 봅시다.

2_ 제시문 **라**에 나타난 화자의 고민을 해결할 수 있는 구체적인 방안을 제시문 **나**-2와 **다**를 참고하여 말해 봅시다.

....

....

....

....

3_ 제시문 **가**~**라**를 참고하여 아래의 그림을 해석해 봅시다.

| 호퍼, 〈밤샘하는 사람들〉

....

....

....

....

Step 5 세계화 시대를 살고 있는 우리에게는 세계 시민으로서의 덕목이 필요합니다.
〈카페 안의 세계주의자〉를 통해 바람직한 세계 시민의 모습을 고민해 봅시다.

가 子曰: 君子 和而不同, 小人 同而不和.
　　자 왈　 군 자　화 이 불 이　 소 인　동 이 불 화

　공자께서 말씀하셨다. "군자는 서로의 생각을 조절하여 화합을 이루기는 하지만 이익을 얻기 위하여 주관을 버리고 상대방에게 뇌동(雷同)하지는 않으며, 소인은 이익을 얻기 위하여 주관을 버리고 상대방에게 뇌동하기는 하지만 서로의 생각을 조절하여 화합을 이루지는 못한다."
　　　　　　　　　　　　　　　　　　　　　　　　　　　　　　　　　　　　　– 〈자로(子路)〉, 《논어》

　나 E. 러시모어 코글런이 이 작은 행성에 대해 떠드는 동안, 나는 흐뭇한 미소를 지으며 그나마 세계주의자에 근접한 사람을 한 명 떠올렸다. 키플링은 전 세계를 노래하는 시를 쓰면서 봄베이를 위해 평생을 헌신한 사람이었다. 키플링은 그가 지은 시에서 지구 상의 모든 도시는 저마다 자부심이 강하고 경쟁심이 팽팽하다면서, "한 도시에서 나고 자란 사람은 만천하를 여행하더라도 엄마의 치맛자락에 매달리는 어린아이처럼 결국 자기 고향의 옷자락을 놓지 못한다."고 말했다.

　다 "우체국에서나 쓰는 주소 따위로 사람을 판단한다는 게 옳은 일입니까? 켄터키 사람인데 위스키를 싫어하고, 버지니아 사람인데 포카혼타스의 후손이 아니고, 인디애나 사람인데 소설을 쓰지 않고, 멕시코 사람인데 솔기에 은화를 박은 벨벳 바지를 입지 않고, 영국 사람인데 유머 감각이 풍부하고, 북부 사람인데 낭비벽이 심하고, 남부 사람인데 냉혈한이고, 서부 사람인데 편협하기 그지없고, 뉴욕 사람인데 너무 바빠서 외팔이 식료품 점원이 봉투에 크랜베리 담는 걸 한 시간 동안 멈춰 서서 지켜볼 수 없는 경우를 수도 없이 보았소. 사람은 그냥 사람일 뿐, 어느 지역 출신이라는 딱지를 붙여서 궁지에 몰아넣지 맙시다."

　라 종업원들이 그 유명한 '브이 자' 대형으로 달려들어 끝까지 버티려는 두 싸움꾼을 밖으로 끌어냈다. 나의 세계주의자는 그렇게 쫓겨나면서도 지구의 자존심과 명성을 잃지 않았다.
　나는 프랑스인 종업원 매카시를 불러 두 사람이 무엇을 두고 싸웠는지 물었다.

"빨간 넥타이를 맨 남자가 말이죠," (그는 나의 세계주의자였다.) 그가 말했다. "상대방 남자가 자기 고향에 깔린 인도와 상수도 시설이 형편없다면서 욕하자 왈칵 성을 내면서 싸움이 난 거죠."

— 오 헨리, 박설영 옮김, 〈카페 안의 세계주의자〉

1. 제시문 **나**의 밑줄 친 키플링의 말이 의미하는 바를 해석해 봅시다.

....

....

....

2. 제시문 **가**를 바탕으로 제시문 **라**에서 E. 러시모어 코글런의 행동을 평가해 봅시다.

....

....

....

....

3. 제시문 **가**~**라**를 참고하여 세계화 시대에 세계 시민으로서 갖추어야 할 바람직한 덕목에 대해 말해 봅시다.

....

....

....

....

....

Step 6 다음 제시문을 읽고, 오 헨리의 작품에 나타난 공통점을 살펴봅시다.

가 오 헨리는 누구보다 불행한 어린 시절을 보낸 작가이다. 그의 본명은 윌리엄 시드니 포터(William Sydney Porter)로, 1862년 미국 노스캐롤라이나 주(州) 그린즈버러에서 태어났다. (중략)

그는 어려운 집안 형편 때문에 상급 학교 진학을 포기했고, 열다섯 살이 되던 해부터 사회생활을 시작한다. 약제사 견습생부터 카우보이, 우편배달부, 토지 관리인, 은행 출납계 직원, 주간지 편집장, 기자 등 그가 거쳐 간 여러 직업과 거기에서 만난 인간 군상, 당시 겪은 다양한 일들은 추후 그가 작품을 쓰는 데에 상당한 자양분이 되었다.

1896년 그는 일생일대의 사건을 겪게 된다. 예전에 직원으로 일했던 오스틴 은행으로부터 공금 횡령 혐의로 고소를 당한 것이다. 그는 법정으로 가던 도중에 도주하여 신문 기자로 일하면서 잠시 은둔 생활을 하지만, 1년 뒤 아내가 폐결핵으로 죽어 간다는 소식을 듣자 체포될 각오를 하고 다시 돌아온다. 결국 오 헨리는 3년 3개월 동안 감옥에서 살게 된다. (중략) 스스로 감옥 생활에 대해 '인간을 영혼도 감정도 없는 동물로 여기는 삶'이라고 묘사했다시피, 수감 생활은 분명 그의 개인사에서 불행한 사건이었다. 하지만 아이러니하게도 바로 이 사건이 휴머니즘을 바탕으로 한 그의 주옥같은 작품들을 탄생시킨 결정적인 계기가 되었다.

나 그의 작품에서 가장 유명한 문학적 기법을 꼽으라면, 주저 없이 '트위스트 엔딩(twist ending)'이라고 말할 수 있다. 트위스트 엔딩이란 독자가 줄거리를 따라가며 쌓은 결말에 대한 기대나 예상이 갑자기 뒤집어지며 극적 반전이 일어나는 것을 일컫는다. 비극을 희극으로 혹은 그 반대로 반전시키기도 하고, 역설적 상황을 부각시키기도 하는 등, '웃기면서도 동시에 슬픈' 결말을 만들어 독자의 페이소스를 한껏 끌어올리는 결과를 가져오는 장치이다. (중략)

기대치와 결말 사이의 낙차는 단순히 극적 재미를 배가시키는 역할을 할 뿐만 아니라, 효과적으로 주제를 강조하는 역할을 하기도 한다. (중략) 거의 모든 작품에서 그의 전매특허와도 같은 극적 반전을 볼 수 있고, 주제 의식은 대부분 트위스트 엔딩을 거치며 비로소 구체화되고 완성된다.

- 오 헨리, 박설영 옮김, 《오 헨리 단편선》

1. 오 헨리의 작품에 등장하는 인물의 처지와 공통점을 찾아봅시다.

작품	주인공의 직업 또는 처지	공통점
마지막 잎새		
백작과 결혼식 손님		
개심(改心)		

2. 등장인물을 바라보는 작가의 시선을 그의 삶과 연관 지어 말해 봅시다.

....

....

....

3. 오 헨리는 여러 작품에서 결말을 비슷하게 처리하고 있습니다. 그가 결말에서 사용한 기법이 무엇인지 설명하고, 그 효과를 이야기해 봅시다.

• 기법 : ....

....

• 효과 : ....

....

....

....

1 오 헨리의 단편 소설에는 극적인 반전으로 마무리되는 작품이 많습니다. 〈백작과 결혼식 손님〉의 뒷이야기를 반전 기법을 사용하여 원작과 다른 결말로 써 봅시다.

A month later they announced their engagement to Mrs. Scott and the other boarders. Miss Conway continued to wear black.

A week after the announcement the two sat on the same bench in the downtown park, while the fluttering leaves of the trees made a dim kinetoscopic picture of them in the moonlight. But Donovan had worn a look of abstracted gloom all day. He was so silent to-night that love's lips could not keep back any longer the question that love's heart propounded.

"What's the matter, Andy, you are so solemn and grouchy to-night?"

"Nothing, Maggie."

"I know better. Can't I tell? You never acted this way before. What is it?"

"It's nothing much, Maggie."

"Yes it is; and I want to know. I'll bet it's some other girl you are thinking about. All right. Why don't you go get her if you want her? Take your arm away, if you please."

"I'll tell you then," said Andy, wisely, "but I guess you won't understand it exactly. You've heard of Mike Sullivan, haven't you? 'Big Mike' Sullivan, everybody calls him."

— O. Henry, 〈The Count and the Wedding Guest〉

2_ 다음 제시문을 읽고, '법과 인정(人情)'이란 측면에서 어떻게 행동하는 것이 올바른지 자신의 견해를 논술해 봅시다.

> **㉠** 지미와 밥은 막역지우였지만 밥이 서부로 떠나면서 헤어졌다. 두 남자는 20년 후에 무엇이 되어 어디서 무엇을 하건, 자기네의 단골 식당에서 저녁 10시에 만나자고 약속했다. 그날이 되었다. 경찰이 된 지미는 마침 그날 밤 순찰 당번이 되어 식당 주변을 배회하고 있었다. 한 남자가 그곳에 나타나 벽에 기댄 채로 담뱃불을 붙이는데, 지미는 불빛에 비친 그의 얼굴을 보고 그가 수배 중인 강도임을 알게 된다. 그리고 곧 그가 밥이라는 사실 역시 확신한다. 지미는 차마 자기 손으로 옛 친구를 체포할 수 없어서 사복 경찰을 시켜 그를 체포하도록 한다.
>
> – 오 헨리, 〈20년 후〉 줄거리
>
> **㉡** 수복 직후 고향인 삼팔선 접경 북쪽 마을에 온 성삼이는 인공(人共) 치하에서 부역한 혐의로 붙잡혀 온 옛 친구 덕재를 만나게 되고, 다른 치안 대원 대신 덕재의 호송을 자청하기에 이른다. 호송 도중 우정과 적개심 사이에서 착잡해하던 성삼이는 덕재가 농민 동맹 부위원장을 지낸 것이 본의가 아니었음과 잡히면 죽는 줄 알면서도 도망가지 않은 사연을 이해하게 된다. 그러던 차에 고개를 다 내려온 곳에서 학(鶴) 떼를 발견하고, 어렸을 때 덕재와 둘이서 학을 잡아 두었다가 사냥꾼의 눈을 피해 학을 날려 보냈던 일을 회상하게 된다. 성삼이는 덕재에게 학 사냥을 제안하고는 덕재를 풀어 준다. 덕재도 성삼이의 의도를 눈치채고 달아난다.
>
> – 황순원, 〈학〉 줄거리

....

....

....

....

....

아로파 세계문학을 펴내며 |

一日不讀書 口中生荊棘

흔히 책 한 권이 한 사람의 운명을 바꿀 수 있다고 한다. 훌륭한 책을 차분하게 읽는 것이 개개인의 인생 역정에 지대한 영향을 미친다는 의미이다. 특히 젊은 날의 독서는 읽는 그 순간으로 그치는 것이 아니라, 독자의 인생 전반에 걸쳐 그 울림의 자장이 더욱 크다. 안중근 의사가 형장의 이슬로 사라지기 전 후대를 위해 남긴 수많은 경구 중 특히 '일일부독서구중생형극(一日不讀書口中生荊棘)'이라는 유묵이 전하는 바는 지금 이 순간에도 절절하게 다가온다.

고전은 시대와 세대를 뛰어넘어 당대를 사는 독자에게 언제나 깊은 감동을 준다. 시간이 흘러도 인간이 추구하는 근본적이고 보편적인 가치는 변하지 않기 때문이다. 이러한 고전 읽기는 가벼움과 효율성을 중시하는 담론이 지배하고 있는 시대에 우리에게 삶을 다시 한 번 돌아보게 한다.

아로파 세계문학 시리즈는 주요 독자를 청소년으로 설정하였다. 번역 과정에서도 원문의 맛을 잃지 않는 한도 내에서 최대한 청소년의 눈높이에 맞추고자 노력하였다. 도서 말미에는 작품을 읽고 토론하는 데 도움을 주는 '깊이 읽기' 해설편과 문제편을 각각 수록하였다.

열악한 출판 현실에서 단순히 차려진 밥상에 숟가락을 얹는 것이 아닌, 청소년들이 알을 깨고 나오는 성장기의 고통을 느끼는 데에 일조하고 싶었다. 아무쪼록 아로파 세계문학 시리즈가 청소년들의 가슴을 두드리는 북이 되었으면 하는 바람이다.

옮긴이 **박설영**

서강대학교에서 영어영문학을 전공했다. 동국대학교 영상대학원에서 영화학과를 석사로 졸업하였고 동대학원에서 박사과정을 수료했다. 현재는 전문 번역가로 활동하고 있다.

아로파 세계문학 **04**
오 헨리 단편선

1판 1쇄 발행 2016년 3월 25일
1판 7쇄 발행 2024년 7월 19일

지은이 오 헨리 | 옮긴이 박설영 | 펴낸이 이재종
편   집 윤지혜, 정경선 | 디자인 박주아

펴낸곳
등록번호 제2013-000093호
등록일자 2013년 3월 25일
주소 서울시 강남구 도곡로 63길 23, 302호
전화 02_501_1681
팩스 02_569_0660
이메일 rainbownonsul@hanmail.net
ISBN 979-11-87252-00-9
     979-11-950581-6-7(세트)

* 이 도서의 국립중앙도서관 출판시도서목록(CIP)은 e-CIP홈페이지(http://www.nl.go.kr/ecip)와 국가자료공동목록시스템(http://www.nl.go.kr/kolisnet)에서 이용하실 수 있습니다.
(CIP제어번호 : CIP2016005910)